Literatur TANDEM letterario

2025

zweisprachige Anthologie
mit Kurzgeschichten in Deutsch und Italienisch

antologia bilingue
con racconti in tedesco e italiano

Herausgeber
Heimann Stiftung für Völkerverständigung

Weitere Informationen
zum «Literatur **TANDEM** letterario»
auf der Webseite
www.heimann-stiftung.de

Bibliografische Information der Deutschen Nationalbibliothek:
Die Deutsche Nationalbibliothek verzeichnet diese Publikation in der
Deutschen Nationalbibliografie; detaillierte bibliografische Daten sind
im Internet über http://dnb.dnb.de abrufbar.

Verlag: BoD · Books on Demand GmbH, Überseering 33,

22297 Hamburg, bod@bod.de

Druck: Libri Plureos GmbH, Friedensallee 273, 22763 Hamburg

ISBN: 978-3-8192-2739-4

VORWORT
LITERATURTANDEM

Deutsche und italienische Autoren und Autorinnen haben eine Kurzgeschichte in ihrer Landessprache geschrieben. In einem deutsch-italienischen Tandem haben sie dann die Kurzgeschichte des fremdsprachigen Partners in die eigene Landessprache übertragen. Die AutorInnen übertrugen die Texte auf ganz verschiedene Arten: von der semantischen Übersetzung, zur freien Übersetzung mit der Neufassung von Textteilen oder dem kreativen Nacherzählen der Texte mit eigenen Worten.

Mit dem Literaturtandem soll der intellektuelle und interkulturelle Austausch zwischen deutschen und italienischen AutorInnen gefördert werden.

Der Sammelband ist das Ergebnis eines gemeinsamen Projektes der *Heimann-Stiftung und* des *Italienischen Kulturinstituts Stuttgart.*

PREFAZIONE
TANDEM LETTERARIO

Autrici e autori tedeschi e italiani hanno scritto un racconto breve nella propria lingua nazionale. Nell'ambito di un tandem tedesco/italiano, hanno poi trasposto il racconto del partner di lingua straniera nella propria lingua nazionale. Gli autori hanno trasposto i testi in modi molto diversi: dalla traduzione semantica alla traduzione libera con la nuova versione di parti del testo, oppure tramite la rinarrazione creativa dei testi con parole proprie.

L'obiettivo del tandem è quello di promuovere scambi intellettuali e interculturali tra autori italiani e tedeschi.

L'antologia è il risultato di un progetto congiunto della *Fondazione Heimann e* dell'*Istituto Italiano di Cultura Stoccarda.*

TANDEM
FRANCESCA POZZO
BARBARA THIEL

Commento di Francesca Pozzo

Partecipare al Tandem Literatur 2025 è stata una sfida e come tutte le prime volte ha portato in sé arricchimenti, fatiche e aperture. Infatti questa iniziativa non solo è stata il mio "battesimo" per quanto riguarda la traduzione letteraria, ma anche il mio primo approccio al tedesco, lingua di cui non conosco le basi e che non presenta forti assonanze con l'italiano.

Lo stesso è valso per la mia compagna, Barbara, con cui mi sono trovata a collaborare negli ultimi mesi. La fase iniziale ha portato ognuna di noi a fornire all'altra una traduzione in inglese, una sorta di ponte fra due *weltanschauung* così diverse; pian piano, con fatica e curiosità, abbiamo esplorato i nostri rispettivi universi narrativi, scoprendone somiglianze e diversità. Il cuore del nostro lavoro si è basato sul confronto diretto: Barbara si è immersa nella mia scrittura con grande attenzione, cercando di prendersi cura dei miei personaggi e della loro dinamica, tentando di restituire non solo il significato delle parole, ma anche la resa di sentimenti e atmosfere.

Abbiamo scelto, per quanto possibile, di affidarci a una traduzione letterale, nel rispetto dei nostri stili e delle nostre visioni narrative. Però ci siamo spesso trovate di fronte a espressioni intraducibili, a concetti molto distanti e abbiamo vagliato di comune accordo diverse soluzioni per dare dignità alle nostre intenzioni originarie. Per me quest'esperienza è stata di affidamento, una sorta di brancolare nel buio contando sugli occhi di qualcun altro per comprendere ciò che solitamente è visibile in piena luce. Ringrazio quindi Barbara per avermi fatto da guida in questo processo.

Kommentar von Barbara Thiel

Mit einem Text in fremder Sprache konfrontiert zu werden, das ist in etwa so, wie zum ersten Mal im Leben betrachtend vor einem Kunstwerk zu stehen. Anstelle der Museumsführer und kunstgeschichtlichen Lektüren helfen hier Übersetzungsprogramme und künstliche Intelligenzen, aber den entscheidenden Schritt, das Eindringen in das Kunstwerk, um es in seiner vollen Tiefe zu verstehen, kann man nur selbst tun.

Im Austausch mit Francesca nahm die Welt ihres Textes vor meinem inneren Auge immer mehr Gestalt an, ich erkannte über den Umweg des Englischen die Umrisse und groben Pinselstriche, konnte durch beharrliches Rückfragen und erneutes Rückfragen die Details erkennen und sah die feinsten Farbabstufungen erst, als ich einzelne Wörter unter die Lupe nahm, ihre Nuancen, ihre verschiedensten Übersetzungsoptionen. Nicht zuletzt braucht es für die Interpretation eines Kunstwerks, wie auch für die Übertragung eines Textes, eine gewisse Portion Mut. Ich bin dankbar dafür, dass Francesca mir ihren Text anvertraut hat, nicht müde wurde, meine Fragen zu beantworten und mir die Freiheit ließ, nicht exakt Wort für Wort zu übersetzen, sondern die Geschichte, die Figuren, die Atmosphäre bestmöglich in meiner Sprache einzufangen.

Dass man daran manchmal scheitern muss, auch das habe ich in dieser Zeit gelernt. Denn, wie übersetzt man einen Namen, dessen Bedeutungsebenen sich durch den ganzen Text ziehen, ohne dass dabei etwas sehr Schönes und Wichtiges verloren geht? Gar nicht, wie ich schließlich feststellen musste. Was nicht übersetzt werden kann, muss erklärt werden, und das birgt immer die Gefahr, etwas von der texteigenen Magie zu nehmen. Ich musste dennoch meinen eigenen Perfektionsanspruch loslassen und dieses Risiko eingehen, und obwohl ich überzeugt bin, dass immer irgendetwas zwischen den Sprachen verloren geht, glaube ich, dass auch die deutsche Sprache eine wahrheitsgetreue Replik der italienischen *Diomeda* abbildet.

La mano di Dio zeichnet mit wenigen präzisen Pinselstrichen zwei Frauenfiguren in ihrer Dynamik zwischen Inspiration, Bewunderung, Abhängigkeit und Anbetung. Sprache und Inhalt greifen so gekonnt ineinander, dass ein dreidimensionaler, in seiner Erzählung vollendeter Text entsteht, der die Grenzen des Möglichen verwischt, mit Licht und Schatten spielt und eine Welt erschafft, die von nun an auch deutsche Leser:innen in ihren Bann ziehen und faszinieren kann, wie sie es für mich getan hat.

LA MANO DI DIO
FRANCESCA POZZO

"Odio la tridimensionalità."

Il pennello era rimasto a mezz'aria, azzurro leggermente in punta. Ne avrebbe preso presto un altro, più piccolo, per ritoccare i contorni.

"È perché non sai amare."

Diomeda era scoppiata a ridere nella sua cristallina serenità, le dita ancora pregne di colore a olio.

"Me l'hanno detto in tanti."

All'epoca era bella, con gli occhi che volevano mangiarsi il mondo e le mani che sembravano in grado di farlo. Da quando ci eravamo conosciute in Accademia, non ci eravamo mai lasciate. Per un tratto di strada avevamo condiviso bozzetti e speranze, poi io avevo continuato a osservare il suo lavoro da lontano, apparendo solo come appendice nei discorsi di ringraziamento.

"Senza di te, non esisterebbe" aveva confessato poi, osservando il suo studio sulla Gorgone. Una Medusa di schiena per tre quarti, che nel groviglio dei suoi capelli lasciava intravedere le iridi schiuse.

"Non l'ho fatta io" ho risposto, tendendo le labbra in un sorriso di circostanza.

"Il tuo discorso mi ha ispirata. Il guardare, l'essere guardata, il peso di entrambe le condizioni…"

"Tutto concettuale, tu l'hai reso immagine."

Quegli occhi socchiusi avevano impressionato i critici fin da subito, nella loro arrendevolezza celavano qualcosa di sensuale. Ma a forza di fissarli, io mi rendevo conto di quanto esalassero tristezza e odio. Emozioni che Diomeda stessa sperimentava con l'altro sesso: gli uomini le stavano alla larga e lei, per quanto smaniasse per attirarli a sé, assumeva un atteggiamento che faceva solo presagire lo scontro. E a me vederla così in difficoltà mi rasserenava, rendendomi l'unica custode del suo affetto. Per quel privilegio davo corda al suo orgoglio ferito: non ce n'era uno alla sua altezza, non ci sarebbe mai stato. Lei ci credeva, ma quando la vedevo sprofondare sul divano, intenta ad avvolgersi in una coperta troppo piccola per contenerla, il senso di colpa veniva a farmi visita. Voleva solo essere sfiorata e io non avevo il coraggio di spingermi oltre le parole.

Diomeda invidiava il mio disinteresse per il genere maschile, l'indifferenza verso i modelli che a lezione avevano posato per noi. La sicurezza nel non abbassare le ciglia, scrutando la gobba di un pomo d'Adamo e riproducendola con il tratteggio del lapis. Lei non riusciva a concentrarsi: spesso si limitava a copiare il mio disegno e, per essere onesta, lo migliorava; poi però veniva presa da una stizza incontenibile che la portava a definire i suoi sforzi inutili, senza prospettiva.

Con le donne invece operava la sua magia: le veniva naturale, ogni linea sembrava sgorgarle dalle dita, indisturbata, senza bisogno di premeditazione. E così la persona di fronte a lei non esisteva più, diventava vera solo sulla superficie della tela, che man mano sotto i suoi gesti imperiosi, ispirati da non so cosa, pareva animarsi. Sembrava quasi che il quadro iniziasse a respirare, attirando l'attenzione e confrontandosi con te, che da fuori non potevi fare a meno che ammirarlo.

Ma con la Medusa aveva superato sé stessa, con le serpi che nell'attimo prima di spalancare le fauci sembravano contorcersi, pronte a tutto pur di difendere la propria padrona.

"Hai altri progetti?" ho chiesto.

Lei ha scosso leggermente lo spumante nella flûte, un movimento rotatorio nel liquido color miele.

"Vuoi prenderti una pausa?" ho continuato, aggiungendo che non ci sarebbe stato niente di male; anzi, sarebbe stato meglio fermarsi un attimo. Diomeda ha tirato giù tutto in un unico sorso, talmente in fretta da farsi scappare un piccolo singhiozzo.

"Vorrei provare con la pittura a rilievo…"

Sul momento l'ho trovato strano, certo, data la sua lontananza dalla composizione scultorea. Però non preoccupante, solo un vezzo come tanti altri.

"Hai bisogno di distrarti un po'… o mi toccherà raccoglierti con un cucchiaio" ho sentenziato, addolcendo l'ammonizione con un occhiolino.

"Teodora, non capisci…" ha sospirato lei "non capisci proprio".

Da quella sera non ci siamo più viste. Per un mese ha iniziato a sviare ogni invito a uscire, sia da sole che in compagnia. Rispondeva elusiva ai messaggi, reagendo con un cuoricino e lasciandomi spesso in visualizzato. Inizialmente ho pensato che fosse arrabbiata con me, ma non ho avuto il coraggio di affrontarla. Con lei, sarebbe solo finita in uno scontro dove mi sarei trovata a sventolare bandiera bianca. Le chiamate venivano automaticamente rifiutate, seguite da un whatsapp preimpostato, troppo formale e troppo cordiale per essere rivolto a me. Il contenuto era chiaro: aveva bisogno di tempo per sé; probabilmente un modo per respingere le committenze e focalizzarsi sulla nuova opera. Ho provato a lasciar perdere, per non fare la figura dell'amica apprensiva, della mamma chioccia che con le penne arruffate fa la conta dei pulcini. Poi però i nostri compagni di corso mi hanno riferito di averla vista al supermercato. Magra fino all'osso, con le unghie laccate, nascosta dietro a un paio di occhiali da sole. Il carrello caricato solo dello stretto indispensabile.

Al che mi sono decisa: sono andata al suo atelier, con una bottiglia di vino in mano. Per fortuna l'androne era sempre aperto e poco vigilato, ma anche se mi avesse vista, il portinaio non si sarebbe sorpreso.

"Un'operazione di salvataggio" mi sono detta, mentre salivo "costi quel che costi".

Non avrebbe gradito la mia intrusione, ne ero certa. Per quanto mi stimasse, aveva un gran riguardo per i propri malumori e li seppelliva fra quelle quattro mura in cui si costringeva a lavorare. Ho suonato al campanello e sono rimasta in attesa, per qualche secondo, in modo da captare che cosa stesse succedendo all'interno. Ed è in quel momento che ho sentito un rantolo, un qualcosa che tentava di liberarsi.

Ho bussato con tutta la potenza delle mie nocche.

"Dio… sei lì? Stai bene?"

Odiavo chiamarla così, il suo sorrisetto condiscendente e soddisfatto mi faceva saltare i nervi; mi correggevo subito, chiamandola per intero e specificando che al massimo poteva essere figlia di un dio minore. Però ora che quella parola mi era sfuggita dalle labbra, il mugolio si era fatto più forte. Io ho attaccato l'orecchio al legno per sincerarmi che non fosse frutto della mia immaginazione, ma il suono è stato sovrastato subito da un altro, più dispotico, dei passi che si trascinavano su per le scale. Allora ho rizzato la schiena e mi sono infilata in ascensore, ritrovandomi nuovamente al piano terra. Avevo agito d'istinto, presa dalla vergogna che lei rientrando mi trovasse così. Cosa avrebbe potuto pensare di me, con la guancia incollata alla sua porta?

Tornando a casa mi sono imposta di smettere di pensarci, ma dopo l'imbarazzo è subentrata una sorta di inquietudine.

Cosa stava succedendo là dentro?

Mentre Diomeda continuava a risultare offline dai social, ho cominciato a formulare le ipotesi peggiori. Se qualcuno l'avesse presa di mira? Se le avessero sequestrato il telefono per non destare sospetti? Il suo carattere non era dei migliori e aveva già iniziato a farsi nemici. Allora ho cominciato a passare in rassegna tutte le facce note. I professori, i galleristi, i vecchi amici che per invidia avevano cominciato ad allontanarsi da lei. Proprio due ex compagni mi avevano raccontato la storiella del supermercato. Che senso aveva però che una donna deperita girasse fra gli scaffali fresca di manicure? Una leggenda metropolitana per fomentare ulteriormente la sua figura di artista instabile e bohémienne. Sregolata, geniale… mancante perché quanto hai questo successo per le malelingue ti devi essere per forza amputata qualcosa. Potevano essere stati loro, quei due visini puliti, insospettabili, ad aver escogitato il peggio ai suoi danni. Non avendo prove mi sono ripresentata, decisa a scoprire la verità. Arrivata al quinto piano, ho alzato lo zerbino, rovistato nel portaombrelli, in quel disordine apparente che sembrava nascondere una chiave.

Niente.

Eppure stavolta quel che c'era dentro mi è arrivato forte e chiaro: una richiesta di aiuto. Con quel tono basso, roco, non poteva essere il suo: era una voce maschile che lottava per arrivare fino a me. Ma cosa ci faceva lì un ragazzo?

Normalmente l'idea mi avrebbe generato una gelosia incontrollabile; invece ora quel mugolio, scosso da singhiozzi, rotto come i cocci di bottiglia sul ciglio di una strada, mi metteva in allarme.

Se fossi stata una persona normale, avrei chiamato la polizia. E non nego di esserlo in parte, ci ho pensato a lungo. Ma poi mi sono convinta che una spiegazione ci doveva essere: Diomeda non poteva aver rapito qualcuno. E se lo avesse fatto, non sarei stata io a condannarla. Quindi mi sono rassegnata, accasciandomi su un gradino. Poteva metterci tutto il tempo necessario, avrei trascorso lì la notte e lo stesso il giorno dopo.

E più le ore passavano, più quella voce mi tormentava, avviluppandomi nell'orrore e nel dubbio che la mia amica potesse aver commesso qualcosa da cui non era possibile tornare indietro. Ho rivisto di fronte a me la sua violenza nello squarciare le opere che non la rappresentavano. I ricci le danzavano sulle tempie, macchiati di pittura rossa, l'unica in grado di veicolare la crudeltà del mondo. Crudeltà, di questo mi parlava spesso, di come togliesse le sovrastrutture, di come ponesse gli individui in un confronto senza veli, faccia a faccia con l'essenza stessa delle cose. Nel mentre il rumore era andato scemando, lasciandomi con il dubbio che a ingannarmi fosse stata la mia mente, che quella maledetta cercasse solo scuse per mantenermi lì.

"Mi stai seguendo?"

Ed eccola che compare con un borsone da palestra in spalla, bella come non mai, magra come l'avevano descritta, con la stessa montatura scura calata sugli occhi. Sul momento ho scelto di ignorare le guance scavate, il mento appuntito e mi sono fatta sovrastare dal sollievo. Stava bene, più o meno stava bene e sembrava in controllo della situazione.

"Che ci fai con quella sacca?" ho chiesto, in tono forzatamente scherzoso.

"Nascondo un cadavere, ovviamente."

Ha riso, passandomi davanti, già pronta a inserire la chiave nella toppa. Io l'ho bloccata per il polso.

"A me puoi dirlo."

"Ho bisogno di svagarmi. Me l'hai consigliato tu o sbaglio?"

Mi stava punendo, per non averla capita, per averle dato l'unico suggerimento che non era pronta ad accogliere.

"Questo non è normale" ho risposto, indicando il suo corpo che sembrava in procinto di franare.

"Questo cosa?"

Per un attimo mi è sembrato di scorgere uno strano luccichio nei suoi occhi, quello di una bestia messa all'angolo e pronta ad attaccare.

"I messaggi preimpostati. Il telefono che squilla e tu che butti giù. I chili che hai perso!"

Lei mi ha costretta ad allentare la presa.

"Dovresti preoccuparti più di te stessa. E del tuo talento. È quasi un anno che non produci nulla."

Un colpo basso, lo sapeva anche lei. Come sapeva che avevo dato forfait. Creare qualcosa per me era come essere un fiume in piena, in balìa delle mie stesse emozioni, una corrente in cui mi sembrava solo di poter annegare. Tecnicamente ero brava, è vero, ma quel disagio mi aveva restituito un'evidenza: non ero in grado di vivere della mia arte.

"Sto bene così."

"È quel che ti racconti..."

Al che le ho puntato l'indice contro, l'ho premuto sul suo costato, sulla maglia chiara che una volta accoglieva le sue forme e che ora lasciava intravedere un busto sempre più svuotato.

"Guarda come ti sei ridotta."

Avevo dimenticato tutto. La porta, il ragazzo, i miei sforzi per trovare un colpevole. Avevo accusato chiunque pur di difenderla, pensavo, mentre la rabbia prendeva il sopravvento. Una rabbia dettata dall'amore, dal disgusto, dall'incomprensione di avere davanti qualcuno così disposto ad annientarsi pur di definirsi. Lei, la bimba prodigio, la giovane promessa, l'astro nascente che prima o poi tutti avrebbero visto esaurirsi come una cometa nel cielo notturno. Diomeda, Dio, Dio, Dio e le etichette a cui era tanto affezionata, che le davano la forza di rimanere in piedi e far violenza al resto del mondo.

"Io sto cercando di fare giustizia al mio sogno. E tu cosa fai, l'agente immobiliare?"

"Un sogno non può farti soffrire così."

"Quando ce l'avrai il coraggio di ammettere che vorresti vivere la mia, di vita?"

Le sue parole mi sono planate addosso come uno schiaffo: ecco la ricompensa per il mio attaccamento, per l'ostinazione a esserle sempre accanto, nonostante tutto. Mi veniva da piangere e non per ciò che aveva detto, ma per la scelta di onorare i miei sentimenti per lei, ancora una volta.

"Sappiamo entrambe che lì dentro c'è qualcuno."

"Non dire sciocchezze."

"L'ho sentito!"

"Sei diventata matta", ha risposto e con un gesto fulmineo ha aperto, insinuandosi dentro. Ma il mio piede è stato altrettanto veloce, lo stivale abbastanza forte da contrastare l'uscio che stava per chiudersi.

"Lasciami stare!"

"Se non mi fai entrare subito, chiamo la polizia."

La minaccia aveva sortito i suoi effetti ed eravamo entrambe rimaste sulla soglia, a fronteggiarci con lo sguardo fisso l'una nell'altra.

"Non capiresti."

"Potresti tentare di spiegarti."

Ha sollevato gli occhiali da sole: adesso non poteva più mentirmi. "Dorme."

"Chi?"

"Lui, Teodora. L'ho messo a dormire."

"Lui avrà un nome."

"Non ancora."

"Cosa stai dicendo?" ho replicato, esasperata.

"Gli ho fatto un'iniezione prima di uscire, perché non strillasse tanto..."

Tutto ciò non esauriva la mia domanda: come era possibile che non avesse un nome? Poi ho realizzato ciò che mi aveva detto e ho ripetuto la risposta nella mia mente, setacciandola per cercare un'inflessione strana, un indizio che mi facesse intuire una menzogna. Al suo posto avevo scovato solo un'esile venatura di gioia.

Mi ha fatto cenno di entrare e io l'ho seguita, cercando di guardare oltre la penombra dell'anticamera. Era però impossibile vedere al di là la mia amica, che con il suo corpo sembrava voler coprire l'entrata dell'altra stanza.

"Dopo l'inaugurazione non ho sentito più nulla. Meglio di così non poteva andare ma io non riuscivo a essere felice. La Medusa… non riuscivo a reggerla, il suo sguardo impotente mi faceva schifo. E mi detestavo anche io, lì ferma sotto i loro applausi, presa di mira dai flash come un animale da circo alla fine di un'esibizione."

Avrei voluto contraddirla. Il confronto con il pubblico era stato permeato di emozione autentica. E lei non poteva rimproverarsi, come sempre aveva dato il massimo e io la stimavo per questo. Eppure la ferocia con cui parlava, i movimenti nervosi mi hanno fatta arretrare verso la porta: non l'aveva chiusa, potevo uscire. Ma ero decisa comunque ad ascoltarla, per sapere se ero ancora in grado di sistemare le cose, di salvarla da qualunque cosa stesse facendo, a sé stessa e agli altri.

"L'unica via per l'autenticità era decostruire, buttare all'aria quello che ci hanno insegnato in quella scuola da quattro soldi. Dovevo dedicarmi ai soggetti maschili, solo il pensiero però mi metteva in soggezione. Così ho provato qualcosa che non avevo mai fatto prima."

"Cioè?"

"Ho pregato."

Mi è sfuggito un risolino, Diomeda non poteva credere a qualcosa di superiore a sé stessa. Lei non ha reagito, forse mi ha ignorata, presa com'era dalla propria versione dei fatti.

"Quando la mattina dopo mi sono messa a lavorare mi è sembrato quasi che qualcuno mi guidasse la mano. Ho provato così la pittura a rilievo, modellando il gesso acrilico. Prima è uscito un volto dalle proporzioni perfette. Credimi quando ti dico che non ho mai visto un uomo così bello. Poi quel volto mi ha guardata: le sue orbite vuote si sono posate su di me, chiedendomi di renderlo umano... e io l'ho accontentato".

Ha continuato a descrivermi il processo, durato settimane; faceva giri di osservazione della città, su diverse linee di tram, alla ricerca di materiale. Osservava gli sconosciuti, le loro mani nodose nel timbrare i biglietti, la barba che sussultava sulla gola mentre parlavano al telefono con quei denti sempre scoperti, come predatori.

Aveva portato con sé delle forbicine e aveva rubato piccoli ciuffi di capelli scuri, tutti di simile tonalità. Bastava che i malcapitati si sedessero davanti a lei, che occupava sempre l'ultimo posto, e lasciassero la loro nuca in bella vista, incustodita. Quei pochi che avevano percepito il tocco della lama erano stati intontiti con sorrisi e gentilezze.

Inebriata com'era dalla sua idea, spesso si dimenticava di mangiare e quel viso incastonato aveva ben presto cominciato a diventare un corpo.

"Tutto perfetto, perfino nelle proporzioni auree. Decisamente il miglior progetto che mi sia mai capitato."

Un approccio molto diverso dai suoi soliti lavori, in cui inseriva sempre elementi fuori posto: un sopracciglio più alto dell'altro o un profilo frastagliato quanto quello di una montagna. La sua produzione contava parecchi primi piani e qualche mezzo busto, invece stavolta si era cimentata in un'opera in scala naturale. La tela doveva essere lunga circa due metri, il soggetto un uomo in movimento. Faticavo a immaginarmelo, ma dal discorso intuivo uno studio dei muscoli, un'attenzione spesa nel creare i volumi, nel rendere credibile la tensione della carne.

"Hai lavorato sulla tridimensionalità?"

Lei ha farfugliato qualcosa a bassa voce, poi ha aggiunto: "l'ho tenuto ancorato al quadro."

Ancora quel vezzo di parlare dei suoi lavori come se fossero persone; ho sbuffato senza dire nulla e lei si è sentita in dovere di specificare. "Non può scendere, se non glielo permetto."

Era vivo, ha continuato, ed era stato il suo desiderio a farlo nascere. Lei si era invaghita di quella forma e sempre pregando, l'aveva completata con colori e sfumature. Quando aveva riempito le iridi di verde, una scossa le si era fatta strada lungo il corpo, una fame che non poteva essere soddisfatta con il cibo. Da lì aveva preso l'abitudine di dormire in atelier, comprando un sacco a pelo per stendersi sulla parete opposta, accendendo ceri nella notte, aspettando il miracolo che le si era fatto strada nel cuore. Non voleva solo che l'opera prendesse vita, ma che l'amasse.

Per questo aveva indossato i migliori vestiti, dipinto mani e piedi del colore del sangue e delle rose, nascondendo con il correttore le occhiaie, sorte nelle immense notti a contemplarlo. Poi si era decisa ad attaccare i capelli, meticolosamente, donandogli un'attaccatura folta e completando il tutto con un delizioso picco della vedova. Dopo quello che sembrava un lungo sonno, lui una sera l'aveva chiamata.

"Diomeda non stai bene, hai bisogno di andar via..." l'ho interrotta.

"Ho superato i limiti della natura e verrò ricordata per questo."

Parole fanatiche, che invece di farmi correre verso l'uscita mi hanno spinta a infrangere le ultime resistenze, pronta com'ero a dimostrarle che ciò che predicava non era possibile. Sono entrata nel suo tempio, in quella stanza così favorita dall'esposizione della luce, in cui gli abbaini sembravano creati apposta per favorire la pittura. E così ho incominciato a intravedere ciò che prima mi era precluso. Sangue a terra, sangue sulle pareti. Ho pensato che era finita, sì, stavolta era finita, la mia Dio aveva ucciso qualcuno. E mentre tentavo di convincermi che non poteva che essere così, ho realizzato il peggio: aveva ragione.

Appeso alla parete c'era un uomo, nudo, con il capo chino, la pelle talmente sudata da sembrare vera. Così sedato, non riusciva nemmeno a muovere la testa. Solo alcune dita sembravano libere di contrarsi, in uno spasmo di dolore. E lo stesso valeva fino al pube, da cui partivano due moncherini: i polpacci erano stati amputati.

"Scusa per il disordine..." ha mormorato lei "non ho fatto in tempo a pulire".

Un brivido mi ha raggiunto la schiena e mi sono girata, temendo che avesse in serbo qualcosa di simile anche per me. Invece era la solita

Dio, anzi la versione migliore. Quella che avevo avuto l'onore di conoscere, che si sentiva al sicuro perché non doveva più fingere.

Mi ha poggiato una mano sulla spalla e io ho tentato di focalizzarmi sulle mie ballerine candide, per estraniarmi da quel rosso che tingeva ovunque, senza però avere il nostro odore animale.

"Cosa hai intenzione di farne?"

"Non lo so" ha risposto "dovremo abituarci l'uno all'altra, suppongo".

"Parla?"

"Poco. Ma si divincola. Non vorrei si rovinasse, dopo tutta la fatica che ho fatto."

Non riuscivo a dar credito ai miei stessi sensi. Nulla, se non la vista, mi conduceva a pensare che con noi ci fosse un altro essere umano, eppure la sofferenza che mi veniva restituita era quella di un Cristo in croce. Mi sono avvicinata e gli ho sfiorato una guancia.

"Non toccarlo."

"Perché?"

Lei ha lasciato cadere la domanda nel vuoto, e io mi sono ritrovata ad obbedire al suo comando. Il mio corpo aveva accettato ciò che la mia mente osteggiava: lui era suo e lei non era mia.

"Ce n'era veramente bisogno?" ho chiesto, richiamando ai polpastrelli la morbidezza di quel viso imberbe, fissando quelle orbite che avevano pianto senza lasciare aloni: se Diomeda avesse mirato al cuore e non alle ginocchia, forse l'avrebbe liberato della sua catena.

"Sono sempre in tempo a dargli delle gambe migliori. O a distruggerlo e crearne un altro."

"Non è detto che funzioni" ho replicato, ponendo fra noi una lunga pausa "non tutte le preghiere vengono esaudite".

Ancora oggi non saprei dire che cosa sia stato. Forse la risolutezza nella mia voce, una particolare consapevolezza di quell'amore che mi portavo dietro da tempo. La disinvoltura nell'esternarlo dopo averlo tenuto a lungo nascosto.

Diomeda ha capito e quando ho incontrato il suo sguardo, lei ha cambiato modo di posare gli occhi su di me, quasi come se mi vedesse per la prima volta. Il suo profumo si è fatto più vicino, più dolce, mentre la luce naturale sembrava voler lasciare le finestre e rifugiarsi nel calare della sera.

"Avrei dovuto sospettarlo…" ha sussurrato.

Deglutendo, mi sono chiesta perché di tutti i modi avesse dovuto scoprirlo così. Perché non se ne fosse accorta durante le lezioni, perché non abbia mai trovato strano il mio seguirla come un'ombra, nonostante il suo successo e i miei fallimenti.

"Per questo non lo dirai a nessuno, perché non ti risulto odiosa neanche adesso..."

Ha appoggiato il capo sulla mia spalla e per un tempo che non saprei calcolare siamo diventate eterne quanto le statue che abbiamo studiato.

"Ti sono comunque amica. Per questo ti consiglio di andare via: qui succederà ciò che deve succedere. Magari inizierà ad amarmi, magari io smetterò di fargli del male. In questo però non tu non c'entri."

"Nella tua vita, io non c'entro."

Lei ha scosso la testa, amaramente.

E, consapevole che fra noi non ci fosse mai stato nulla di più vero, ho abbassato la maniglia, e ho sceso le scale con la certezza che non l'avrei più vista.

DIE HAND GOTTES
FRANCESCA POZZO
Aus dem Italienischen von Barbara Thiel

„Ich hasse die Dreidimensionalität." Der Pinsel schwebt noch in der Luft, seine Spitze schimmert tief-blau. Als nächstes würde sie einen anderen, kleineren nehmen, um die Umrisse nachzufahren. „Nur, weil du nicht weißt, wie man liebt." Diomeda durchbricht die Stille mit ihrem kristallklaren Lachen, ihre Finger sind farbbesprenkelt wie mit bunten Muttermalen. „Ja, das höre ich öfter." Sie war schön damals, mit Augen, die die ganze Welt verzehren wollten und Händen, die wirkten, als könnten sie das tatsächlich mög-lich machen. Seit wir uns an der Kunstschule kennengelernt hatten, waren wir einander nicht von der Seite gewichen. Eine lange Zeit hat-ten wir Zeichnungen und Hoffnungen miteinander geteilt, dann irgendwann begann ich, ihre Arbeit nur noch aus der Ferne zu beob-achten, tauchte lediglich noch als Anhang in ihren Dankesreden auf. „Ohne dich würde sie gar nicht existieren", gestand sie später, wäh-rend ihr Blick über die Zeichnung der Gorgone fuhr. Eine Medusa in Dreiviertel-Rückansicht, durch deren unbändiges Haargewirr man einen Blick in ihre halb-geöffneten Augen erhaschen konnte. „Ich bin nicht die Künstlerin", gab ich zur Antwort, verzog meine Lippen zu einem Höflichkeitslächeln. „Deine Rede war es aber, die mich inspiriert hat. Beobachter zu sein, selbst unter Beobachtung zu stehen, das Spiel dieser beiden Zustände..." „Alles reine Theorie, aber du hast ein Bild daraus erschaffen." Diese halb gesenkten Lider hatten die Kritiker von Anfang an beein-druckt, dieses Sinnliche, das in ihrem hingebungsvollen Blick lag. Aber während ich hineinsah, blickte mir plötzlich so viel Traurigkeit und Hass entgegen. Ich sah die Emotionen, die Diomeda selbst oft mit dem anderen Geschlecht widerfahren waren: Männer hielten Distanz zu ihr, und ganz egal wie sehr sie versuchte, sie anzuziehen, Diomeda hatte etwas an sich, das immer wieder dazu führte, dass sie mit ihnen anein-andergeriet. Doch sie so in Not zu sehen, beruhigte mich und sicherte mir das alleinige Vorrecht auf ihre Zuneigung. Für dieses Privileg verwöhnte ich ihren verwundeten Stolz: Es gebe niemanden, der so gut war wie sie, könne es auch niemals geben. Sie glaubte mir, aber als ich sah, wie sie in der Couch versank, umwickelt von einer Decke, die zu kurz war, um ihren Körper zu umschließen, kam Schuld in mir hoch. Sie wollte eine Berührung spüren, nur so zart wie einer ihrer Pinselstriche, um zu merken, dass da jemand war, doch ich traute mich nicht, ihr mehr als meine Worte zu geben.

Diomeda beneidete mich um mein Desinteresse an Männern, meine Gleichgültigkeit gegenüber den männlichen Models, die für uns im Unterricht posierten. Um die Selbstsicherheit, mit der mein Blick über die Wölbung ihres Adamsapfels fuhr, die ich mit Bleistift schraffierte. Sie selbst konnte sich kaum konzentrieren: Meist kopierte sie einfach meine Zeichnung, verbesserte sie, ehrlich gesagt; aber dann ergriff sie ein unglaublicher Ärger, sie bezeichnete all ihre Versuche als nutzlos, ohne jegliche Perspektive.

Was allerdings die Frauen anging, da ließ sie ihren Zauber wirken: Alles geschah so organisch, jeder Strich schien aus ihren Fingern zu fließen, wie von selbst, ohne dass sie darüber nachdenken musste. Der Mensch vor ihr hörte auf zu existieren, war nur noch real auf der Leinwand, die unter ihrer gebieterischen Hand, von unbekannter Inspiration geführt, lebendig zu werden schien. Es wirkte beinahe so, als beginne ihre Zeichnung selbst zu atmen. Sie zog die Blicke auf sich, zog einen in ihren Bann, sodass man einfach nicht anders konnte, als sie zu bewundern.

Aber mit der Medusa hatte sie sich selbst übertroffen. Die Schlangen, die zu zischeln schienen, kurz davor, ihre Kiefer aufzureißen, und bereit, ihre Herrin zu verteidigen.

„Hast du schon etwas Neues in Planung?", fragte ich.

Sie schwenkte sanft den prickelnden Schaumwein im schmalen Glas, verursachte einen kleinen Strudel in der honigfarbenen Flüssigkeit.

„Oder willst du eine Pause machen?", fuhr ich fort, ergänzte, dass das überhaupt keine Schande wäre; dass es im Gegenteil sogar gut wäre, eine Pause einzulegen. Diomeda leerte ihr Glas in einem Zug, so schnell, dass ihr ein kleiner Seufzer entfuhr.

„Ich würde mich gerne an Reliefmalerei versuchen…"

Im ersten Moment fand ich das natürlich merkwürdig, es war so völlig anders als das Auftragen von Farbe auf die flache Leinwand. Ich fand es nicht unbedingt bedenklich, bloß eine Eigenart von ihr, wie so viele andere.

„Wenn du mich fragst: Du brauchst mal ein bisschen Ablenkung…
Sonst muss ich dich hier irgendwann vom Boden aufkratzen", mahnte
ich, schwächte meine Rüge aber sofort mit einem Augenzwinkern ab.

„Theodora, du verstehst das nicht…", stöhnte sie, „du verstehst es
einfach nicht."

Seit jenem Abend haben wir uns nicht mehr gesehen. Einen Monat
lang schlug sie jede Einladung für ein Treffen aus, sowohl mit mir
allein als auch in Gesellschaft anderer. Auf meine Nachrichten antwortete sie höchstens flüchtig, schickte ein kleines Herz oder hatte meine
Nachricht gesehen, ohne mir zu antworten. Anfangs dachte ich, sie sei
sauer, traute mich aber nicht, sie darauf anzusprechen. Ein Streit mit
ihr würde ohnehin immer damit enden, dass ich irgendwann die
weiße Fahne schwenkte. Meine Anrufe wurden automatisch abge-
lehnt, unmittelbar danach folgte eine voreingestellte WhatsApp, die zu
formell und zu freundlich war, um an mich persönlich gerichtet zu
sein. Der Inhalt aber war eindeutig: Sie brauche Zeit für sich selbst;
vermutlich um sich weitere Aufträge fernzuhalten und auf ihr neues
Projekt zu konzentrieren. Ich gab mir Mühe, loszulassen, nicht diese
besorgte Freundin zu sein, nicht die zerzauste Mutterhenne, die ihre
Küken zählt. Doch dann berichteten Klassenkameradinnen davon, sie
im Supermarkt gesehen zu haben. Dünn bis auf die Knochen, mit
frisch lackierten Nägeln und hinter einer großen Sonnenbrille verborgen. In ihrem Einkaufswagen nur das Allernötigste zum Überleben.

Also traf ich eine Entscheidung: Ich machte mich, eine Flasche Wein
im Schlepptau, auf den Weg zu ihrem Atelier. Zum Glück war der
Haupteingang geöffnet und verwaist, doch selbst wenn der Pförtner
mich gesehen hätte, wäre er wohl kaum verwundert gewesen. „Eine
Rettungsaktion", sagte ich zu mir selbst, während ich die Stufen hin-
aufstieg.

Sie würde nicht glücklich über meinen Einmarsch sein, da war ich
mir sicher. So sehr sie mich auch schätzte, war sie doch sehr darauf
bedacht, ihre eigene Unzufriedenheit fernzuhalten, sie innerhalb dieser
vier Wände einzusperren, in denen sie sich zum Arbeiten zwang. Ich
klingelte und wartete still für ein paar Sekunden, um mitzubekommen,
was im Inneren vorging. Genau in diesem Moment hörte ich ein Keuchen, ein Geräusch, als würde etwas versuchen, auszubrechen. Ich
schlug meine Knöchel mit aller Kraft an die Tür.

„Dio… bist du das? Ist alles okay?"

Ich hasste es, sie so zu nennen. Dio. Gott. Ihr herablassendes,
selbstzufriedenes Grinsen ging mir jedes Mal auf die Nerven, also korrigierte ich mich wieder, rief sie bei ihrem vollen Namen, Dio-meda,
um klarzumachen, dass sie allerhöchstens Gottes vergessenes Kind

war. Doch jetzt, da das Wort meine Lippen verlassen hatte, wurde das Stöhnen im Inneren lauter. Ich presste mein Ohr ans Holz der Tür, um mich zu versichern, dass es keine Einbildung gewesen war, aber das Geräusch wurde übertönt von einem anderen, dominanteren, dem regelmäßigen Aufstapfen von Füßen, die sich die Treppe hinaufschleppten. Schnell richtete ich mich auf und huschte in den Fahrstuhl, der mich wieder ins Erdgeschoss zurückbrachte. Ich hatte instinktiv gehandelt, getrieben von der beschämenden Befürchtung, dass sie heimkommen und mich so vorfinden könnte. Was hätte sie bloß von mir denken sollen, wie ich da mit der Wange an ihrer Tür geklebt hatte?

Auf dem Heimweg zwang ich mich, nicht länger darüber nachzudenken, doch die Scham wurde unmittelbar abgelöst von einer seltsamen Unruhe. Was war da drin nur vor sich gegangen?

Während Diomeda auf Social Media weiterhin offline blieb, formten sich in meinem Kopf die schlimmsten Szenarien. Was, wenn es jemand auf sie abgesehen hatte? Wenn man ihr Handy mit eingesackt hatte, um keinen Verdacht zu erregen? Sie war nie ein einfacher Charakter gewesen und hatte sich dadurch bereits Feinde gemacht. Also ging ich alle bekannten Gesichter durch. Die Professorinnen und Galeriebesitzer, alte Freundinnen und Freunde, die sich irgendwann aus Neid von ihr distanziert hatten. Es waren zwei ehemalige Mitschülerinnen gewesen, die mir die Geschichte mit dem Supermarkt erzählt hatten. Aber sie ergab keinen Sinn: Eine ausgemergelte Frau, die durch die Regalreihen schleicht, aber frisch manikürt? Was sollte das sein, ein kleiner Skandal, um ihren Ruf als instabile, unkonventionelle *Bohemienne* zu festigen? Unbändig, genial… unvollständig, denn so erfolgreich kann man nicht werden, ohne einen Teil von sich selbst amputiert zu haben. Die beiden könnten es selbst gewesen sein, diese zwei sauberen, unverdächtigen Gestalten, die sich das ausgedacht hatten, was ihr am heftigsten schaden würde. In Ermangelung an Beweisen ging ich noch einmal zurück, fest entschlossen, die Wahrheit herauszufinden. Im fünften Stock angekommen, hob ich die Fußmatte an, wühlte im Schirmständer durch das sichtliche Chaos, in dem der Schlüssel versteckt sein musste. Nichts.

Allerdings hörte ich dieses Mal klar und deutlich, was hinter der verschlossenen Tür hervordrang: ein Hilferuf. Diese tiefe, raue Stimme, das konnte nicht ihre sein: Es war eine Männerstimme, die um meine Aufmerksamkeit bettelte. Aber was hatte ein Mann dort drin zu suchen?

Normalerweise hätte der Gedanke mich in eine unkontrollierte Eifersucht versetzt; aber dieses Stöhnen, erzitternd durch Schluchzer, die Stimme brechend wie Glassplitter auf dem Bürgersteig, versetzte mich in Alarmbereitschaft. Wäre ich ein normaler Mensch gewesen, hätte ich einfach die Polizei alarmiert. Und ehrlich gesagt dachte ich auch lange darüber nach, das zu tun. Aber es musste eine andere Erklärung geben: Diomeda konnte unmöglich jemanden entführt haben. Und selbst wenn sie es getan hätte, wäre ich nicht diejenige, die sie dafür verurteilt hätte. Ich fand mich also damit ab, ließ mich auf eine Stufe sinken. Sie konnte so lange brauchen, wie sie wollte, ich würde zur Not die Nacht dort verbringen und auch noch den nächsten Tag, wenn es sein musste. Je mehr Stunden vergingen, umso stärker verfolgte mich diese Stimme, weckte Schrecken und Zweifel in mir, ob meine Freundin tatsächlich etwas getan hatte, das nicht mehr rückgängig zu machen war. Ich erinnerte mich, wie gewaltvoll sie ihre Kunstwerke zerrissen hatte, wenn sie sich darin nicht wiederfand. Wie dabei die Locken wütend um ihre Schläfen tanzten, verklebt von roter Farbe, der einzigen in der Palette, die geeignet war, die Grausamkeit dieser Welt zu vermitteln. Sie sprach mit mir häufig über Grausamkeit und wie sie jegliche künstlichen Konstruktionen wegfegte, Individuen ohne Masken einander gegenüberstellte, von Angesicht zu Angesicht mit dem wahren Wesen der Dinge. In der Zwischenzeit war der Lärm verstummt, die Stille ließ mich daran zweifeln, dass ich mir das ganze nicht bloß eingebildet hatte, dass meine Fantasie nicht nur verzweifelt nach einer Ausrede suchte, sitzen zu bleiben.

„Verfolgst du mich?"

Und da stand sie plötzlich, die Sporttasche über der Schulter, so schön wie eh und je und so dünn, wie sie beschrieben worden war, mit den gleichen getönten Gläsern, die ihre Augen in Dunkelheit verbargen. Als ich sie erblickte, entschied ich, die eingefallenen Wangen und das spitze Kinn einfach zu ignorieren und gab mich der Erleichterung hin. Es ging ihr gut – mehr oder weniger – und sie hatte die Situation unter Kontrolle.

„Was hast du mit der Tasche vor?", fragte ich in gezwungen heiterem Ton.

„Eine Leiche verstecken, natürlich."

Sie lachte, während sie an mir vorbeiging, bereits im Begriff, die Tür aufzuschließen. Ich hielt sie am Handgelenk.

„Du kannst es mir ruhig sagen."

„Ich musste mich ein bisschen entspannen. Das war doch dein Vorschlag, oder etwa nicht?" Sie bestrafte mich, weil ich nicht verstanden hatte, weil ich ihr die eine Sache vorgeschlagen hatte, zu der sie nicht bereit war.

„Das ist nicht normal", antwortete ich mit einer hilflosen Geste in Richtung ihres Körpers, der aussah, als würde er beim ersten Windstoß in sich zusammenfallen.

„Was?"

Für eine Sekunde glaubte ich, ein merkwürdiges Glitzern in ihren Augen zu sehen, wie das eines in die Ecke getriebenen Tieres, zum Angriff bereit.

„Diese automatischen Nachrichten. Dass du nie rangehst. Wie dünn du geworden bist!"

Sie zwang mich, meinen Griff zu lockern.

„Du solltest dich vielleicht mehr um dich selbst kümmern. Um dein Talent. Du hast seit fast einem Jahr nichts mehr produziert."

Ein Schlag unter die Gürtellinie, und sie wusste es. Genauso wie sie wusste, dass ich bereits verloren hatte. Kreativ zu sein, das war für mich wie in den Fluten eines reißerischen Flusses, der Gnade meiner eigenen Emotionen ausgeliefert, in einer Strömung, in der ich nur untergehen konnte. Theoretisch war ich gut, das stimmte, aber dieses Unwohlsein, das ich jetzt empfand, stieß mich auf die Wahrheit: Ich war nicht in der Lage, von meiner Kunst zu leben. „Mir geht es gut."

„Ja, das erzählst du dir selbst…"

Woraufhin ich meinerseits mit dem Finger auf sie zeigte, ihn zwischen ihre Rippen stieß, auf den Stoff des hellen Shirts, das sie einmal ausgefüllt hatte und unter dem nun ein mehr und mehr ausgemergelter Oberkörper zu erahnen war.

„Guck doch, wie schmal du geworden bist."

Ich hatte alles wieder vergessen. Die Tür, den Jungen, meine Bemühungen, einen Schuldigen zu finden. Ich hatte alle anderen beschuldigt, bloß um meine Freundin zu verteidigen, dachte ich, als die Wut wieder überhandnahm. Eine Wut gespeist aus Liebe, gespeist aus Abscheu, aus dem Unverständnis dieser Person gegenüber, die offensichtlich bereit war, sich selbst zu vernichten, um sich selbst zu definieren. Sie, das Wunderkind, die Talentierte, der neue Stern am Künstlerhimmel, dem früher oder später alle beim Verglühen und Abstürzen zusehen würden, wie einem Kometen bei Nacht. Diomeda, Dio, Gott, Gott, Gott und all die Zuschreibungen, die sie so gern mit sich herumtrug, die ihr Kraft gaben, sich aufzubäumen und der restlichen Welt ihre Gewalt anzutun.

„Ich versuche, meine Träume zu verwirklichen. Und was ist mit dir, immer noch bloß Maklerin?"

„Ein Traum kann dich nicht so sehr fertig machen."

„Wann traust du dich nur endlich, dir einzugestehen, dass du lieber mein Leben hättest?"

Ihre Worte peitschten mir entgegen, wie ein Hieb ins Gesicht: Das war also die Belohnung für meine Anhänglichkeit, für meine Beharrlichkeit, ihr nie von der Seite zu weichen, trotz allem. Mir war zum Heulen zumute, aber nicht wegen dem, was sie gesagt hatte, sondern weil ich mich einmal mehr entschieden hatte, meinen Gefühlen zu ihr nachzugeben.

„Wir wissen beide, dass jemand da drin ist."

„Du redest Quatsch."

„Ich habe ihn doch gehört!"

„Du bist durchgeknallt", antwortete sie, und in einer blitzschnellen Bewegung hatte sie die Tür geöffnet und war hineingeschlüpft. Doch mein Fuß war genauso schnell und mein Stiefel stabil genug, die Tür einen Spalt weit geöffnet zu halten.

„Lass mich in Ruhe!"

„Wenn du mich jetzt nicht reinlässt, dann rufe ich die Polizei."

Die Drohung hatte den gewünschten Effekt und wir standen uns jetzt beide im Türrahmen gegenüber, die Blicke starr aufeinander gerichtet.

„Du würdest es nicht verstehen."

„Vielleicht versuchst du es mal zu erklären."

Sie hob ihre Sonnenbrille an: Jetzt konnte sie mir nichts mehr vorspielen. „Er schläft."

„Wer?"

„Er, Theodora. Ich habe ihn zum Schlafen gebracht."

„Er muss doch einen Namen haben."

„Noch nicht."

„Wie meinst du das?", antwortete ich verärgert.

„Ich habe ihm eine Spritze gegeben, bevor ich raus bin, damit er nicht so viel schreit…"

Nichts von dem, was sie sagte, beantwortete meine Frage: Wie konnte es sein, dass er keinen Namen hatte? Dann wurde mir bewusst, was sie mir gerade gesagt hatte, und ich wiederholte ihre Antwort in Gedanken Wort für Wort, durchstöberte sie nach einer schrägen Formulierung, irgendeinem Hinweis auf eine Lüge. Stattdessen stieß ich bloß auf eine winzige Ader der Freude.

Sie bedeutete mir, hereinzukommen, und ich folgte ihr, während ich versuchte, im schwachen Licht des Vorzimmers irgendetwas zu erkennen. Doch es war unmöglich, an meiner Freundin vorbeizusehen, die mit ihrem Körper scheinbar den Eingang zum Zimmer zu verdecken versuchte.

„Nach der Eröffnungsgala spürte ich gar nichts mehr. Es hätte nicht mehr besser kommen können, aber ich konnte einfach nicht glücklich sein. Die Medusa… Ich konnte sie nicht ausstehen, ihr hilfloser Ausdruck hat mich angeekelt. Und ich habe auch mich selbst gehasst, wie ich mitten im Applaus stand, alle Kameras auf mich gerichtet, als sei ich ein Zirkustier am Ende der Aufführung."

Ich wollte ihr widersprechen. Ihr Auftritt vor Publikum war von echter Emotion erfüllt gewesen. Und es gab nichts, das sie an sich hätte kritisieren können, sie hatte alles gegeben, wie immer, und ich bewunderte sie dafür. Doch diese Heftigkeit, mit der sie sprach, ihre nervösen Bewegungen, ließen mich einen Schritt in Richtung Tür zurückweichen: Sie hatte sie nicht geschlossen, ich konnte also noch fliehen. Trotz allem war ich aber fest entschlossen, ihr zuzuhören, um zu erfahren, ob ich noch die Möglichkeit hatte, es wieder gut zu machen, sie vor dem zu retten, das sie sich selbst und anderen da antat.

„Der einzige Weg zu wirklicher Authentizität war der der Dekonstruktion. Alles aus dem Gedächtnis zu schmeißen, was sie uns an dieser billigen Schule beigebracht haben. Ich musste mich den männlichen Subjekten ganz hingeben, aber allein der Gedanke daran war so überfordernd. Also versuchte ich etwas, das ich noch nie zuvor getan hatte."

„Was denn?"

„Ich habe gebetet."

Ich musste kichern. Diomeda konnte unmöglich an etwas Höheres glauben als an sich selbst. Sie reagierte nicht, bemerkte mich vielleicht gar nicht, so gefangen war sie in ihrer eigenen Erzählung der Ereignisse.

„Als ich mich am nächsten Morgen an die Arbeit begab, hatte ich fast das Gefühl, jemand würde meine Hand führen. Also probierte ich mich an der Relief-Malerei, formte mit Acrylputz. Zuerst kam ein perfekt proportioniertes Gesicht heraus. Und du kannst mir glauben, wenn ich dir sage, ich habe noch nie einen so attraktiven Mann gesehen. Doch dieses Gesicht sah mich an: Seine leeren Augen betrachteten mich, ja, baten mich, es menschlich zu machen… Und ich gehorchte."

Sie fuhr fort, den Prozess zu beschreiben, der Wochen gedauert hatte; sie hatte ihre Runden durch die Stadt gezogen, war in die verschiedensten Buslinien gestiegen, auf der Suche nach Material. Sie hatte Fremde beobachtet, deren starke Hände, die die Tickets entwerteten, das Zucken ihrer Bärte über der Kehle, während sie telefonierten, die Zähne stets gebleckt wie Raubtiere. Sie hatte eine kleine Schere mit sich herumgetragen, um winzige Büschel von dunklem Haar zu stehlen, alle in ähnlicher Farbe. Es genügte schon, wenn die Unglücklichen nur in der Sitzreihe vor ihr saßen - sie selbst wählte immer den allerhintersten Sitzplatz – und ihren Nacken entblößt ließen, unbeachtet. Die Wenigen, die die Berührung der Schneide bemerkt hatten, wurden besänftigt mit ihrem bezaubernden Lächeln und ihrer schlichten Freundlichkeit. Sie war so berauscht von ihrer Idee, dass sie häufig das Essen vergaß, und dann war das starre Gesicht auch schon bald zu einem ganzen Körper herangewachsen.

„Alles war perfekt, sogar der goldene Schnitt. Definitiv das beste Werk, an dem ich jemals gearbeitet habe."

Es war eine für sie sehr unübliche Herangehensweise, normalerweise hätte sie hier und da Elemente eingefügt, die nicht ganz passend waren: Eine Augenbraue höher als die andere oder ein Profil, das so zackig war wie eine wilde Berglandschaft. Ihr Portfolio beinhaltete hauptsächlich Detailzeichnungen und einige Halbbüsten, aber dieses Mal hatte sie sich an einem lebensgroßen Werk versucht. Die Leinwand war etwa zwei Meter hoch, ihr Motiv ein Mann in Bewegung. Es fiel mir schwer, es mir vorzustellen, aber aus ihrer Erzählung malte ich mir eine detaillierte Studie der Muskeln aus, mit besonderem Augenmerk darauf, ihre Bewegungen unter der Haut darzustellen, die Spannung des Fleisches glaubhaft und lebendig zu machen.

„Hast du dich an der Dreidimensionalität versucht?"

Sie murmelte leise etwas vor sich hin, fügte dann hinzu: „Sozusagen. Ich habe ihn im Gemälde verankert."

Schon wieder diese Angewohnheit, über ihre Kunst zu reden, als sei sie menschlich; ich schnaubte, ohne etwas zu sagen, und sie fühlte sich bemüßigt, zu spezifizieren: „Er kann nicht herunterkommen, wenn ich ihn nicht lasse."

Er war lebendig, fuhr sie fort, und es war ihr Begehren gewesen, das ihn zum Leben erweckt hatte. Sie hatte sich in diese Form verliebt und ihr Werk, stetig betend, mit Farben und Schattierungen vervollständigt. Als sie seine Augen mit dem Grünton ausgefüllt hatte, war ihr ein Schauer durch den ganzen Körper gegangen, ein Hunger, der von keinem Essen gestillt werden konnte. Von da an hatte sie es sich zur Gewohnheit gemacht, im Atelier zu schlafen, sie hatte einen Schlafsack gekauft, den sie an der gegenüberliegenden Wand platziert hatte, Nacht für Nacht Kerzen angezündet, auf das Wunder gewartet, das ihr Herz bereits erfüllt hatte. Sie wollte ihr Werk nicht nur zum Leben erwecken, sie wollte sich in es verlieben.

Dafür hatte sie ihre schönste Kleidung getragen, ihre Finger- und Fußnägel in der Farbe von Rosen und Blut lackiert, ihre dunklen Schatten unter den Augen, aus den endlosen Nächten, in denen sie ihn betrachtet hatte, mit Make-up kaschiert. Dann hatte sie entschieden, das gesammelte Haar in Angriff zu nehmen, akribisch hatte sie ihm eine dichte Haarpracht geschaffen, komplettiert mit einem wunderbaren, V-förmigen Ansatz in seiner ebenmäßigen Stirn. Nach einer gefühlten Ewigkeit war er eines Abends aus dem Schlaf erwacht und hatte begonnen, sie zu rufen.

„Diomeda, du bist nicht gesund, du brauchst Abstand…", unterbrach ich sie.

„Ich habe die Grenzen der Natur überwunden, und dafür wird man mich in Erinnerung behalten." Fanatische Wörter, die dafür hätten sorgen sollen, dass ich zur Tür rannte, aber stattdessen dazu führten, dass ich auch das letzte bisschen Widerstand aufgab, bereit, ihr zu beweisen, dass es unmöglich war, was sie mir predigte. Ich betrat ihren Tempel, diesen Raum, der so verwöhnt wurde vom Lichteinfall, mit Dachfenstern, die nur dafür gebaut schienen, um die perfekten Bedingungen zum Malen zu schaffen. Und so erhaschte ich zum ersten Mal einen Blick auf das, was zuvor vor mir verborgen gewesen war. Blut auf dem Boden, Blut an den Wänden. Ich dachte, jetzt sei es vorbei, jetzt sei es wirklich vorbei, Dio, meine Göttin, hätte dieses Mal jemanden umgebracht. Und während ich mir selbst sagte, dass es nicht anders sein könne, erkannte ich das Allerschlimmste: Sie hatte recht.

Von der Wand hing ein Mann, nackt, den Kopf herabgesenkt, die Haut so schweißglänzend, dass sie aussah wie echt. Weil er sediert war, konnte er nicht einmal seinen Kopf bewegen. Nur einige Finger schienen beweglich genug, um zu zucken, ein schmerzliches Krampfen. Ich besah die Schöpfung bis hinab zu seiner Scham, aus der nur zwei Stümpfe herausschauten: Seine Waden waren amputiert.

„Entschuldige das Chaos…", murmelte sie. „Ich habe keine Zeit zum Aufräumen gehabt."

Mir lief ein kalter Schauer über den Rücken, ich drehte mich zu ihr herum, befürchtete plötzlich, dass sie mit mir etwas ähnliches vorhaben könnte. Stattdessen sah ich die übliche Dio, sah einen guten Gott. Ich sah diejenige, die mir die Ehre erwiesen hatte, sie wirklich kennenzulernen, die sich sicher fühlte, weil sie sich nicht mehr verstellen musste. Sie legte eine Hand auf meine Schulter, und ich versuchte, mich auf meine unbefleckten hellen Ballerinas zu konzentrieren, um mich von der roten Farbe abzulenken, die überall vergossen war, zum Verwechseln ähnlich mit Blut, aber ohne diesen animalischen Geruch.

„Was willst du jetzt mit ihm machen?"

„Ich weiß es nicht", antwortete sie. „Ich schätze, wir werden uns aneinander gewöhnen müssen."

„Spricht er?"

„Ein bisschen. Aber vor allem versucht er, sich zu bewegen, und ich möchte das Werk nicht ruinieren, nach all der Arbeit, die ich reingesteckt habe."

Ich konnte meinen eigenen Sinnen nicht mehr trauen. Nichts, das ich sah, hätte mich glauben lassen, dass noch ein Mensch mit uns im Raum war, und doch fühlte ich sein Leid dort oben, wie der gekreuzigte Jesus. Ich streckte meinen Arm und strich über seine Wange.

„Berühr ihn nicht."

„Warum?"

Sie ließ die Frage unbeantwortet, und ich gehorchte einfach. Mein Körper hatte akzeptiert, wogegen mein Geist sich noch wehrte: Er war ihres und sie war nicht mein.

„Ist das denn wirklich nötig gewesen?", fragte ich, während ich daran dachte, wie weich sich an meinen Fingerspitzen seine glatte, haarlose Gesichtshaut angefühlt hatte. Ich starrte in diese Augenhöhlen, die geweint hatten, ohne jedoch einen Schleier zu hinterlassen: Wenn Diomeda sein Herz genommen hätte anstatt seiner Waden, vielleicht hätte sie ihn damit erlöst.

„Ich habe jederzeit die Möglichkeit, ihm noch bessere Beine zu geben. Oder es zu zerstören und etwas ganz Neues herzustellen."

„So einfach funktioniert es aber nicht immer", erwiderte ich, schob eine lange Pause zwischen uns. „Nicht jedes Gebet wird auch erhört."

Bis heute kann ich nicht sagen, was genau es war. Vielleicht die Resolutheit meiner Stimme, das plötzliche Bewusstwerden dieser Liebe, die ich so lange mit mir herumgetragen hatte. Vielleicht diese Leichtigkeit, als ich sie endlich herausgelassen hatte, nach so einer langen Zeit des Versteckthaltens.

Diomeda verstand, und als ich ihrem Blick begegnete, veränderte sich die Art, wie sie mich betrachtete, fast so, als erblicke sie mich zum ersten Mal. Ihr Duft kam näher, wurde süßer, während das Tageslicht davonschlich, als wolle es aus den Dachfenstern heraus und in den schwindenden Abend fliehen.

„Ich hätte es wissen müssen…", flüsterte sie.

Ich fragte mich, warum sie es ausgerechnet auf diese Weise herausfinden musste. Warum hatte sie es in den Kursen nie bemerkt, warum hatte sie sich nie darüber gewundert, dass ich wie eine Klette an ihr geklebt hatte, an jedem ihrer Schritte, trotz ihres Erfolgs und meiner eigenen Niederlagen.

„Das ist also der Grund, warum du es niemandem erzählt hast. Weil du mich noch nicht einmal jetzt abstoßend finden kannst…"

Sie legte ihren Kopf auf meiner Schulter ab, und für eine unbestimmbare Zeit waren wir ewig, genau wie die Statuen, die wir für unsere Studien betrachtet hatten.

„Ich bin noch immer deine Freundin. Deshalb würde ich dir empfehlen, zu gehen: Hier wird das passieren, was passieren muss. Vielleicht wird er beginnen, mich zu lieben, vielleicht werde ich aufhören, ihm wehzutun. Jedenfalls hast du mit der ganzen Sache nichts zu tun."

„Ich habe auch mit deinem Leben nichts zu tun."

Sie schüttelte den Kopf, Bitterkeit in ihrem Blick.

Und während mir bewusst wurde, dass zwischen uns keine Erkenntnis jemals wahrer gewesen, drückte ich die Klinke herunter und begann, die Stufen hinabzusteigen, in der Gewissheit, sie nie mehr wieder zu sehen.

ABSCHALTEN
BARBARA THIEL

Abschalten.

Denkt Tobi. Fast hätte er es laut gesagt. Einfach so, hier in die Stille hinein, die in ihrer Vollkommenheit nur vom leisen Rauschen des Atemgeräts unterbrochen wird. Er ist noch euphorisiert vom vergangenen Wochenende, der Nachhall des Protestgesangs ein schwaches Echo in seinem Gehörgang, die Reste des Adrenalins wie Muskelkater in seinem Körper spürbar. Die ganze Truppe ruft das Wort in seinem Kopf, hunderte Stimmen verschmelzen zu einer einzigen chorischen, die eine Wucht entwickelt hat, eine beinahe physische Präsenz. Die Ruhe hier - der Aufruhr in ihm. Wie dieser Polizist ihn festgehalten hat. Schraubstockgriff. Tobi war komplett handlungsunfähig, hatte nur stolz in die erschrockenen Gesichter seiner Truppe geschaut. Was, wenn er wirklich verhaftet worden wäre? Er hätte sich abführen lassen, hatte sich schon vorgestellt, wie er hinten auf der vergitterten Rückbank säße, die ganze Fahrt über: *Wir sind hier, wir sind laut, weil ihr uns die Zukunft klaut!* Sollten sie ihn ruhig festhalten, anketten, abführen, aber seine Stimme könnten sie ihm nicht nehmen. Still sein würden er und die anderen erst, wenn das Ding abgeschaltet wäre.

Tobis Blick sucht die regelmäßigen Ausschläge der Linien auf dem Bildschirm nach einem Zeichen ab, nach einer Reaktion auf seine Anwesenheit, hofft vergebens auf einen Aussetzer, einen Sprung, irgendetwas. *Abschalten!* denkt er wieder. *Abschalten, Abschaffen, Umweltzerstörer, Klimaschänder!* Er kann nichts dafür, es ist wie Gedankentourette, es knallt in seinen Kopf, je mehr er es zu unterdrücken versucht. Zur Sicherheit beißt er sich auf die Unterlippe, er meint es ja nicht so, er kann sich nur nicht wehren gegen das Echo vergangener Tage. Manchmal ist es noch schlimmer als jetzt. Manchmal, da sitzt er im Zug oder in der Straßenbahn und seine innere Stimme pfeffert mit Worten um sich, von denen die anderen Fahrgäst:innen sich nicht mehr erholen würden, wenn er sie laut dächte. Niemals darf ihm so was rausrutschen. Tobi schämt sich dafür. Er schämt sich, dass er sich einfach nicht unter Kontrolle hat. Dabei hängt so vieles von ihm ab. Außer dieser maschinenbelebten Körperhülle, die neben ihm liegt, ist er quasi der Letzte seiner Art. Und er ist bereit, bis zum Letzten zu kämpfen. Was auch immer das dann heißen mag...

Sie kämpft immer noch. Hatte der Pfleger vor ein paar Tagen gesagt, seiner Mutter die Hand gedrückt und ihn ganz mitleidig angesehen. Ihr Kampf war aber noch nie seiner gewesen. Und während er sie so ansieht, diese fahle Gesichtshaut, die sich immer weiter in die Matratze hineinzieht, erkennt er überhaupt nichts Kämpferisches an ihr. Er hatte lange genug genickt und seine Worte stumm heruntergeschluckt, wenn sie behauptete, er könne das erst verstehen, wenn er selbst einmal Kinder habe. Inzwischen weiß Tobi, dass der Name, der an ihm und seiner Mutter hängt wie ein Faden in die Vergangenheit, mit ihm aussterben wird. Was Energie frisst und sie als dreckige Luft wieder entlässt, muss verhindert, muss abgeschaltet, abgeschafft werden. Und als nächstes schaffen wir uns selbst ab. Wir haben ja längst damit begonnen.

Die ganze Zeit über ruht Tobis Blick auf den Steckdosenleisten, die mit Plastik verkleidet auf der Wand sitzen. Wie Marionettenschnüre kleben die Schläuche und Kabel am Körper seiner Mutter und enden alle früher oder später in dieser Wand. Manche über Umwege, andere auf dem kürzesten Weg. Tobi weiß genau, welches die wirklich wichtigen sind und auf welche man notfalls verzichten könnte. Nach einem Jahr, täglich auf dem Besucherstuhl, da weiß man sowas. Trotzdem reißt er seinen Blick ruckartig los, so kräftig wie man einen alten Stecker herauszieht, und geht, ohne sich zu verabschieden.

-

Die alte Standuhr in seinem Zimmer hat er mal im Second-Hand-Laden gefunden – wie eigentlich all seine Möbel und Kleidungsstücke. Im Gegensatz zu den meisten anderen Menschen ist das leise Ticken für Tobi immer beruhigend gewesen. Es ist noch Zeit, so lange er dieses Geräusch hören kann. Es geht weiter, das gleichmäßige *TickTick-Tick* ist der Beweis dafür. Und wenn es noch nicht zu spät ist, dann lohnt es sich auch zu kämpfen.

Heute Abend ist es nicht nur sprichwörtlich fünf vor Zwölf, sondern die Zeiger bewegen sich tatsächlich auf Mitternacht zu, und Tobi hat nicht mal annähernd all die Aufgaben erledigt, die er sich vorgenommen hatte. Morgen um zehn soll er vor den versammelten Mitgliedern der Grünen Gruppe sprechen, um elf hat er Bioklausur. Seine Rede ist erst halb fertig, die Lernzettel liegen auf Bett und Fußboden verteilt, füllen sein kleines WG-Zimmer, obwohl sie eigentlich seinen müden Kopf füllen sollten. Er spürt einen dumpfen Druck unterhalb der Rippen, ignoriert ihn aber. Auch dieses Mal würde er irgendwann verschwinden. Sein Handy leuchtet in der Dunkelheit kurz auf, die sonst nur von der kleinen Schreibtischlampe erhellt wird. Amilena hat eine Nachricht geschickt.

Wann bist du Morgen auf'm Zülpi? Ich komm so um 1 :)
Seine Finger um das Smartphone herum werden kalt und feucht, er beißt sich auf die Unterlippe. Verdammt, wie konnte er die Demo in Köln nur wieder vergessen? Tobi presst seinen Handballen gegen den unteren Rippenbogen und versucht, ruhig zu atmen. Ein und aus, immer im gleichen Rhythmus. Er mag gleichmäßige Geräusche. Das Ticken der Uhr, das Rauschen des Atemgeräts am Bett seiner Mutter, das Stampfen von einhunderttausend Füßen auf ihrem Protestmarsch in der deutschen Hauptstadt. Das ist ein richtig gutes Geräusch, das muss er sich notieren für die Rede, bevor er es wieder vergisst. Dass er überhaupt Dinge zu vergessen beginnt, ist neu. Womöglich eine extrem frühe Form von Demenz. Vielleicht sollte er sich einmal untersuchen lassen? Aber nein, selbst wenn es so wäre, würde er es lieber gar nicht wissen wollen. Er lässt den Stift fallen und greift wieder zum Smartphone. Wenn er die Klausur ein bisschen früher abgeben und gleich zum Bahnhof laufen würde, könnte er es vielleicht noch schaffen. Sein Finger zittert über dem rot-weißen Symbol der Bahn-App, und obwohl er sein Zimmer immer nur bis auf 18 Grad beheizt, kommt ihm der Raum auf einmal viel zu warm vor. Er drückt mit zwei Fingern in die schmerzende Stelle unter seinem Brustkorb, während er mit der anderen Hand eine ICE-Verbindung nach Köln bucht. Die Zahlen und Buchstaben auf dem Display werden vor seinen Augen löchrig wie Schweizer Käse und er nimmt sich vor, gleich unbedingt etwas zu trinken. Seine Finger tippen *Sorrx, ich schaffs* – dann wird die Welt von ihren Rändern her schwarz, wie eine Linse, die sich langsam schließt.

-

Isi schaut ihn von oben herab sorgenvoll mit großen, dunklen Augen an, ihre Hände mit einem feuchten Waschlappen auf Tobis Stirn gepresst. „Du machst einfach zu viel", sagt seine Mitbewohnerin, „das kann kein Mensch auf Dauer durchhalten." Tobi antwortet mit einem Geräusch des Protests, ist aber zu müde, um zu widersprechen und kann nicht leugnen, dass die Pause und die Kühle des Waschlappens ihm guttun. Die Zärtlichkeit, mit der Isi ihn ansieht, tut ebenso gut, obwohl das ein Gedanke ist, den er normalerweise schnell verdrängt. Für Gefühlsduselei wird später noch genug Zeit sein, wenn er und die anderen es geschafft hätten, zumindest den Großteil der Menschen für die selbstgemachte Zerstörung des Planeten zu interessieren. Doch ihre Augen sind so hübsch, dass sich sogar das Stechen in seinem Brustkorb unter ihrem Blick viel leichter ertragen lässt. Mit einem Ruck richtet er sich auf und wirft dabei unsanft Isis Hand von seiner Stirn. Er will keine Zeit verlieren.

„Es gibt eben Wichtigeres im Leben als Spaß und Geld. Soll ich auch nur dasitzen und zusehen, wie die Welt kaputt geht? Das machen schon genug." Die Augen scheinen noch eine Nuance dunkler zu werden, Isi sieht enttäuscht aus, als hätte er sie gerade abgewiesen. Hat er ja auch, irgendwie... In seinem Herzen ist eben nicht genug Platz, momentan gilt all seine Liebe und Zuneigung nur der einen, die eigentlich bei allen Menschen den größten Platz im Herzen einnehmen müsste, die in so vielen Liedern besungen und zeitgleich von so vielen Händen misshandelt wird: Gaia.

„Gaia? Das ist dieses Lied, von dem du erzählt hast, oder?" Er hat nicht gemerkt, wie er es laut gesagt hat. Vielleicht war das tatsächlich der Schlafmangel und Terminstress, der ihn ein bisschen wirr werden lässt. Er denkt an den Song, der so scharf auf den Punkt bringt, was er selbst fühlt und nicht richtig sagen kann. Wenn er solche Worte findet, solche Sprachbilder vor den Zuhörenden malen könnte, wenn es ihm nur gelänge, etwas in ihnen so tief zu bewegen, wie dieser Song es in ihm selbst tut... Der Schmerz unter seinen Rippen sticht noch einmal zu, dann lässt er nach, die Welt verliert Kontur, Isis Worte ihre Bedeutung, es gibt noch so viel zu tun, aber in diesem Moment lässt Tobi sich einfach in die Schwärze fallen, die ihn umschließt.

-

Jeden Tag etwa ein Kilogramm Kohlendioxid. Allein, um zu Leben. Ein einzelner Baum schafft es gerade mal, 0,04 Kilogramm täglich zu binden. Tobi versucht, noch den zusätzlichen Einfluss durch den Stromverbrauch der Geräte zu berechnen, aber dann müsste er auch das Pflegepersonal mit einbeziehen, deren Verbrauch, abhängig vom Lebensstil und Verkehrsmittel, mit dem sie den Arbeitsweg zurücklegen, und wenn man so anfinge, käme man auch nicht umhin, die gesamte Infrastruktur des Krankenhauses zu berücksichtigen, die allein für den Erhalt der Einrichtung wahnsinnig viel Dreck fabriziert und Ressourcen frisst. Wieviel ist ein Menschenleben wert? Die Frage haben sie damals im Ethik-Unterricht diskutiert, als sie Schirachs *Terror* gesehen hatten. Tobi war schon damals laut, und das nicht bloß für eine bessere Mündliche, wie die meisten anderen. Inzwischen ist er sich gar nicht mehr sicher, ob er die gleiche Meinung noch im Leisen vertreten würde.

Stöhnend dreht er sich auf die andere Seite, doch etwas hält ihn zurück, lässt seinen Arm nicht los. Dass er an diesem blöden Tropf hängt, der seine ohnehin kaum vorhandene Bewegungsfreiheit noch weiter einschränkt, hat er schon wieder vergessen. Immerhin kann er jetzt seinen eigenen Pyjama tragen, wird nicht mehr in dieses lächerliche Hemdchen gezwungen, das einem das letzte bisschen Würde und Selbstbestimmtheit raubt. Irgendwo im gleichen Gebäude, unter oder über ihm, mit meterdicken Schichten Stahl und Beton dazwischen, liegt seine Mutter in der gleichen Art von Bett mit genau diesem dämlichen Hemdchen, mit seinem immergleichen Muster, das einen irgendwann ganz kirre macht.

„Wie geht es Ihnen heute Morgen, Herr Freitag?" Die Schwester, die im Frühdienst immer für ihn zuständig ist, mit Frühstück kommt und mit Blutdruckwerten geht, findet er eigentlich ganz niedlich. Trotzdem kann er heute keine Kraft mehr aufbringen, ihr etwas vorzulügen. „Schlecht", sagt er nur und zieht sich die Decke bis unter die Augen, so dass er sie gerade noch sehen kann. Inzwischen gibt es sowieso nichts mehr in Tobis Leben, für das es sich lohnen würde, stark zu bleiben. Zum ersten Mal erlaubt er sich, im Angesicht dieser Erkenntnis, einfach loszulassen, zu resignieren.

„Das ist aber schade", sagt die Schwester, während sie ihn vom Tropf befreit und die Nadel in seine Armbeuge schiebt, durch die sofort dunkelrot sein Blut schießt. „Ich komme nämlich eigentlich mit guten Neuigkeiten: Sie sollen heute entlassen werden!" Anstatt einer Antwort kommt nur ein leises Stöhnen durch seine halb geöffneten Lippen. Er muss an sein Zimmer denken, die Kälte dort, nicht allein wegen der Raumtemperatur, seine Bio-Sachen überall chaotisch verstreut, das Blatt mit den ersten erbärmlichen Sätzen für die Rede, die er nie gehalten hat. An dem Abend, als es ihm so schlecht ging, hatte er noch geglaubt, sich einfach bloß zusammenreißen zu müssen, nicht schwach zu werden. Doch was die Ärzt:innen diagnostizierten, war mehr als bloße Schwäche.

„Können Sie sich einmal für mich aufsetzen, bitte?" Genervt und ohne jegliche Körperspannung nimmt Tobi einen krummen Sitz auf der Bettkante ein, den Rücken so rund, als würde er beim Yoga die Marjariasana machen. „Ein bisschen gerader, wäre das möglich?" Bei den Worten legt sie den Kopf leicht schief, stülpt die Lippen nach vorn. Plötzlich ist sie nicht mehr die süße Krankenschwester, sondern sieht genau so aus wie seine Mutter. *Kannst du dich nicht ein bisschen ordentlicher hinsetzen, hm? Hättest du dich nicht ein bisschen mehr konzentrieren können? Haben die anderen auch so schlechte Noten?*

„Ich lass mir überhaupt nichts mehr sagen! Ihr könnt mich alle mal!" Jetzt lässt er sich mit größtmöglichem Schwung wieder auf den Rücken fallen und zieht diesmal die Decke vollständig über den Kopf. Er strampelt wild, weil unten die nackten Füße herausgucken, die Decke zu kurz, aber nicht einmal das will ihm gelingen. Die Schwester schweigt erschrocken, aber Tobi wundert sich kaum noch über sich selbst. Die Ärzt:innen sagen, er sei ausgebrannt, aber er hat eher das Gefühl, er brennt noch immer. Die Flamme wird nicht kleiner, sondern größer, frisst immer mehr von dem, was er mal war. Sein einstiges

Leben hat sie längst in Asche gelegt: den Erfolg im Studium, die Anerkennung seines Trupps, die Lebendigkeit seiner Mutter. Wahrscheinlich ist es nur folgerichtig, dass er jetzt auch seinen Anstand verliert. Und wenn das Feuer nicht gelöscht wird, erreicht es vielleicht auch irgendwann seinen Lebenswillen.

Das Leben aber drängt sich mit aller Gewalt und Strahlkraft wieder zu ihm hinein, blendet ihn, als die Schwester die Decke von seinem Gesicht herunterzieht, so als sei er bloß ein bockiges Kind. Sie hält das alles für ein Spiel. Wahrscheinlich geht sie auch mit dieser Einstellung durchs Leben. „Keine Sorge, ich lasse Sie gleich in Ruhe schmollen. Ich bräuchte nur noch zwei Röhrchen Blut von Ihnen, dann sehen Sie mich nie wieder." Sie grinst breit, glaubt mit ihrem schlechten Humor alle Probleme der Welt lösen zu können. Nicht einmal mit Ernsthaftigkeit lassen sie sich jetzt noch lösen. Ihr Grinsen sitzt wie festgetackert in ihrem Gesicht, es kommt Tobi näher, ihre weichen Hände greifen nach seinem Arm unter der Decke, seine Grenzen sind ihr egal, sie nimmt ihn kein bisschen ernst.

Mit einem heftigen Ruck wirft er seinen Körper auf die Seite, fällt beinahe am anderen Ende des Bettes wieder heraus, doch fängt sich im letzten Moment. An seiner Armbeuge spürt er etwas Warmes hinablaufen. „Herr Freitag, bitte!" Nun scheint er sie tatsächlich schockiert zu haben, sie klingt aber auch ein wenig hilflos, was Tobi irgendwie gefällt. Schnell hat sie sich wieder unter Kontrolle, beugt sich über ihn, will ihn zurück auf den Rücken drehen, die starke Blutung stoppen, die die herausgerissene Nadel verursacht hat.

„Fass mich nicht an!" Wie ein verletztes Tier kauert sich Tobi in der obersten Ecke seines Bettes zusammen, sein Sprechen beinahe ein Fauchen. Vielleicht ist es das, was passiert, wenn einem alles genommen wird. Dann ist auch die Menschlichkeit weg, dann fällt man 64 Millionen Jahre in der Zeit zurück, wird wieder Tier, instinktgetrieben.

Als sich ihre Hand in einem letzten verzweifelten Versuch nähert, schlägt er sie reflexhaft weg. Die rote Blüte an seiner hellen Pyjamahose wächst immer weiter, weil er seine Beine umschlungen hält, die Armbeuge ans Schienbein gedrückt. Panisch läuft die Schwester aus seinem Zimmer, ruft nach Hilfe. Tobi denkt nicht darüber nach, ob es sinnvoll ist, ihr hinterher zu laufen, er denkt überhaupt nicht mehr. Er weiß nur, dass er weg will, das Wohin spielt nur eine untergeordnete Rolle. Am Ende des Ganges steigt eine ältere Dame aus dem Fahrstuhl. Tobis nackte Sohlen klatschen auf den kalten Krankenhausboden, wie damals als Kind aufs Linoleum der Turnhalle, als die anderen Jungs seine Turnschuhe in die Dusche gestellt hatten. Im Sprint schafft er es gerade so, zwischen den sich schließenden Fahrstuhltüren in den leeren Aufzug hindurchzurutschen. Sein Puls hämmert bis unter die

Kopfhaut, das Atmen brennt ihm im gesamten Brustkorb und der altbekannte Schmerz, der ihn seit Wochen heimsucht, ist wieder da.

Die flachen Knöpfe mit den Etagenziffern haben alle eine durchsichtige Umrahmung, keine von ihnen leuchtet auf, nur der Notfallknopf glimmt gefährlich rot. Er könnte einfach den obersten drücken, herausrennen, irgendein Fenster suchen, das sich öffnen lässt. Dann wäre es vorbei. Es gäbe immer noch die kleine Chance, dass jemand trotzdem anerkennen würde, wie sehr er die letzten sieben Jahre gekämpft hatte. Eine Greta Thunberg würde er nicht werden, aber ein verzweifelter, selbstloser und mutiger Aktivist, der sich das Leben nimmt, um den Planeten nicht weiter mit seinem nutzlos gewordenen Dasein zu belasten. Es besteht immer noch die Chance, dass er nach seinem Tod zur Ikone würde. Ein Märtyrer in letzter Generation.

„Vierter Stock. Neurologie." Das sagt die blecherne Frauenstimme des Fahrstuhls, dann schieben sich die Türen langsam auf. Eine Mutter mit Kind betritt steif die Kabine, leere Blicke, den Schock in jedes Körperteil eingeschrieben. *Wieder einer weniger*, denkt Tobi, aber da ist keine Empathie in diesem Gedanken, nur Pragmatismus. Wie ferngesteuert läuft er in seinem Pyjama mit den wehenden Hosenbeinen den Flur entlang, niemand stellt Fragen, kommt wie von selbst im Zimmer seiner Mutter an. Es riecht scharf nach Desinfektion und ein bisschen säuerlich, der Ursprung dieses Sauren undefinierbar. Nicht eine Nuance hat sich verändert, nicht ein Pinselstrich des Bildes, das sich ihm bietet, ist variiert worden. Womöglich ist die Hülle dieser Frau, die Tobi selbst immer nur Hüllen übergestülpt hat, noch weiter in die Matratze hineingesackt. Unmöglich für ihn, noch einen Unterschied festzustellen in dem, was er jeden Tag sieht, jede Nacht sieht, jedes Mal sieht, wenn er kurz die Augen schließt. Die Hüllen, in die sie ihn gesteckt hat, konnte er nie ganz ausfüllen, aber diese Frau hat selbst nicht einmal die eine füllen können, die ihr von Natur aus zugefallen ist. Nicht einmal das Muttersein hat sie hinbekommen. Was für eine Verschwendung.

Tobi ist überrascht, wie leise der Alarm ist, der Stille im Zimmer zum Trotz, wie gleichmäßig und sanft die Veränderungen der hellen Linien auf den Displays sind. So gemächlich und natürlich. Es sieht aus wie ein Rinnsal nach langen Regentagen, das in der Mitte einer Wiese versickert. Wie ein breiter Ast, der sich zum Ende hin immer weiter ausdünnt, in den Himmel ragt, zarter und zarter wird, bis er verschwindet. Die Friedlichkeit der ganzen Natur hat Einzug gehalten in diesem von Maschinen und Technologien bewohnten Zimmer, in diesem Kasten aus Stahl, Glas, Plastik und Beton.

Tobi steht im Auge des Sturms und lächelt leicht vor sich hin. Er scheint über sich zu schweben, blickt auf die hektische Aktivität des Personals hinab, das die Maschinen wieder ans Laufen bringt, die die Körperhülle seiner Mutter wieder mit Leben füllen sollen. Er sieht seinen eigenen Körper, den Unterarm und die Seite seines Pyjamas blutverschmiert, die Hände des Pflegers, die brutal seine Handgelenke zusammendrücken wie die eines Kriminellen, unbestimmte weiche Finger, die einen festen Verband anlegen, wo sein eigenes Leben in rotflüssiger Form immer noch heiter aus ihm heraussprudelt, gummiquietschende Schritte, zu schnelle Stimmen, Rucken und Zerren an seinem Körper, der den Blutverlust gerade noch kompensieren kann, dann immer weicher wird, immer schwerer und plötzlich ganz leicht. Die Liege steht auf einmal da, als sei sie vom Himmel gefallen, an den Tobi eigentlich gar nicht glaubt. Aber bis eben hätte er auch nicht geglaubt, dass einer von acht Milliarden tatsächlich einen Unterschied machen würde. Doch der schrille Alarmton des Herzmonitors ist wie Musik in seinen Ohren, gibt ihm die Hoffnung zurück, dass jede:r Einzelne zählt. Manche, weil sie kämpfen. Andere, weil sie den Kampf aufgeben. Tobi weiß genau, zu welcher Kategorie er zählt, aber jetzt liegt er erst mal auf der rollenden Trage, die Leuchtstoffröhren über seinem Kopf sind heute nicht mehr bedrohlich, sondern ziehen vorbei wie hundert Sonnen. Und bis alles wieder von vorne losgeht, wie der ewige, wunderschöne Kreislauf der Welt, kann er endlich

Abschalten.

STACCARE
BARBARA THIEL
Traduzione di Francesca Pozzo

Staccare.

Pensa Tobi. L'ha detto quasi ad alta voce. Così, nel perfetto silenzio, interrotto solo dal frusciare delicato del respiratore. È ancora euforico dal weekend precedente, il riverbero delle canzoni di protesta una flebile eco nelle sue orecchie, i rimasugli di adrenalina ancora nel corpo come acido lattico. Tutto il corteo sta urlando quella parola nella sua mente, centinaia di voci si fondono in una sola che ha sviluppato un impatto, una presenza quasi fisica. La calma qui – il tumulto dentro di lui. Come quel poliziotto che l'ha bloccato. Una morsa. Tobi era completamente inerme, guardava con orgoglio le facce spaventate dei manifestanti. E se fosse stato arrestato sul serio? Si sarebbe lasciato portare via, aveva già immaginato di sedersi nel retro della volante, dietro le sbarre. "Siamo invincibili! Un altro mondo è possibile!": così, fino alla stazione di polizia. Potevano pure bloccarlo, ammanettarlo, arrestarlo, ma non togliergli la voce. Lui e gli altri sarebbero stati tranquilli solo quando quella cosa fosse stata staccata. Lo sguardo di Tobi scruta le linee regolari sullo schermo alla ricerca di un segno, una reazione alla sua presenza, spera invano in un picco, un glitch, qualunque cosa. Staccare! pensa di nuovo. *Staccare, eliminare, l'ambiente devastare e il clima inquinare!* Non ce la fa, è come una sindrome di Tourette, batte in testa, più tenta di reprimerla, più è forte. Si morde labbro inferiore, non ci crede sul serio, non riesce solo a contrastare l'eco dei giorni passati.

A volte è ancora peggio di adesso. A volte quando è seduto sul treno o nella metro la sua voce interiore gli scaglia contro certe parole che scandalizzerebbero gli altri passeggeri se solo le avesse pronunciate ad alta voce. Cose così non dovrebbero scappargli. Tobi si vergogna. Si vergogna per non sapersi tenere sotto controllo. Al di là di questo guscio accanto a lui, un corpo animato dalla macchina, in pratica lui è l'ultimo della sua specie. Ed è pronto a lottare fino all'ultimo. Qualsiasi cosa significhi, *alla fine... lei sta ancora lottando*. È quel che ha detto l'infermiera un paio di giorni prima, stringendo la mano della madre e lanciando a Tobi un'occhiata di pietà. Ma la lotta di lei non è mai stata la sua. E a vederla così, con la pelle del viso ingrigita, mentre sprofonda ogni giorno nel materasso, non percepisce nulla di combattivo. Lui ha annuito troppo a lungo, silenziosamente, ingoiando parole, quando lei affermava che avrebbe capito solo quando avrebbe avuto dei figli suoi. Tobi ora sa che il suo cognome che è incollato a lui e a sua madre come un filo al passato, si estinguerà assieme a lui. Ciò che sta divorando energia ed espellendo aria sporca deve essere devastato, deve essere staccato, eliminato. E poi, ci eliminiamo noi stessi. Abbiamo iniziato da tanto. Per tutto il tempo, lo sguardo di Tobi riposa sulle prese di corrente alla parete, ricoperte di plastica. I tubi e i cavi sono attaccati al corpo della madre come fili a marionette, prima o poi tutti finiscono in questa parete. Alcuni tramite deviazioni, altri direttamente. Tobi sa esattamente quali sono veramente importanti e di quali fare a meno, se necessario. Dopo un anno sulla sedia delle visite, ne è consapevole. Tuttavia distoglie lo sguardo bruscamente, nel modo in cui si stacca di colpo una vecchia spina, e se ne va senza salutare.

-

Come tutti i suoi mobili e i suoi vestiti, una volta ha comprato il vecchio pendolo della sua stanza in un negozio di seconda mano. Ma a differenza della maggior parte delle persone, Tobi ha sempre trovato quel ticchettare sommesso tranquillizzante. Finché sente questo suono, c'è ancora tempo. Scorre, il tic tic tic costante ne è la prova. E se non è ancora troppo tardi, allora vale la pena di andare avanti. Stasera il tempo è quasi scaduto, non solo figurativamente, le lancette dell'orologio si stanno proprio muovendo verso la mezzanotte e Tobi non ha ancora finito tutte le cose da fare. Domani alle dieci deve parlare di fronte a tutti i membri del Green Group e alle undici ha un esame di biologia. Il suo discorso è a metà, i suoi appunti sparpagliati ovunque sul letto e sul pavimento riempiono la piccola stanza condivisa, anche se in realtà dovrebbero colmare la sua testa stanca. Sente una leggera pressione sotto le costole, ma la ignora. Andrà via, alla fine, anche questa volta. Il suo cellulare illumina il buio della stanza per un secondo, poi di nuovo l'unico bagliore di luce proviene dalla piccola lampada da scrivania. Amilena gli ha mandato un messaggio.

Quando sei allo Zülpi domani? Io verrò attorno all'1 :)

Le sue dita attorno al telefono si fanno fredde e sudate, si morde il labbro inferiore. Maledizione, come può essersi dimenticato ancora della dimostrazione a Colonia? Tobi preme il palmo contro la cassa toracica e cerca di respirare con calma. Dentro e fuori, un ritmo costante. Gli piacciono i suoni ripetitivi. Il ticchettare dell'orologio, il sibilo del respiratore al capezzale di sua madre, il calpestio di centomila piedi nella marcia di protesta nella capitale. Questa è veramente bella, deve annotarla nel suo discorso prima che se ne dimentichi di nuovo. Che lui si dimentichi le cose, è una novità. Forse una forma estremamente precoce di demenza. Dovrebbe forse farsi controllare? Ma no, anche se fosse, non vorrebbe saperlo. Lascia cadere la penna e prende di nuovo il telefono. Se consegnasse qualche minuto prima e corresse in stazione, potrebbe ancora farcela. Il dito trema sopra l'icona bianca e rossa dell'app del treno e anche se non riscalda mai il suo appartamento al di sopra dei diciotto gradi, la stanza comincia a diventare troppo calda. Lui preme due dita sul dolore nella cassa toracica mentre con l'altra mano prenota un'alta velocità per Colonia. I numeri e le lettere sul display di fronte ai suoi occhi si riempiono di buchi, come groviera, e lui decide di aver veramente bisogno di bere qualcosa. Le sue dita digitano: *Scus, non* – poi il mondo si scurisce dagli angoli, come una lente che si chiude piano.

-

Isi lo guarda dall'alto con i suoi occhi neri pieni di preoccupazione, la mano preme un fazzoletto bagnato sulla fronte di Tobi. "Stai sforzandoti troppo" dice la sua coinquilina, "nessuno può continuare così sul lungo periodo". Tobi replica con un mugugno di protesta, ma si sente troppo stanco per obiettare e non può negare che la pausa forzata e il panno fresco lo facciano sentire bene. Anche la tenerezza con cui Isi lo guarda lo fa sentire bene, ma è un pensiero che respinge in fretta. Ci sarà tempo per i sentimentalismi più tardi, quando lui e gli altri ce l'avranno fatta a smuovere almeno la maggior parte della popolazione e risvegliare interesse riguardo alla distruzione autoindotta del pianeta. Ma quegli occhi sono così belli che anche il dolore nella cassa toracica sembra più sopportabile sotto il loro sguardo. Si tira su di scatto, scacciando con foga la mano di Isi dalla fronte. Non deve più perdere tempo.

"Ci sono cose più importanti nella vita che i soldi e il divertimento. Pensi veramente che io me ne stia seduto a guardare il mondo che va a rotoli? Ci sono già abbastanza persone a farlo."

Le iridi sembrano diventare una tonalità più scura, Isi sembra delusa, come se l'avesse appena rifiutata. E l'ha fatto, in un certo senso... ma solo perché non c'è abbastanza spazio nel suo cuore, al momento tutto il suo amore e la sua devozione vanno all'unica, all'unica che dovrebbe veramente occupare la maggioranza dei cuori di tutti, all'unica di cui tante voci cantano mentre molte mani la abusano: Gaia.

"Gaia? È la canzone di cui mi hai parlato, no?" Lui non si è reso conto di averlo detto ad alta voce. Forse sono veramente la privazione di sonno e lo stress delle scadenze che l'hanno reso così confuso. Ripensa alla canzone che arriva così nitidamente al cuore di ciò che lui stesso sente e che non riesce a esprimere pienamente. Se solo trovasse parole come quelle, se tramite esse potesse dipingere immagini nella mente di chi lo ascolta, se potesse smuovere qualcosa dentro di loro così profondamente come la canzone fa con lui... il dolore sotto le costole lo colpisce ancora, poi si attenua, il mondo perde di contorni e le parole di Isi di significato, c'è ancora tanto da fare, ma in questo momento Tobi si lascia andare e cade nel nero che lo circonda.

-

Più o meno un chilo di diossido di carbonio ogni giorno. Solo per rimanere in vita. Un unico albero può produrne 0,04. Tobi prova ad aggiungere anche il peso delle macchine e il loro fabbisogno di energia, ma poi dovrebbe anche includere il personale medico, il consumo secondo il loro stile di vita e i mezzi con cui arrivano a lavoro e se si inizia a calcolare anche questo allora bisogna anche tenere in considerazione tutta l'infrastruttura dell'ospedale, che fabbrica enormi quantità di sporcizia e spazzatura e divora risorse come caramelle. Quanto vale una vita umana? Ne hanno discusso durante la lezione di etica quando hanno visto *Terror* di Schirach. Tobi ha fatto casino anche allora, e non solo per prendere di più all'orale, come la maggior parte degli altri. Ora non è più sicuro di avere la stessa opinione. Mugolando, si gira dall'altra parte, ma qualcosa lo trattiene, non gli lascia il braccio. Ha già dimenticato di essere attaccato a questa stupida flebo, che limita le sue già scarse capacità di movimento. Almeno ora gli è permesso di indossare il suo pigiama e non è più forzato a quel camice che lo deruba dell'ultimo rimasuglio di dignità e autodeterminazione. Da qualche parte nello stesso complesso, sopra o sotto, con tre strati di acciaio e calcestruzzo in mezzo, sua madre è sdraiata nello stesso tipo di letto, esattamente con lo stesso stupido camice, con la stessa trama a ghirigori che alla fine ti fa uscire di testa.

"Come va stamattina, Signor Freitag?". Di solito pensa che l'infermiera che si occupa di lui nel turno mattutino, che entra con la colazione ed esce con i risultati della pressione, sia abbastanza dolce. Tuttavia non riesce a racimolare la forza per mentirle oggi. "Male", risponde e tira il lenzuolo fin sotto gli occhi, in modo da vederla appena. A ora non c'è nulla che è rimasto nella vita di Tobi per cui valga la pena essere forti. Per la prima volta di fronte a questa realizzazione si permette di lasciarsi andare, di rassegnarsi. "Mi spiace", continua lei mentre lo libera dalla flebo e gli infila l'ago nel braccio, la fiala si riempie immediatamente del suo sangue rosso scuro "ma ho una buona notizia: verrà dimesso oggi".

Invece di una risposta, dalle sue labbra socchiuse esce solo un gemito sommesso. Non riesce a non pensare alla sua stanza, al freddo non dovuto alla temperatura, ai suoi appunti di biologia sparsi caoticamente ovunque, al foglio con le prime frasi patetiche di un discorso che non ha mai tenuto. A quella sera in cui si è sentito così male che ha pensato di doversi tenere insieme per non essere debole. Ma quel che i dottori gli hanno diagnosticato è più di una semplice debolezza.

"Può sedersi per favore?"

Infastidito e senza forze nel corpo, Tobi si trascina al limitare del letto, la schiena arcuata come una Marjariasana nello yoga. "Un pochino più dritto, se possibile?" A queste parole lei inclina la testa e spinge le labbra leggermente all'infuori. Improvvisamente non è più un'infermiera gentile, gli ricorda sua mamma. *Hm, non puoi sederti composto? Non avresti potuto concentrarti un po' di più? Anche gli altri prendono dei voti così bassi?*

"Fanculo, non mi direte più cosa fare!" Ora si lascia cadere indietro e con più foga possibile si mette la coperta sopra la testa. Si divincola violentemente perché i suoi piedi nudi sono scoperti, il lenzuolo è troppo corto, non riesce a gestire neanche quello. L'infermiera è ammutolita, in shock, ma Tobi è a malapena sorpreso. I dottori dicono che è in burn out, ma lui ha la sensazione di star bruciando dentro. La fiamma non si sta rimpicciolendo, ma si ingrossa, mangiando pezzo per pezzo la persona che era. Da tempo ha ridotto in cenere la sua vita precedente: il successo all'università, il riconoscimento del suo gruppo, la vitalità di sua madre. Con ogni probabilità è logico che lui stia perdendo anche la decenza. E se il fuoco non si estingue, potrebbe minacciare a un certo punto anche la sua voglia di vivere. Ma la vita torna a forzarsi dentro di lui con il suo potere e la sua radiosità, accecandolo quando l'infermiera gli toglie la coperta di dosso come se si trovasse di fronte a un bambino dispettoso. Lei pensa che sia tutto un gioco. Probabilmente vive la vita con lo stesso atteggiamento. "Non si preoccupi, le lascio tenere il broncio. Necessito solo di un paio di fiale, poi non mi vedrà mai più". Gli rivolge un ampio sorriso, credendo di poter risolvere tutti i problemi del mondo con il suo scadente senso dell'umorismo. Nemmeno la serietà li può risolvere ora. Il suo ghigno incollato alla faccia si avvicina a Tobi, le sue mani morbide cercano il suo braccio sotto il lenzuolo, se ne frega dei confini, non lo prende per nulla sul serio. Con uno scatto violento, getta il corpo di lato, quasi cade dall'altra parte del letto, ma si blocca all'ultimo momento. Sente qualcosa di caldo che gli scorre lungo l'incavo del braccio. "Signor Freitag, la prego!" Ora sembra che l'abbia spaventata, ha un tono anche un po' indifeso, cosa che a Tobi sotto sotto piace. In un attimo riprende il controllo, si china su di lui, vuole girarlo sulla schiena e fermare la forte emorragia causata dall'ago strappato.

"Non toccarmi!", Tobi si rannicchia nell'angolo superiore del letto come un animale ferito, la sua voce è quasi un ringhio. Forse è questo che succede quando ti viene tolto tutto. Poi anche l'umanità se ne va, si torna indietro nel tempo di 64 milioni di anni, si torna animali, guidati dall'istinto.

Quando la mano di lei si avvicina in un ultimo disperato tentativo, lui di riflesso la scaccia via. La macchia rossa sui pantaloni chiari del pigiama continua a crescere, mentre lui tiene le gambe unite, con il braccio premuto contro lo stinco. L'infermiera corre fuori dalla stanza in preda al panico e chiama un medico. Tobi non pensa se abbia senso o no andarle dietro, non ragiona proprio. Tutto ciò che sa è che vuole andarsene; dove, ha poca importanza. Alla fine del corridoio, una signora anziana esce dall'ascensore. I piedi nudi di Tobi sbattono contro il pavimento freddo dell'ospedale, proprio come facevano sul linoleum della palestra quando era bambino e gli altri ragazzi gli avevano infilato le scarpe da ginnastica nella doccia. Con uno scatto, riesce appena a infilarsi tra le porte che si chiudono ed entrare nell'ascensore vuoto. I battiti sembrano martellargli la testa, il respiro gli brucia nel petto e il dolore familiare che lo perseguita da settimane è tornato.

I pulsanti piatti con i numeri dei piani hanno tutti una cornice trasparente, nessuno fa luce, solo quello d'emergenza si illumina pericolosamente di rosso. Potrebbe semplicemente premere quello in alto, correre fuori, cercare una qualsiasi finestra che si apra. Poi sarebbe tutto finito. Ci sarebbe ancora una piccola possibilità che qualcuno riconosca quanto ha lottato negli ultimi sette anni. Non diventerebbe una Greta Thunberg, ma un attivista disperato, altruista e così coraggioso che si toglie la vita per smettere di appesantire il pianeta con la sua inutile esistenza. C'è ancora la possibilità che diventi un'icona dopo la sua morte. Un martire d'ultima generazione.

"Quarto piano. Neurologia". Questo è ciò che dice la voce femminile dell'ascensore, poi le porte si aprono piano. Una madre e un bambino entrano mestamente, con lo sguardo vuoto, il trauma impresso in ogni parte del corpo. Una persona in meno, riflette Tobi, ma non c'è empatia in questo pensiero, solo pragmatismo. Come se fosse telecomandato, cammina lungo il corridoio in pigiama con i lembi dei pantaloni che sbattono, arrivando automaticamente nella stanza della madre. Nessuno fa domande. C'è un odore acuto di disinfettante, un

50

po' acido, di origine indefinibile. Non una sola sfumatura è cambiata, non una sola pennellata del quadro che gli si presenta. Forse l'involucro di questa donna, che aveva sempre ridotto Tobi solo a una sagoma, è affondato ulteriormente nel materasso. È impossibile per lui notare la differenza con ciò che vede ogni giorno, ogni notte, ogni volta che chiude gli occhi, anche solo per un attimo. Non avrebbe mai potuto impersonare la sagoma che lei gli aveva imposto, ma d'altronde lei non è riuscita a farlo con quella che avrebbe dovuto venirle naturale. Non era riuscita a essere una madre. Che spreco.

Tobi si sorprende di quanto sia silenzioso l'allarme, nonostante la quiete della stanza, di quanto siano uniformi e dolci i cambiamenti nelle linee luminose dei display. Così poco frettolosi e naturali. Sembra un rivolo d'acqua dopo lunghi giorni di pioggia, che si infiltra al centro di un prato. Come un ampio ramo che si assottiglia sempre più verso la fine, che si protende verso il cielo, diventando sempre più delicato fino a scomparire. La tranquillità di Madre Natura ha trovato spazio in questa stanza abitata da macchine e tecnologia, in questa scatola fatta di acciaio, vetro, plastica e cemento.

Tobi si trova nell'occhio del ciclone e sorride lievemente. Sembra fluttuare al di fuori di sé, osservando l'attività frenetica del personale che sta riavviando le macchine che dovrebbero riempire di nuovo di vita il corpo di sua madre. Vede il proprio stesso corpo, l'avambraccio e un lato del pigiama imbrattati di sangue, le mani dell'infermiera che gli stringono brutalmente i polsi come se fossero quelli di un criminale, dita morbide e indistinte che applicano una fasciatura stretta dove la sua stessa vita sta ancora sgorgando allegramente in forma di liquido rosso, passi gommosi e cigolanti, voci troppo veloci, che si muovono a scatti e strattonano il suo corpo, che riesce appena a compensare la perdita di sangue, poi diventa sempre più molle, sempre più pesante e d'un tratto molto leggero. La barella improvvisamente sta lì come se fosse mandata dal cielo, ma Tobi a queste cose non ci crede. Ma fino a questo momento non avrebbe mai creduto che uno su otto miliardi potesse fare la differenza. Però il suono continuo e acuto del monitor cardiaco è musica per le sue orecchie, gli ridà la speranza: ogni singolo conta. Alcuni perché lottano. Altri perché rinunciano a lottare. Tobi sa esattamente a quale categoria appartiene, ma per ora è sdraiato sulla barella rotante, i tubi fluorescenti sopra la sua testa non sono più minacciosi, ma gli passano sopra come cento soli. E finché tutto non ricomincia, come l'eterno, bellissimo ciclo del mondo, lui può finalmente

staccare.

TANDEM
MARTINA ALBERICI
TOI TAUTORUS

Commento di Martina Alberici

Il progetto Tandem per me è stata una grande esperienza, non solo dal punto di vista creativo, ma anche umano. Avere la possibilità di confrontarmi con un partner, mio coetaneo, con una vita, una storia e un bagaglio culturale così simili ma allo stesso tempo così lontani da me, mi ha permesso di scoprire ed entrare in contatto con una sensibilità diversa dalla mia e di vedere la scrittura come un vero e proprio ponte tra culture. Grazie a questo progetto ho imparato quanto sia prezioso il confronto con chi ha un background diverso, perché ogni parola condivisa è un passo verso una comprensione più profonda del mondo e di noi stessi.

Partecipare al progetto è stato come decidere di intraprendere un viaggio senza avere una meta, scoprendo la strada passo dopo passo, parola dopo parola. Tradurre un testo senza sapere dove o come sarebbe finito è stata un'esperienza unica: ogni parola mi guidava verso il cuore della storia, e solo man mano che procedevo potevo intuire le svolte narrative, le emozioni nascoste tra le righe e i significati più profondi. Mi sono sentita come un'esploratrice della scrittura, lasciandomi sorprendere da ogni curva del racconto e immergendomi nella voce del suo autore.

Tandem è la dimostrazione di quanto la traduzione non sia solo un passaggio da una lingua all'altra, e di come la scrittura possa essere un viaggio condiviso, in cui ogni parola diventa un ponte tra le storie e le emozioni di chi scrive e di chi legge. Sono grata di averne fatto parte, e di essermi messa alla prova come scrittrice e traduttrice.

Der Erzählkosmos, den Martina Alberici in *Le piccole disgrazie* zeichnet, mutet zunächst einmal recht eng an. Er beschränkt sich auf einige hundert Meter der engen Einbahnstraße Via Piffetti, die der Ich-Erzähler Orazio von seinem Dach aus beobachtet und auf wenige Stunden nach Einbruch des Abends im Leben der Hauptfiguren, zweier Männer in ihren Fünfzigern. Beim Lesen wird jedoch schnell deutlich, dass diese Enge so gut gefüllt ist, dass man sich als Leser:in nicht mehr wünschen könnte. Nicht nur verfügt Orazio über eine derartig detailreiche Beobachtungsgabe, dass er uns auf diesen wenigen Metern Straße von unterschiedlichsten Passant:innen, menschlicher und tierischer Natur zu berichten weiß. Auch zwischen den zwei Männern brechen sich in der kurzen Erzählung die verdrängten Sorgen mehrerer Jahre Bahn, wenn wir lernen, was für ein (gar nicht so) kleines Unglück die beiden miteinander verbindet und dass Orazios Beobachten vielleicht kein Voyeurismus, sondern eher eine Überlebensstrategie ist. Martina Alberici schafft es so eindrucksvoll über Trauer und Verdrängung sowie über Verletzbarkeit und das Alter zu schreiben.

Martina Alberici ist in den großen Themen, die sie verhandelt eine Erzählerin des Details. Das ist eine große Stärke des Textes und auch eine der Herausforderungen in der Übersetzung. Die Konkretion und die lokale Verortung des Textes sorgten dafür, dass in einem Gespräch, dass wir nach ersten groben Übersetzungsversuchen Fragen zentral wurden wie: Wie sehen die Pförtnerwohnungen in Turiner Palazzi aus? Was für ein Ausschlag sind die Fuochi di Sant'Antonio und wie behandelt man diese spirituell? Und: Was genau ist der *Bre* und spielt man da wirklich Bingo?, da ich Spielbuden hier eher mit Sportwetten oder Automaten in Verbindung gebracht habe.

Das Übersetzen von *Le piccole disgrazie* war eine spannende Erfahrung, da es mir die Möglichkeit gab, unfassbar nah an die Erzählstrategien einer anderen Autorin heranzukommen und intime Verbindungen mit Themen und Figuren einzugehen, die in meinem eigenen Schreiben vielleicht weniger vorkommen. So entsteht jenseits der privaten Gespräche um das Übersetzen herum, allein auf der Textebene ein wirklich bereichernder Austausch.

LE PICCOLE DISGRAZIE
MARTINA ALBERICI

Era ora di cena, e all'ora di cena Via Piffetti è sempre affollata. Guardavo le macchine che intasavano la strada, ora ferme al semaforo, ora parcheggiate, ora appostate ad aspettare chessò io, ora a lasciarsi dietro via Cavour con i suoi uffici e i suoi problemi, ora a divincolarsi nei varchi a senso unico, ora a sgommare, fiacche, verso casa.

Sul marciapiede, dall'altro lato della via, stava passando Zeno; lo seguivo con lo sguardo, ogni sera, da quando spuntava all'incrocio con via Casalis, ore venti e ventidue spaccate, fino a che non entrava al Bre, il Bingo di quartiere, ore venti e venticinque. Zeno era uno a posto, anche se si curava con la curcuma e con i fiori di Bach. Quando mi veniva a trovare parlava ore e ore delle nuove erbe curative che aveva provato e, anziché una vaschetta di gelato o una bottiglia di prosecco, mi portava una delle sue buste di spezie aromatiche tritate a mano per condire la nostra cena e i miei successivi quaranta pasti. Una volta ero andato da lui a farmi segnare i fuochi di Sant'Antonio, aveva preso una fede e mi aveva disegnato delle croci a suon di preghiere su tutta la schiena; mi aveva raccontato che era stato suo nonno a insegnarglielo, che gli aveva passato lui l'interesse per le spezie, e che l'aveva fatto con lui perché il padre non credeva a quelle cose da stregoni. All'inizio nemmeno lui ci credeva, ma al nonno ci teneva e si era lasciato insegnare tutto quanto. E io mi ero fatto convincere perché male non potevano farmene due preghiere e un po' di curcuma tritata.

Quando passava in Via Piffetti per andare al Bre ogni tanto si ricordava che io stavo là sopra, così alzava gli occhi e gridava "Orazio!" con la sua voce roca da fumatore, e continuava "Orazio, scendi giù che ci giochiamo una schedina insieme". Io gli facevo un cenno con la mano e rimandavo l'offerta alla volta dopo, e mi domandavo per quanto ancora avrebbe buttato via i soldi in schedine.

All'ora di cena, in via Piffetti, oltre a Zeno passavano almeno due taxi, tra i quattro e i sei passeggini, due vecchie con bastone, una senza, otto o nove bambini a piede libero con relativi genitori, cinque cani, di cui uno senza padrone, una dozzina di gatti randagi e tanti, tanti piccioni.

La cosa bella dello stare lassù, sul tetto del palazzo, era che potevo guardare chiunque per tutto il tempo che volevo, senza essere preso per voyeur o per pedofilo o per uno di tutti quegli appellativi che la gente ti addossa se i tuoi occhi si appoggiano sul naso o sul cappello di qualcuno per più di due secondi. A me piaceva guardare la gente, mi piaceva guardarla passare e capire cosa le persone tenevano in mano, cosa cercavano se frugavano nella borsa o nelle tasche dei pantaloni. Mi piaceva guardare se sorridevano, e non sorrideva quasi mai nessuno a parte i bambini, mi piaceva vedere se i padri assomigliavano ai figli e i cani ai padroni. Mi piaceva vedere se i vecchi tenevano il bastone sempre nella stessa mano o se la cambiavano, e mi piaceva intravedere le spese nelle buste di plastica del discount. E quando le buste si rompevano e il marciapiede si riempiva di latte o di tuorli d'uova mi facevo due risate e mi raccomandavo di portarmi dietro le borse di tela, quando andavo al discount, sperando di far convertire telepaticamente alla tela il disgraziato di turno. Certo, piuttosto che rischiare di cadere dal tetto avrei potuto starmene in casa a guardare la gente dalla finestra, se solo ne avessi avuta una. Io in quel palazzo facevo il custode dal dopoguerra, da quando esistevano ancora i sottoscala e nei sottoscala ci costruivano ancora le case dei custodi.

Negli ultimi anni in quella casa devono averci messo piede giusto due persone oltre a me: una decina di volte Zeno e un paio l'elettricista. Forse mi ha fatto visita anche qualche topolino, uno di quelli che più volte avevano fatto strillare di paura la signora Carucci del terzo piano, uno di quelli che lei, con le sue attitudini, nonché fattezze da elefante aveva fatto brutalmente finire schiacciato sotto il portaombrelli. Quando lo avevo raccontato a Zeno lui si era messo a pregare per il topo e per porre fine alla zoofobia immotivata della gente, e io mi ero messo a pregare con lui, che male non potevano farmene due preghiere e un po' di indignazione.

Ogni tanto di ritorno dal Bre passava a trovarmi, e quella sera, dopo cena, me lo ritrovai accasciato davanti alla porta di casa.

"È tanto che aspetti?" gli chiesi.

"Ma no, cosa vuoi. Trenta, quaranta minuti al massimo" rispose, tirandosi su da terra e sistemandosi la camicia nei pantaloni.

"Sei arrivato prima del solito, non ce n'era di gente al Bre?" chiesi, infilando la chiave nella toppa.

"Siamo sempre gli stessi, a cambiare è solo la macchia di muffa che sta sopra al bancone. Si espande con la stessa velocità con cui io mi gioco le schedine" rispose.

Entrammo in casa e appoggiammo le giacche sul divano. Ci sedemmo sulle poltrone, di fianco al camino. Accesi la radio su una stazione che trasmetteva musica jazz a ogni ora del giorno. Abbassai il volume, mi avvicinai allo sportello dei liquori e tirai fuori una bottiglia di limoncino. Zeno si allungò sulla credenza e mi passò due bicchieri.

"Orazio, ma che ne dici di venire al Bre anche tu una volta. È una vita ormai che mi fai quel tuo cenno dal tetto e rimandi" disse, mentre gli versavo il limoncino.

"Massì, ma prima o poi passo" risposi, versandolo a me.

"Dico sul serio, ti farebbe bene. Anche io prima me ne stavo sempre chiuso in casa, ma poi mi sono reso conto che uscire mi faceva stare meglio"

"E fu così che diventasti ludopatico, dico male?"

"Senti, la mia era solo una proposta. Non pensavo te la prendessi tanto. Comunque lascia stare, se non vuoi venire lo capisco. Pensavo solo che poteva farti bene"

"Ho già tante cose per la testa, vivo per miracolo con la paga che mi ritrovo. Tu te lo puoi permettere di buttare via i soldi, io no. Non mi va di rischiare, capisci? Ho già perso troppe cose nella vita"

"Abbiamo perso le stesse cose nella vita, Orazio. E poi non chiamarle cose, quelli erano i nostri figli"

"Ze, senti, non ne voglio parlare. Te la fai una partitina a briscola? Senza giocarti niente però, una volta tanto"

Appoggiai il mio bicchiere e mi avvicinai alla cassettiera, presi il mazzo nuovo e iniziai a mescolare le carte.

Ormai era notte fonda, e anche a notte fonda via Piffetti è affollata. Ma non di automobili, gatti o piccioni. A notte fonda via Piffetti si riempie di malumori e di nostalgie.

"Sai cosa, non mi va di giocare. Oggi ho fatto il botto. Ho perso tutto quanto. Quando i nostri ragazzi hanno fatto l'incidente ho iniziato a bere, e quando ho iniziato a bere ho iniziato anche a giocarmi i soldi. Per distrarmi, capisci? Sonia mi ha mollato perché le serviva aiuto e io non glielo riuscivo a dare. Dicevo che preferivo il Bre a lei. Diceva che non avrei potuto vivere senza il Bre, ma senza di lei si. Così è andata via. E io sono rimasto senza figlio e senza moglie". La voce di Zeno era sempre più soffocata, e a me qualcosa iniziava a contorcersi nel petto. "Sono venuto da te perché non sapevo che fare. Pensavo che… "

Smisi di mescolare le carte. Non avevamo mai parlato di cose serie, io e Zeno. Se lui aveva bisogno di un passaggio chiedeva a me, perché era uno di quelli che non si erano mai fatti la patente, e se io avevo bisogno di farmi segnare i fuochi di Sant'Antonio chiedevo a lui. Ma niente di più. Ci eravamo conosciuti al matrimonio dei nostri figli e avevamo scoperto di abitare vicini. Ma non lo avevo mai visto come amico. Invecchiando ho iniziato a pensare che l'amicizia fosse una cosa da ragazzini, e che tra due adulti fatti e finiti non potesse esserci niente di più di quello che c'era tra me e il commesso del discount. Certo, con Zeno giocavo a carte e se lui mi offriva le sue spezie io gli offrivo i miei liquori. Ma niente di più.

"… pensavo che fossi l'unico con cui potevo parlare di queste cose. Capisci che intendo? Se pensi che sia strano dimmelo e la chiudo qui" disse.

Dopo l'incidente lui aveva perso suo figlio, e io la mia. Dopo l'incidente avevo iniziato a salire sul tetto del palazzo per piangere e chiedere al cielo tutte quelle cose che la gente chiede quando capitano gli incidenti alle persone a cui si vuole bene. Mia moglie l'avevo già persa da tempo. Non mi ero mai chiesto come se la stesse passando Zeno. Io non andavo mai a messa, e lui non andava mai al cimitero. Quando lo vedevo passare in via Piffetti per andare al Bre mi chiedevo come facesse a uscire di casa a divertirsi. Non gli ho mai chiesto se avesse bisogno di qualcosa, e quando lui provava a chiederlo a me io evitavo l'argomento. Non capivo che mi stava chiedendo aiuto.

"Ze, ti va se andiamo sul tetto?" Chiesi.

Ci alzammo, prendemmo le giacche e ci trascinammo su per quei sette piani di scale. Arrivati sul tetto lo invitai a sedersi con me sul lato nord, quello che dava sul cimitero.

"Guarda. Ora i loro corpi stanno là" dissi, indicando le tombe dei nostri figli.

"Non sono mai andato a trovarli" rispose "Non ne ho mai avuto il coraggio. Non so se lo avrò mai"

"Senti, ma invece perché te ne vai sempre al Bre? Perché volevi tanto che ci venissi con te?"

"Sai, non abbiamo mai parlato di loro. Di come ci ha fatto stare. L'incidente, dico. Speravo che venendo al Bre ti saresti lasciato andare. Speravo che perdessi anche tu come ho perso io migliaia di volte, e che magari scoppiassi. Volevo capire quanto stavi male. Vorrei ancora capirlo. Schivi sempre l'argomento, e se non con te non saprei con chi parlarne. Sono passati anni. Anni capisci? Speravo che giocare fosse un modo per avere meno pensieri prima di andare a dormire. Una distrazione. Invece adesso ho due problemi e nessuno con cui parlarne"

"Ne puoi parlare con me"

"Non mi sembravi di quest'idea poco fa"

"Scusami Ze, lo sai. Non mi piace parlare di certe cose. Non ho mai pensato al fatto che tu ne avessi bisogno. Forse aspettavo di essere pronto per parlarne, con te o con chiunque, ma non credo lo sarò mai"

"Nemmeno io"

"Più che altro, non saprei cosa dire"

"Piangi mai, tu?"

"Quasi ogni notte"

"Anche io. È terribile. Non dico che sia terribile piangere in sé, è terribile farlo da soli. Senza voler che nessuno lo sappia. Nascondere il dolore. Alla gente non piace vedere piangere i cinquantenni. Ma come glielo spieghi, che abbiamo bisogno anche noi di farlo? Non stanno male solo i ragazzi che si lasciano o le madri indaffarate. Stiamo male tutti. Ma non riesco a non vergognarmene. Sono un uomo fatto e finito, eppure mi sento a pezzi"

"Mi sono sentito così anche io, Ze. Per molto tempo"

"E poi cos'è successo?"

"All'inizio venivo qua a piangere. E guardavo le tombe da lontano. E non sentivo altro che la voce di mia figlia in testa che si mescolava alle mie urla e ai miei singhiozzi. Piano piano ho iniziato a sentire altre voci, e altri rumori. Ho iniziato a sentire la voce di mio padre, che mi diceva che quando le cose brutte accadono bisogna essere forti e andare avanti. Sentivo la voce di mia madre, che mi rassicurava e mi diceva che mi voleva bene; poi quella di mia moglie, che mi diceva che non era colpa mia e che mi amava e che dovevo continuare a vivere per loro"

"E tua figlia cosa ti diceva?"

"Lei... lei mi sorrideva. Sorrideva sempre, mia figlia. Era una che avresti voluto sempre vicino"

"Me ne parlava, Giacomo, di tua figlia"

"Da piccola una volta mi ha detto che ero il suo dinosauro preferito. E nella mia testa gliel'ho sentito dire centinaia di volte. Una sera stavo seduto qua a piangere, e..."

Mi bloccai. Chiusi gli occhi e cercai di immergermi in quel ricordo. Ricordai che quella sera qualche uccellino stava cinguettando le ultime volontà dai rami dei pioppi che abbellivano via Cavour, mentre gli spazzini spazzavano via i ricordi della giornata. Ricordai che nel sottofondo di clacson, motori rombanti, voci, tapparelle e saracinesche, iniziò ad infilarsi un suono familiare.

"... e mi accorsi che qualcuno si era messo a suonare al pianoforte le variazioni Goldberg di Bach, il brano che mia figlia aveva scelto per il suo saggio al conservatorio. Ero sicuro che stesse suonando lei quella sera, e che lo stesse facendo per me. Così cercai di capire da dove venisse quel suono, e mi ritrovai sul lato est, quello su via Piffetti"

"È stata quella, la prima volta che ti ho visto startene seduto qua sopra mentre andavo al Bre?"

"Già. Non ho più smesso. Stando a nord si vedono solo palazzi su palazzi, e poi il cimitero. Invece vieni a vedere com'è diverso di là"

Ci spostammo sul lato est, e gli indicai il marciapiede.

"Guarda, lì è dove passi tu tutte le sere. Dalle venti e ventidue alle venti e venticinque. E oltre a te passa davvero un sacco di gente. Di domenica i cristiani, di giovedì gli spazzini. I vecchi passano a tutte le ore, come i bambini. E poi un sacco di gatti e di piccioni. E nessuno di loro sa che li guardo. Nessuno, a parte te"

"Mi piace vederti stare qua tutte le sere. Sei come una certezza, una specie di punto di riferimento"

"Anche a me piace vederti passare, mi piace mettermi qui a guardare le persone"

"Come mai?"

"Perché è più facile accettare le grandi disgrazie, vivendo le piccole disgrazie della gente"

"Cosa intendi?"

"Intendo che a fare così capisci che le cose succedono e basta. Non ci puoi fare niente. Se ti cade il latte dalla busta della spesa e ti si apre sul marciapiede succede e basta, non lo puoi recuperare. Se sbatti contro un palo o se ti scappa il cane e non lo trovi più, succede e basta. E piangere non cambia le cose, e nemmeno arrabbiarsi o imprecare"

"Sì, forse un po' capisco"

"E da quando ho capito questa cosa ho iniziato a guardare le persone con più… come lo chiamo? Non saprei. Con qualcosa di simile all'affetto. Vedo i bambini che perdono i loro ciucci per strada mentre stanno nei passeggini e i genitori non se ne accorgono, e voglio bene a quei bambini e anche a quei genitori. E anche ai ciucci. Vedo quelli che passano sui pezzi di vetro e si trovano con la gomma bucata, quelli che cadono dalle bici, quelli che si trovano le multe sul parabrezza. Li vedo assorti nelle loro piccole disgrazie, e non so perché ma gli voglio bene. Forse perché mi fanno dimenticare le mie. Forse perché mi insegnano ad accettarle"

"E quando mi guardavi passare, pensavi alle mie disgrazie?"

"In realtà, non molto. Ti vedevo andare al Bre e pensavo che te la spassassi, che fossi andato avanti"

"Mi sa che sei andato più avanti tu di me"

"E al cimitero, pensavi di non andarci mai?"

"Non lo so. Non ci sono mai riuscito"

"Facciamo che la prossima volta che ti vedo passare tu mi chiami e ci andiamo insieme. E poi andiamo al Bre a berci su"

Zeno non rispose, ma non mi aspettavo che lo facesse. Restammo in silenzio a guardare le foglie secche lasciarsi accompagnare dal vento lungo la strada.

Volevo fare qualcosa per Zeno. Non me ne ero mai accorto, ma lui aveva fatto tanto per me.

"Senti, ti va di pregare?" proposi.

"Per loro?"

"Per loro e per tutte le piccole disgrazie della gente. E per noi. Per me e per te"

Accettò. Ci inginocchiammo e ci portammo le mani al petto. Così, quella notte, pregai con lui.

Non ho mai creduto in Dio e a Zeno questo non l'ho mai detto. Pregavo solo quando me lo proponeva lui, perché non volevo lasciarglielo fare da solo. Ma quella sera glielo proposi io. Perché, alla fine, che male potevano farmi due preghiere e un po' di nostalgia.

KLEINE UNGLÜCKE
MARTINA ALBERICI
Aus dem Italienischen von Toi Tautorus

Der Abend kam in der Via Piffetti und am Abend war die Via Piffetti stets dicht bevölkert. Autos verstopften die Straße. Sie hielten an Ampeln. Sie parkten schlecht in den engen Parklücken. Oder sie warteten auf Gott weiß wen. Sie ließen die Via Cavour mit ihren Büros und ihren Problemen hinter sich und schlängelten sich durch die schmalen Einbahnstraßen. Müde ließen sie die Reifen quietschen und wollten nur eines: nach Hause.

Auf dem Fußweg auf der anderen Straßenseite lief Zeno vorbei. Wie jeden Abend, folgte ich ihm mit meinem Blick: von dem Moment an, wenn er, um 20:22 Uhr, an der Kreuzung zur Via Casalis auftauchte, bis zu jenem, in dem er im Bre, der Bingohalle des Viertels verschwand. Dann war es 20:25 Uhr.

Zeno war in Ordnung - auch wenn er an allerlei Scharlatanerie glaubte: die Bachblütentherapie oder die heilenden Kräfte des Kurkuma. Wenn er mich besuchte, sprach er stundenlang über neue Heilkräuter, die er probiert hatte und anstatt einer Schale Eiscreme oder einer Flasche Prosecco, brachte er tütenweise Gewürze mit, die er von Hand zerkleinert hatte. Damit sollte ich dann unser Abendessen würzen und wahrscheinlich auch noch die nächsten vierzig Mahlzeiten, die ich zubereitete. So viel war es. Einmal war ich wegen einem hartnäckigen Ausschlag zu ihm gegangen. Er nahm seinen Ehering und zeichnete mir betend und singend Kreuze auf den Rücken.

Er erzählte mir dann, dass sein Großvater ihm das so beigebracht hatte. Dieser war es auch gewesen, der ihm das Interesse an Kräutern vererbt hatte. Zenos Vater glaubte nicht an derlei Hexerei. Am Anfang glaubte Zeno selbst nicht daran, gestand er, doch er liebte seinen Großvater sehr und ließ sich nach und nach alles beibringen. Ob ich überzeugt war, weiß ich nicht, doch was schaden schon zwei Gebete und ein wenig Kurkuma?

Ab und zu erinnerte sich Zeno, dass ich hier oben war, wenn er durch die Via Piffetti zum Bre ging. Dann hob er seinen Blick und rief „Orazio!" mit seiner tiefen Raucherstimme. „Orazio, komm runter! Komm, wir spielen zusammen ein Scheinchen!"

Ich winkte ab, beim nächsten Mal vielleicht, und fragte mich im Stillen wie viel Geld er schon für Bingoscheine vergeudet hatte.

Außer Zeno passierten in dieser Zeit mindestens zwei Taxis die Via Piffetti; zwischen vier und sechs Kinderwägen, zwei Alte mit Stock, einer ohne, acht oder neun Kinder an der Hand ihrer Eltern oder anderer Verwandter, fünf Hunde, davon einer ohne Herrchen, ein Dutzend streunende Katzen und unzählbare Tauben.

Das Schöne daran, hier oben zu sein, auf dem Dach des Palazzos, war, dass ich all die Leute beobachten konnte, so lang ich wollte, ohne dass jemand dachte, ich sei ein Spanner, pädophil oder was auch immer den Leuten so durch den Kopf ging, wenn man sie länger als zwei Sekunden beobachtete. Ich liebte es die Leute einfach nur anzuschauen. Zu sehen, was sie in den Händen hielten. Was sie suchten, wenn sie in ihren Jacken oder in den Hosentaschen herumkramten. Ich mochte es, genau in dem Moment hinzusehen, wenn jemand in sich hineinlächelte – was selten jemand tat, abgesehen von den Kindern. Ich mochte es, wenn Söhne ihren Vätern glichen und Hunde ihren Besitzern. Ich schaute gern, ob die Alten ihre Stöcke immer in derselben Hand hielten oder ob sie die Hand wechselten und mir gefiel es, durch die dünnen Plastiktüten des Discounters zu erahnen, was die Leute gekauft hatten. Und wenn diese Tüten zerrissen und Milch oder Eigelb über den Bürgersteig schwappten, dann lachte ich kurz und ermahnte mich beim nächsten Mal, wenn ich zum Discount ging, in jedem Fall einen Stoffbeutel mitzunehmen, um nicht als nächstes zu jenen Unglücklichen mit den Eiern und der Milch auf dem Gehsteig zu gehören.

Es wäre sicherlich vernünftiger gewesen, nicht zu riskieren vom Dach zu fallen und die Leute stattdessen vom Fenster aus zu beobachten. Doch Fenster hatte ich keine. Ich wohnte in diesem Palazzo in der kleinen Pförtnerwohnung, wie man sie nach dem Krieg in den großen Mietshäusern unter den Treppen gebaut hatte.

In den letzten Jahren haben außer mir nur zwei Menschen einen Fuß in meine kleine Behausung gesetzt: Einige Male Zeno und seltener auch ein Elektriker. Vielleicht hatte mich ab und zu auch eine Maus besucht. Eine von jenen, die die Signora Carucci aus dem dritten Stock vor Angst kreischen ließen, sodass diese – in Verhalten und Gesichtszügen ganz wie ein Elefant – die kleinen Tierchen mit ihrem Schirmständer zerquetschte. Als ich Zeno davon erzählte, begann er für die Maus zu beten; und für ein Ende der unbegründeten Angst vor den Tieren und auch ich hatte begonnen zu beten. Was schaden schon zwei Gebete und ein wenig Empörung?

Hin und wieder, auf dem Rückweg vom Bre, sah er bei mir vorbei und auch heute fand ich ihn, als ich nach dem Abendessen noch einmal heraustreten wollte, an der Haustür herabgesunken.

„Sitzt du schon lang hier?", fragte ich.

„Ach was. Vielleicht dreißig oder vierzig Minuten." Langsam zog er sich hoch und strich sein Hemd glatt.

„Du bist früher als sonst. Keiner da im Bre?", fragte ich, während ich den Schlüssel ins Schloss der Wohnung steckte.

„Ach, es sind immer dieselben. Das Einzige, was sich ändert, ist der Fleck Schimmel über der Theke. In der Zeit, die ich brauche, um einen Schein auszufüllen, ist er schon wieder ein kleines Stück gewachsen."

Wir traten ein, legten die Jacken aufs Sofa und setzten uns auf die kleinen Sessel neben dem Kamin. Ich beugte mich vor, um das Radio einzuschalten. Es war auf einen Sender eingestellt, auf dem den ganzen Tag nichts anderes als Jazz-Musik lief. Dann lehnte ich mich herüber zu dem kleinen Barschrank und zog eine Flasche Limoncino hervor. Zeno nahm währenddessen zwei Gläser aus dem Regal hinter ihm und reichte sie mir.

„Orazio, jetzt mal im Ernst, wann kommst du einmal mit mir ins Bre? Schon eine Ewigkeit vertröstest du mich, nächstes Mal, nächstes Mal", imitierte er, während ich ihm vom Limoncino einschenkte.

„Jaja, früher oder später werd ich schon vorbeischauen", meinte ich versöhnlich und füllte mein eigenes Glas.

„Nein, ich mein's ernst. Es würde dir guttun. Ich hab' mich ja auch erst im Haus verbarrikadiert, so wie du, aber irgendwann hab ich begriffen, dass ich rausgehen muss, wenn ich will, dass es mir besser geht."

„So viel besser, dass du stattdessen spielsüchtig wurdest?", fragte ich scharf.

„Hey, ist ja nur ein Vorschlag. Dachte, es könnte dir guttun."

„Es grenzt eh schon an ein Wunder, dass ich von dem bisschen leben kann", fuhr ich fort, „Nur, weil du Geld zum Fenster rausschmeißen kannst, heißt das nicht, dass ich das auch kann. Ich habe schon zu viel verloren in diesem Leben."

Zeno blickte mich mahnend an: „Ich habe genau so viel verloren wie du, Orazio."

„Ich will nicht darüber sprechen. Lass uns lieber ne Runde Karten spielen. Ohne Einsatz, versteht sich." Ich stellte meinen Becher ab, zog ein Paket Karten aus der Kommode und begann sie zu mischen.

Während ich noch mischte, war die Nacht hereingeschlichen. Auch nachts war die Via Piffetti dicht bevölkert. Nicht mehr mit Autos, Katzen oder Tauben. Nachts füllten Missmut und Sehnsüchte die Via Piffetti.

„Weißt du, mir ist heute nicht nach Spielen. Ich habe heute nur verloren… Nicht nur heute", ich hoffte Zeno würde hier aufhören, doch er sprach weiter: „Als unsere Kinder den Unfall hatten, da hab ich angefangen zu trinken und mit dem Trinken kam das Spielen. Bloß immer Ablenken… Sonia brauchte mich… Dringend. Doch ich konnte ihr nicht helfen. Sie sagte einmal, ich würde das Bre mehr lieben als sie. Ohne das Bre könnte ich nicht leben, ohne sie schon und kurze Zeit später hat sie mich ja dann auch verlassen und ich war allein. Ohne Sohn und ohne Frau." Zenos Stimme wurde immer undeutlicher und in meiner Brust begann sich etwas zusammenzuziehen. „Ich bin zu dir gekommen, weil ich nicht mehr wusste, was ich tun sollte… Ich dachte…"

Ich hörte auf, die Karten zu mischen. In all der Zeit hatten wir nie über ernsthafte Dinge gesprochen, Zeno und ich. Wenn er eine Mitfahrgelegenheit brauchte, fragte er mich, da er nie seinen Führerschein gemacht hatte und wenn ich jemanden brauchte, der meinen Ausschlag bekreuzigte, dann wandte ich mich an ihn. Aber mehr auch nicht. Wir hatten uns bei der Hochzeit unserer Kinder kennengelernt und festgestellt, wie nah wir beieinander wohnten. Doch ich hatte ihn nie als Freund betrachtet. Je älter ich wurde, desto mehr begann ich zu glauben, dass Freundschaft eine Sache der Jugend ist und dass es zwischen zwei Erwachsenen nicht viel mehr geben kann als etwa zwischen mir und dem Kassierer im Discounter. Klar Zeno und ich spielten ab und zu Karten. Er brachte mir Gewürze und ich teilte meinen Likör mit ihm, aber mehr auch nicht.

„…ich dachte, du wärest der Einzige, mit dem ich darüber sprechen könnte. Verstehst du? Aber, wenn dir das zu komisch ist, sag es mir, dann hör ich auf."

Bei dem Unfall hatte er seinen Sohn verloren und ich meine Tochter. Ich begann aufs Dach des Palazzos zu klettern, um zu weinen und dem Himmel all die Fragen zu stellen, die die Leute eben stellen, wenn Unfälle geschehen. Meine Frau war damals schon lange tot gewesen. Nie hatte ich mich gefragt, wie es Zeno eigentlich erging. Ich ging nicht zur Messe und er ging nicht auf den Friedhof.

Wenn ich ihn die Via Piffetti entlanggehen sah, fragte ich mich, wie er es schaffte, das Haus zu verlassen und sich zu amüsieren. Ich hatte ihn nie gefragt, wie er mit all dem fertig wurde und wenn er irgendetwas in die Richtung andeutete, wich ich aus.

„Ze, hast du Lust, aufs Dach zu gehen", fragte ich.

Wir standen auf, nahmen unsere Jacken und erklommen die sieben Stockwerke. Auf dem Dach angekommen, bat ich ihn, mit mir auf der Nordseite Platz zu nehmen, von wo aus man Blick auf den Friedhof hatte.

„Schau, da sind ihre Gräber", meinte ich und wies ihm die Richtung.

Er seufzte. „Ich weiß nicht, ob ich es je schaffe, sie zu besuchen."

„Und, warum schaffst du es dann immer zum Bre zu gehen? Warum willst du immer, dass ich mitkomme?"

„Wir haben ja nie darüber gesprochen… über den Unfall. Ich hatte gehofft, zum Bre zu gehen, würde dir helfen, loszulassen. Dass du, so wie ich, Millionen Mal verlieren und irgendwann explodieren würdest. Ich wollte sehen, dass es dir genauso schlecht geht wie mir, weißt du? Das will ich immer noch. Immer weichst du dem Thema aus und außer dir, weiß ich nicht, mit wem ich darüber sprechen soll. Es sind Jahre vergangen. Jahre, verstehst du? Am Anfang dachte ich noch, das Spielen wäre eine Möglichkeit, um weniger Gedanken zu haben vor dem Einschlafen. Eine Ablenkung. Stattdessen habe ich anstatt einem Problem nun zwei und niemanden, mit dem ich darüber sprechen kann."

„Du kannst mit mir darüber sprechen."

„Das schien mir nicht so."

„Entschuldige, Ze. Vielleicht habe ich auch darauf gewartet, bereit zu sein, darüber zu sprechen, mit dir oder mit irgendwem, aber ich glaube nicht, dass ich es je sein werde."

„Ich auch nicht."

„Vor allem wüsste ich nicht, was ich sagen sollte."

…

…

„Weinst du manchmal?", fragte er nach einer längeren Stille.

„Fast jede Nacht."

„Ich auch. Es ist schrecklich. Ich sage nicht, dass es an sich schrecklich ist zu weinen, doch es ist fürchterlich, allein zu weinen. Ohne zu wollen, dass es jemand erfährt. Den Schmerz zu verbergen. Die Leute sehen es nicht gern, wenn Fünfzigjährige weinen. Aber wie erklärt man es ihnen, dass auch wir es tun müssen? Nicht nur Kindern geht es schlecht. Oder überforderten Müttern. Uns allen geht es schlecht. Doch ich schaffe es nicht, mich nicht zu schämen. Ich bin ein gemachter Mann, aber ich fühle mich zerbrochen."

„Auch ich habe mich so gefühlt, Ze. Für lange Zeit."

„Und dann?"

„Am Anfang bin ich hierhergekommen, um zu weinen. Ich betrachtete von Weitem ihre Gräber und ich hörte nichts anderes als die Stimme meiner Tochter, vermischt mit meinem eigenen Jammern und Schluchzen. Mit der Zeit begann ich andere Stimmen zu hören und andere Geräusche. Die Stimme meines Vaters, der mit sagte, wenn schlimme Dinge geschehen, muss man stark sein und nach vorne schauen. Die Stimme meiner Mutter, die mich versicherte und mir gut zuredete und die Stimme meiner Frau, die sagte, es sei nicht meine Schuld und ich es würde niemandem etwas bringen, wenn ich mich auch umbrächte. Ich sollte weiterleben."

„Und deine Tochter. Was sagte die?"

„Die lachte nur. Sie lachte immer, meine Tochter. Alle liebten sie vor allem für ihr Lachen."

„Giacomo hat viel von ihr gesprochen."

„Als sie klein war, hatte sie einmal zu mir gesagt, ich sei ihr Lieblingsdinosaurier. Und in meinem Kopf hörte ich sie das hunderte Male sagen. Eine Abends saß ich hier und weinte, da..." Ich kam ins Stocken. Ich schloss meine Augen und tauchte ein, in diese Erinnerung. Ich erinnerte mich, dass an diesem Abend einige Vögelchen in den Bäumen, die die Straße säumten, von ihren letzten Wünschen zwitscherten, während die Straßenreiniger die Erinnerung an den vergangenen Tag auslöschten. Ich erinnerte mich, dass sich in den Teppich aus Hupen, dröhnenden Motoren, Stimmen und knallenden Fensterläden, ein bekannter Klang, mischte. „...da merkte ich, dass jemand auf dem Klavier die Goldberg-Variationen von Bach spielte, das Stück, das meine Tochter bei ihrer Aufnahmeprüfung fürs Konservatorium gespielt hatte. Ich war sicher, dass sie es war, die an diesem Abend spielte. Und dass sie es für mich tat. Ich versuchte herauszufinden, woher der Klang kam und ich fand mich auf der Ostseite wieder, jener, die auf die Via Piffetti herabschaut."

„Und das war das erste Mal, dass ich dich hier oben sitzen sah, als ich zum Bre ging?"

„Ja. Schon. Und ich habe nie aufgehört. Hier sieht man nur Wohnhäuser hinter Wohnhäusern und dann den Friedhof. Schau, wie anders es dort ist!"

Wir setzten uns auf der Ostseite des Daches und ich zeigte auf den Bürgersteig.

„Schau, da gehst du jeden Abend entlang. Zwischen 20:22 Uhr und 20:25 Uhr. Und außer dir läuft da noch eine ganze Menge Leute. Sonntags die Christen und donnerstags die Straßenkehrer. Die Alten laufen zu jeder Stunde hier entlang, genau wie die Kinder. Außerdem noch eine Menge Katzen und Tauben. Und niemand weiß, dass ich sie beobachte. Niemand, außer dir."

„Ich mag es, dich hier jeden Abend zu sehen. Du bist eine Sicherheit. Ein Fixpunkt."

„Ich mag es auch, dich gehen zu sehen. Ich mag es überhaupt die Menschen zu beobachten."

„Warum eigentlich?"

„Weil es einfacher ist die großen Unglücke zu akzeptieren, wenn man all die kleinen Unglücke der Menschen sieht."

„Was meinst du?"

„Ich meine damit, dass man versteht, dass Dinge einfach passieren. Punkt. Da kann man nichts machen. Wenn dir die Tüte reißt und die Milch auf den Bürgersteig fällt und aufplatzt, dann passiert das einfach und dann ist das so. Du kannst sie nicht wieder aufsammeln. Wenn du gegen einen Pfosten läufst oder wenn der Hund dir wegläuft und du findest ihn nicht, dann ist das so. Da hilft kein Weinen, kein Wüten und kein Schimpfen."

„Vielleicht verstehe ich ein bisschen."

„Und seit ich das verstanden habe, habe ich begonnen die Leute mit mehr… wie sage ich… Zuneigung zu betrachten. Ich sehe die kleinen Kinder in den Kinderwägen, wie sie ihre Schnuller verlieren, ohne dass die Eltern es mitbekommen und ich habe sie gern diese Kinder und auch ihre Eltern. Und auch die Schnuller habe ich gern. Ich sehe, die Autofahrer, die mit ihren Reifen durch Scherben fahren, Menschen, die vom Fahrrad fallen und Leute, die Bußgeldbescheide auf ihrer Windschutzscheibe finden. Ich sehe sie ganz versunken in ihre kleinen Unglücke und ich weiß nicht wieso, doch ich habe sie gern. Vielleicht, weil sie mich die meinen vergessen lassen. Vielleicht, weil sie mich lehren, zu akzeptieren."

„Und wenn du mich vorbeilaufen siehst, denkst du dann an mein Unglück?"

„Ehrlich gesagt, nicht wirklich. Ich sehe dich zum Bre gehen und ich denke, dass du einen drauf machst. Dass du nach vorne schaust."

„Mir scheint du bist damit schon weiter als ich."

„Und zum Friedhof willst du wirklich nie?"

„Ich weiß es nicht."

„Machen wir es so: das nächste Mal, wenn ich dich vorbeigehen sehe, rufe ich und wir gehen zusammen. Und danach gehen wir in den Bre und trinken darauf."

Zeno antwortete nicht, doch ich erwartete es auch nicht. Wir saßen in Stille und schauten zu, wie der Wind die trockenen Blätter die Straße herunter blies. Plötzlich wollte ich etwas für Zeno tun.

„Was meinst du, wollen wir beten?", schlug ich vor.

„Für sie?"

„Für sie und für alle kleinen Unglücke der Menschen. Und für uns. Für dich und für mich."

Er stimmte zu. Wir knieten uns hin und fassten und mit den Händen an die Brust. So betete ich an diesem Abend mit ihm.

An Gott habe ich nie wirklich geglaubt, doch Zeno hatte ich das nie gesagt. Ich betete nur, wenn er es vorschlug, und auch dann nur, weil ich ihn nicht hängen lassen wollte, aber an diesem Abend schlug ich es vor. Ich meine: was schaden schon zwei Gebete und ein wenig Sehnsucht?

EWIGKEITSLASTEN
TOI TAUTORUS

Der Bus hielt ungefähr zehn Minuten von der Anlegestelle entfernt. In der Luft hing der Geruch von Algen und ein feiner Nebel, der sich über die Ruinen legte. Unweit der Bushaltestelle markierte ein hölzerner Bogen, auf dem mit großen Lettern der Name *Atlantis Cruises* prangte, den Anfang des kilometerlangen Piers aus Metall, an dessen Ende die Schiffe anlegten. Der Pier war wenige Meter breit. Er war zu beiden Seiten mit Wohnblöcken gesäumt, schien also genau über einer ehemaligen Straße errichtet zu sein. Zu Beginn des Weges lagen die Erdgeschosse noch auf Höhe des Piers, doch schon nach wenigen Metern wurden die Häuser schiefer und schiefer. Ich lief an schrägen Obergeschossen, Balkonen und etwas später auch Dächern vorbei. Wenn ich sie zu genau betrachtete, fühlte es sich an, als würde ich steil bergauf gehen, doch der Pier verlief ganz gerade, parallel zur Wasseroberfläche. Mir wurde übel und ich taumelte. Ich wendete meinen Blick von den Häusern ab und schaute stur gerade aus, bis die letzten von ihnen unter der Oberfläche versunken waren. Ich war ja nicht allein gekommen, sondern mit einem Porzellangefäß, das jetzt schwer in meinem Jutebeutel wog. Sollte ich es einfach jetzt schon tun? Hier war ja auch Wasser. Aber nein, dies war nicht der Ort, den ich mir ausgesucht hatte und ich war immer noch nicht sicher, ob ich es wirklich tun wollte. Ob *sie* es gewollt hätte.

Am Ende des Piers stand auf Stelzen das gedrungene Hafengebäude. Die Außenwände waren mit weißem Kunststoff verkleidet, der in wellenförmigen Mustern mit Algen und Grünspan überzogen war. In seinem Inneren waren zwischen den Deckenbalken Netze gespannt, in denen ein Dreizack, ein paar große Souvenirshop-Muscheln und eine Truhe mit golden angesprühten Baumarktketten drohten, den Besuchern auf den Kopf zu fallen.

Ich scannte den QR-Code auf meinem Handy, passierte das Drehkreuz und reihte mich in die Schlange ein, die sich an der Tür zur Landungsbrücke gebildet hatte. Ich stellte mir vor, dass unter den Passagieren am Anfang noch vor allem Leute aus dem Umland gewesen waren, Mitglieder von Interessensvertretungen, die sich für die Flutung eingesetzt hatten und natürlich die Umgesiedelten, die noch einen letzten Blick auf ihr ehemaliges Viertel erhaschen wollten. Die hofften, die Leuchtreklame der Trinkhalle, zu der sie früher gegangen waren, in den Fluten zu erspähen. Außerdem natürlich meine Großtante. Tante Hilde hatte damals so etwas wie eine Dauerkarte für die *Atlantis Cruises* und trank mehrmals die Woche ihren Nachmittagskaffee auf einem der Ausflugsdampfer. Ich stellte mir vor, wie sie allein in einer Ecke des Cafés oder, wenn das Wetter gut war, in einem Korbstuhl an Deck saß und Schluck für Schluck ihren Dallmayr Classic trank. Ich war damals schon weggezogen und außer mir sprach ja niemand mehr mit ihr.

Heute waren es vereinzelte Touristen aus den Niederlanden, Polen oder den Vereinigten Staaten, die mit mir warteten. Direkt neben der Tür nach draußen stand ein schmutziger Panzertauchanzug mit einem Kupferhelm, der immer, wenn jemand ihm zu nahe kam, Dinge sagte wie: *Explore Germany's sunken Paradise!* Oder: *Have you erver seen a mermaid?*

Es hatte begonnen zu nieseln, als wir langsam an Bord gingen, doch der Regen war so schwach, dass ich beschloss, an der Reling stehen zu bleiben. Ich hatte schließlich eine Entscheidung zu treffen und hoffte das Wasser könnte mir Antwort geben. Die Fahrt begann in einem Wohnviertel im Nordwesten von Recklinghausen und steuerte zunächst auf die alte Innenstadt zu. Bevor wie sie erreichten, durchbrach das Glasvordach des Stadttheaters die Wellen. Ich hatte es gar nicht so hoch in Erinnerung. War es nach oben getrieben? Oder war das Wasser hier vielleicht einfach noch nicht so tief?

Unter dem zugewachsenen Glasdach meinte ich Tante Hilde und mich zu einer Vorstellung hetzen zu sehen. Einem Konzert von Bach oder einem Stück von Ibsen. Meine Eltern waren immer zu spät, wenn sie uns mit dem Auto zum Theater brachten. Sie fanden das alles abgehoben. Also hetzten Tante Hilde und ich trotz Gehstock zur Ouvertüre oder zum ersten Akt, nur um während des Applauses wieder herauszurennen, da meine Eltern nicht warten wollten. Dabei schaffte Tante Hilde es noch einen abfälligen Kommentar über die Schickeria an der Bar zu machen, die ihrer Meinung nach nur wegen des Sektes und nicht wegen der Kunst da war. Bei genauerem Hinsehen jedoch rannte niemand unter dem Dach und niemand trank. Lediglich ein paar Flussbarsche zogen ihre hektischen Bahnen und vielleicht waren auch diese nur ein Produkt meiner Einbildung.

Das Schiff umrundete von Norden aus die Altstadt. Ich konnte nur vage die Häuserspitzen der Fachwerkhäuser und des Karstadt auf dem höher gelegenen Marktplatz ausmachen. Außerdem natürlich den Kirchturm von St. Peter, der mit einer grünen Patina überzogen war. Dann kamen wir am Bahnhof vorbei. Dort sah man noch die oberen paar Meter des hässlichen Turms mit der Uhr und dem leuchtenden DB Schild, von dem die Hälfte abgebrochen war, sodass nur noch ein rotes D durch den Nebel leuchtete.

Unweit des Bahnhofs erblickte ich einen Schornstein, auf den mein Opa immer gezeigt hatte, wenn er mich – mal wieder spät dran – zum Zug fuhr. Dies sei der erste Schornstein gewesen, den er gemauert habe, sagte er dann und ich sagte jedes Mal: *Oh, wirklich?* Dann kam mein Opa ins Reden über seinen Vater: *Er hat mir verboten zur Zeche zu gehen.* Wenn er früh sterben wolle, dann gäbe es dafür bessere Orte als die Grube. *Der Vadder, der hat ja nix gelernt,* erklärte er weiter. Sein Vater sei als Jugendlicher, arbeitslos zwischen den Kriegen, mit einem Freund nach Ungarn gefahren, wo damals Fachkräfte aus dem Ausland angeworben wurden. Die Hitze in den Fabriken und die Enge der Gruppenunterkünfte ließen die beiden jedoch noch am ersten Tag umkehren. Die mittellosen Jugendlichen versteckten sich in Frachtwaggons von Zügen Richtung Deutschland und schlugen sich dann zu Fuß weiter durch. Sie schafften es bis in den Spessart, wo sie wegen Landstreicherei und Bettelei verhaftet wurden. Als er wieder frei und daheim war, begann mein Urgroßvater direkt, sich auf den Zechen und im Bau als Handlanger zu verdingen und sich auch sonst zu allem opportun zu verhalten.

Der Schornstein, der meinen Opa immer ins Schwelgen brachte, war aus einfachem Backstein, ununterscheidbar von anderen Schornsteinen und bald vielleicht nicht mehr da. Ich dachte plötzlich, wie schön es wäre, wenn alles andere zuerst vom Wasser niedergeschliffen würde, wenn nichts mehr stünde als dieser Schornstein, anhand dessen ich allen von meinem Großvater und seinem Vater erzählen könnte. Als der Schornstein gerade außer Sicht kam, fiel mir ein, wie Tante Hilde die Geschichte ihres Vaters einmal bei einem Geburtstag erzählt hatte. In ihrer Version war der Vater als Handwerker auf der Walz gewesen. Der Spessart wird zu einem Grimm'schen Märchenwald und die Spessartbewohner zu Feen oder Elfen, die den Vater in ergebenster Dankbarkeit für die Expertise in der Instandsetzung ihrer Häuser aus Pilzen oder Baumstümpfen bei sich aufnahmen.

Mein Opa konnte nicht an sich halten ob dieser Verklärung: *Samma bisse bekloppt? Der Vadder der war nich auf'er Walz.* Der war im Knast!, entfuhr es ihm und meine Großtante schien sichtlich geschockt. *Das hat er dir erzählt?*, fragte sie ungläubig und die beiden schauten mich an, als könnte ich für sie entscheiden, wer sich denn nun richtig erinnerte. Von mir aus hätten sie beide recht haben können, doch das war natürlich illusorisch. In Wirklichkeit hatte einer Recht und der andere Unrecht. In Wirklichkeit konnte man nicht gleichzeitig Asche verstreuen und sie nicht verstreuen.

Das Schiff fuhr durch Herne und Gelsenkirchen bevor es über Herten und seine Vororte wieder auf die Anlegestelle zusteuern würde. Die Siedlungen hier sagten mir nichts, doch ich versuchte trotzdem hinzusehen. Bei manchen der Häuser, die aus dem Wasser aufragten, waren die Fenster auf Oberflächenhöhe eingedrückt. Die spitzen Reste der Scheiben hingen wie Eiszapfen in den Rahmen. Von anderen waren ganze Gebäudeteile weggeschwemmt und gaben den Blick frei auf vollgelaufene Küchen oder Badezimmer und Räume deren Funktion ich nicht mehr erahnen konnte, da die Möbel bis zur Unkenntlichkeit vermodert oder gänzlich fortgetragen waren. Manche Dachterrassen schienen seltsam unberührt. Auf ihnen standen weiße Plastikmöbel oder ein Sonnenschirm, der aussah, als würde er nur darauf warten aufgespannt zu werden.

Der Regen wurde stärker. Wenn wir in ein ehemaliges Zentrum einfuhren, standen dort kleinere Bürohochhäuser mit Logos von Versicherungen oder Logistikunternehmen, die ich nicht kannte und Türme von Kirchen, die ich nie besuchte. Ich dachte an die Diskussionen, die es damals um die goldene Madonna von Essen gegeben hatte, ob man sie nun entfernen sollte, oder ob sie als Schutzpatronin für das, was unterging, an ihrem angestammten Platz verbleiben sollte, und musste lächeln, doch so richtig schaffte ich es nicht, mich für all diese Orte und ihren Verfall zu interessieren.

Ich ging kurz herein, um mich aufzuwärmen. Drinnen ließ ich meinen Blick über die Infografiken schweifen, die im Flur zwischen Bordbistro und Toiletten hingen. Las *Unabhängigkeit, Neue Energien* und *Tourismusboom.*

Ich erinnerte mich, wie ich Tante Hilde, auf einem ihrer Besorgungsgänge durch die Innenstadt begleitet hatte, als sie plötzlich vor einem Plakat stehen blieb, das anmahnte, welche Teile des Ruhrgebiets unter Wasser stehen würden im Falle einer Flutung, die damals noch nüchterner als d*as Abstellen der Pumpen* bezeichnet wurde. Darüber der Slogan *Lebensraum statt Meeresboden.* Als sie unter den überschwemmten Bereichen auch die Zechensiedlung, in der sie geboren war, erblickte, war Tante Hilde Feuer und Flamme. Wer plante wohl eine derart überfällige Sintflut und das so genau, dass es schon Gruppierungen gab, die zum Widerstand dagegen aufriefen? Tante Hilde stieß auf die Interessensvertretung *Wasser Marsch,* ein Bündnis, das viele scheinbar entgegengesetzte Vereinigungen hinter sich versammelte. Sie argumentierten, dass die Pumpen, die das Grundwasser in den bergbaubedingt abgesunkenen Arealen des Ruhrgebiets in Schach hielten, abgestellt werden müssten, da die strukturschwache Region sich die sogenannten Ewigkeitslasten, die damit einhergingen, schlicht nicht mehr leisten konnte, vor allem im Angesicht der steigenden

Energiekosten und der Abhängigkeit von Strom aus dem Ausland. Die Rechten standen hinter diesem Plan, da sie ihrer Grubennostalgie und der Fetischisierung des Potts zum Trotz, zugeben mussten, dass in den betroffenen Regionen vor allem Menschen wohnten, die sie nicht für Deutsche hielten. Die Grünen waren ebenfalls dafür, da die weißen Deutschen, die dort wohnten, vor allem rechts wählten und da sie hofften, so eine immer wieder diskutierte Rückkehr zur Kohleverstromung zumindest in dieser Region unmöglich zu machen. Die ehemaligen Arbeiterparteien wiederum hatten zu viel damit zu tun, herauszufinden, wer nun eigentlich ihre Zielgruppe war. So schmiedete sich eine seltsame Allianz über die politischen Lager hinweg, zu der dann auch Tante Hilde gehörte. Tante Hilde kündigte die Daueraufträge ans S.O.S.-Kinderdorf und andere aus dem Fernsehen bekannte Hilfsorganisationen. Sie spendete ihr Geld nun an *Wasser Marsch* und versuchte bei jedem Geburtstag und jeder Hochzeit den Rest der Familie davon zu überzeugen, es ihr gleich zu tun – bis sie nicht mehr eingeladen wurde.

Im Bistro wurde ich sofort umfangen von der Wärme und dem gelben Licht, das den grauen Nachmittag draußen fast unkenntlich machte. Die anderen Passagiere saßen mit Kaffee und Kuchen an den Fenstern und schauten gemütlich den vorbeiziehenden Landschaften nach. Sie blickten abschätzig auf das feuchte Haar, das mir in Strähnen ins Gesicht hing und auf meinen durchweichten Jutebeutel, von dem aus Wasser auf den Linoleumboden tropfte.

Ich ging zur Theke und bestellte einen Cappuccino mit Hafermilch. Der Mann hinter der Theke lächelte mich an und hob dabei die linke Augenbraue, als würde er noch auf irgendetwas warten, machte sich aber, als ich stumm blieb, daran, meinen Kaffee zuzubereiten. Seine Mimik erinnerte mich an den ersten Mann, in den ich mich verliebt hatte. Wäre ja gelacht, wenn Tante Hilde mir jetzt nach all den Jahren einen Typen klärte, dachte ich noch, doch da stellte er mir schon den Kaffee hin und wandte sich der nächsten Kundin zu, ohne mich anzusehen. Ich überlegte kurz, mich ebenfalls in den Innenbereich zu setzen, wusste aber nicht, wie viel Zeit vergangen war. Da ich nichts verpassen wollte, ging ich zurück nach draußen. Der Kaffee war zu heiß und schmeckte verbrannt.

Die Dächer rund um das Schiff wurden flacher und flacher und versanken schließlich gänzlich im Wasser. Es konnte nicht mehr weit sein. Es hatte aufgehört zu regnen und auf dem Wasser sah ich nun das viele Treibgut. Türen von hölzernen Vitrinenschränken und wellenförmige IKEA-Spiegel. Zwischendrin schaffte es auch ein Baum seine Äste durch das Wasser gen Himmel zu strecken und an manchen von ihnen hing sogar noch ein Blatt. Ich zog meinen Mantel enger um mich. Der Wind, der auf den Regen folgte, riss an mir und legte die Wasseroberfläche auch dort, wo die Schneise des Schiffes nicht ankam, in Falten. Ich starrte noch eine Weile in die Ferne, als der Förderturm von *Schlägel und Eisen* am Horizont auftauchte; der Zeche, in welcher der Mann von Tante Hilde gearbeitet hatte.

Mein Großonkel war ein einfacher Bergmann gewesen, aber Tante Hilde war überzeugt davon, dass er der alleinige Grund war, dass die Zechen im Ruhrgebiet überhaupt so lange liefen. Für so inkompetent hielt sie seine Kollegen. Wahrscheinlich rechtfertigte sie auch damit das viele Zecheneigentum, das er auf ihren Willen hin in die gemeinsame Wohnung schaffte: die Handtücher, das gute Werkzeug und auch die Steigerlatte. Dabei handelte es sich um einen seltsamen Stock, den die Vorgesetzten, die Steiger, genutzt hatten, um die Schachtwände auf Stabilität zu prüfen. Ein für ihn gänzlich nutzloses Objekt, das Tante Hilde aber laut Erzählungen meiner Oma mit in die Schweiz nahm, um vor anderen Urlaubern über die Position ihres Mannes hochzustapeln. Beömmelt vor Lachen habe sich meine Oma, als sie das herausfand, nur um dann ernster hinterherzuschieben: *du weiß ja, datt se jetz auch sacht, sie hätt' studiert.*

Bevor wir den Förderturm erreichten, kamen *wir* noch am wenig pompösen Turm der evangelischen Kirche vorbei, der aus der freien Wasseroberfläche aufragte. Die Häuser der Zechenkolonie, wie sie damals genannt wurde, waren wohl nicht hoch genug, um in den Wellen aufzuscheinen. Dort auf dem Friedhof war auch mein Urgroßvater beerdigt. Als er gestorben war, hatte Tante Hilde eine Krisensitzung einberufen. Sie wollte wissen, wer denn wohl *die Moder* am Grab in den Arm nehmen würde. Tante Hilde, die sich sonst Mühe gab, besonders gutes Hochdeutsch zu sprechen; die dabei das -ig oder das -en am Ende von Worten überbetonte, nannte ihre Mutter nach irgendeinem westfälischen Dialekt nur *die Moder* und damals glaubte sie, jemand solle die Moder am Grab in den Arm nehmen, da es unschicklich wäre, wenn niemand die Moder am Grab in den Arm nähme, sie selbst könne diese Frau jedoch unmöglich berühren. Schon zuvor hatte Tante Hilde größere Umwege in Kauf genommen, um nicht am Haus ihrer Mutter vorbeizulaufen. *Muss ja niemand wissen, dass ich daherkomme.*

Heute lag die Moder zusammen mit ihrem Mann mehrere Meter unter Wasser. Beschleunigte das Wasser wohl den Verwesungsprozess? Oder fand gar eine Art Wassermumifizierung statt und die Moder lag dort unten noch völlig intakt, bereit ihre Tochter in Empfang zu nehmen und ihr ihren Undank zu vergeben?

Nach dem Kirchturm erreichten wir endlich die Spitze des Förderturms. Ich stellte mir vor, wie Tante Hilde bei der Jungfernfahrt genau hier an der Reling stand und strahlte. Sie hatte mich danach angerufen und gesagt, es sei wirklich wie im Märchen. Lediglich, dass niemand sie erkannt zu haben schien, sei doch ein wenig seltsam bei ihrer Stellung.

Neben dem Förderturm schwamm ein Stück des eisernen Zechenzauns, der hier überall um das Areal in unterschiedlichen Höhen gestanden hatte. Ich erinnerte mich daran, dass ich diesen Zaun erst vor wenigen Tagen auf einem Foto gesehen hatte. Meine Großeltern und ich hatten nach dem plötzlichen Tod von Tante Hilde ihre Wohnung ausgeräumt. Da man über Tote nicht schlecht spricht, nannten meine Großeltern Hilde nicht mehr verrückt, sondern krank, begannen die Demenz, die sie in den letzten Wochen entwickelt hatte, auf den Großteil ihres Lebens auszuweiten und ihre Lügen und fragwürdigen Aktionen als Verwirrung zu erklären. Sie habe es schlicht nicht besser gewusst. Dennoch hatte ich das Gefühl, dass sie eine gewisse Genugtuung verspürten, als sie die Sammeltässchen, Holzschnitzereien und anderes, das Tante Hilde für Statussymbole hielt, von einem Entrümpelungsunternehmen verschrotten ließen. Lediglich einen kleinen Karton mit Fotos nahmen sie an sich, da oben ein Foto von mir auflag. Unter den Fotos war auch eines, auf dem mein Opa mit ca. drei Jahren auf einem schwarz-weiß gefleckten Holzpferd sitzt. Auf dem Kopf trägt er einen kleinen Hut und im Mund eine Pfeife. Neben ihm steht die einige Jahre ältere Hilde, in einem Kleid mit kurzen Ärmeln. Mit der rechten Hand hält sie die Zügel des Holzpferdes. Die Schultern sind auffällig hochgezogen, doch sie lächelt zufrieden in die Kamera. Im Hintergrund ist unscharf hinter dem Eisenzaun der Förderturm auszumachen. *Datt war'n Hemd vom Vadder,* sagte mein Opa, während wir das Bild betrachteten und zeigte auf die dick aufgerollten Ärmel seines Hemdes und die Falten, die es an den Seiten war. *Wir hätten doch kein weißes Hemd nur für'n Fotto gekauft.*

Gestern erzählte mein Opa noch einmal von diesem Holzpferd, das er am Weihnachtstag 1941 bekommen hatte. Das Foto, das wir bei seiner Schwester gefunden hätten, sei auch direkt an diesem Tag entstanden. Daher stünde sie darauf auch so verkrampft. Sie war nur kurz fürs Foto im Sommerkleid in den Garten gekommen.

Ein Stück des Zaunes schlug dumpf gegen den Bug des Schiffes. Er musste an den Fundamenten gerostet sein und schwamm hier überall auf dem Wasser. Wieder und wieder schlug er gegen das Schiff und plötzlich erinnerte ich mich an eine andere Geschichte meines Opas, in der der Zechenzaun eine Rolle spielte. Der Garten der Familie reichte damals bis an das Zechengelände heran, sodass der Zaun auch die Begrenzung des Grundstücks markierte. Direkt dahinter existierte während des Krieges eine Art an die Zeche angegliedertes Arbeitslager. Mein Opa versuchte manchmal davon zu erzählen, wie die russischen Kriegsgefangenen ihn, wenn er im Garten spielte, zu sich riefen und versuchten Spielzeuge, die sie aus Blech geformt hatten, gegen *Kartoschki* einzutauschen. Meist brach er ab, bevor er den Punkt der Geschichte erreichte, in der er mit einer einzigen Kartoffel zurückkam und zusah wie der Wärter den Gefangenen, mit dem er gerade gesprochen hatte, mit einem Knüppel verprügelte. Tante Hilde war während des Krieges zwar schon einige Jahre älter, konnte sich an die Zwangsarbeiter aber nicht erinnern.

Das Schiff nahm wieder Fahrt auf und drohte Scherlebeck und Langenbochum hinter sich zu lassen. Ich wurde hektisch. Es war keine Zeit zu verlieren. Mit einem Klirren stellte ich meine Kaffeetasse auf dem Boden ab, wobei ein Rest des kalten Kaffees herausschwappte. Ich war mir immer noch nicht sicher, ob es das Richtige war, aber da es besser war etwas zu tun als nichts, holte ich das Gefäß aus meinem Jutebeutel, schraubte es auf und schüttete schnell den Inhalt über Bord. Der feinere Staub wurde vom Wind getragen und schwamm auf der Oberfläche. Der Rest sank sofort zu Boden.

Die Wolken teilten sich und gaben den Blick frei auf die Sonne. Die Helligkeit tat in den Augen weh, doch ich klammerte mich an die Reling, stand ruhig und reglos, bis wir die Anlegestelle erreichten.

SOMMERSI
TOI TAUTORUS
Traduzione di Martina Alberici

L'autobus si fermò a circa dieci minuti di distanza dal molo. Nell'aria si percepiva l'odore delle alghe e una sottile nebbia aleggiava sulle rovine. Non lontano dalla fermata, un arco di legno con la scritta a grandi lettere "Atlantis Cruises" segnava l'inizio della lunga banchina in metallo, alla cui estremità attraccavano le navi. Il molo era stretto e fiancheggiato su entrambi i lati da edifici residenziali, come se fosse stato costruito sopra una vecchia strada. All'inizio del pontile i pianterreni erano ancora all'altezza del molo, ma già dopo pochi metri gli edifici iniziavano a sprofondare. Camminai accanto ai piani superiori, ai balconi e, poco dopo, anche ai tetti. Se li osservavo troppo mi sembrava di camminare in salita, anche se il molo era perfettamente diritto, parallelo alla superficie dell'acqua. Mi sentii nauseata e barcollai. Distolsi lo sguardo e fissai ostinatamente il tragitto davanti a me, finché l'ultima casa scomparve sotto la superficie. Non ero venuta da sola, ma con un vaso di porcellana che pesava molto nella mia borsa di iuta. Dovevo farlo subito? Lì di acqua ce n'era, ma quello non era il posto che avevo immaginato e non sapevo ancora se volevo farlo davvero. Se lei lo avrebbe voluto.

Alla fine del molo si ergeva su delle palafitte l'edificio portuale. Le pareti esterne erano rivestite di plastica bianca, incrostata di alghe e verderame in motivi ondulati. All'interno, tra le travi del soffitto, erano sospese delle reti che contenevano un tridente, alcune grandi conchiglie da negozio di souvenir e un baule con catene da ferramenta verniciate d'oro, che minacciavano di cadere sulla testa dei visitatori. Scansionai il QR-Code sul mio telefono, superai il tornello e mi unii alla fila che si era formata sulla passerella. Immaginai che i passeggeri fossero per lo più abitanti della regione circostante, membri di associazioni che si erano battute per l'allagamento e, naturalmente, gli sfollati che volevano dare un ultimo sguardo al loro vecchio quartiere. Magari speravano di scorgere l'insegna al neon del bar che frequentavano un tempo, prima dell'inondazione. Immaginai, tra loro, anche la mia prozia.

Zia Hilde all'epoca aveva una sorta di abbonamento stagionale per le Atlantis Cruises e più volte alla settimana prendeva il caffè del pomeriggio su uno dei battelli turistici. Me la immaginavo seduta da sola in un angolo del bar o, se il tempo era bello, accasciata su una sedia di vimini sul ponte, a sorseggiare il suo Dallmayr Classic. All'epoca io mi ero già trasferita e nessun altro parlava più con lei. Vicino a me c'erano alcuni turisti dai Paesi Bassi, dalla Polonia o dagli Stati Uniti. Proprio accanto alla porta d'uscita si trovava una vecchia tuta da palombaro con un casco di rame, che ogni volta che qualcuno si avvicinava troppo esclamava frasi come: "Explore Germany's sunken Paradise!" o "Have you ever seen a mermaid?".

Aveva iniziato a piovigginare mentre salivamo lentamente a bordo, ma la pioggia era così leggera che decisi di restare fuori, accanto alla ringhiera. Dovevo prendere una decisione e speravo che l'acqua potesse darmi una risposta. La navigazione iniziò da un quartiere residenziale a nord-ovest di Recklinghausen e proseguì verso il centro storico. Prima di raggiungerlo, la tettoia di vetro del teatro cittadino emerse dalle onde. Non lo ricordavo così alto, e mi chiesi se era stato spinto in superficie, o se l'acqua non fosse ancora abbastanza profonda. Sotto quel vetro, ormai invaso dalla vegetazione, mi parve quasi di vedere me e zia Hilde correre a una rappresentazione. Un concerto di Bach o un'opera di Ibsen. I miei genitori arrivavano sempre in ritardo quando ci portavano in macchina a teatro. Lo trovavano pretenzioso. Così zia Hilde e io, nonostante il suo bastone, correvamo per arrivare all'ouverture o al primo atto, solo per poi scappare via all'applauso, dato che i miei non volevano aspettare. Zia Hilde riusciva sempre a fare un commento sprezzante sulla gente chic del bar, che secondo lei era lì solo per lo spumante, e non per l'arte. Ma guardando meglio, sotto quella tettoia di vetro non c'era nessuno. Solo alcuni pesciolini nuotavano vorticosamente, e forse anche loro erano frutto della mia immaginazione.

La nave fece il giro della città vecchia da nord. Riuscivo a distinguere solo vagamente le cime delle case a graticcio e il grande magazzino Karstadt sulla piazza rialzata del mercato. E, poco più in là, il campanile di San Pietro, ricoperto da una patina verde. Poi passammo accanto alla stazione ferroviaria. Della brutta torre con l'orologio e l'insegna luminosa della Deutsche Bahn restavano visibili solo i metri più alti. Metà dell'insegna era rotta, così che solo una "D" rossa brillava attraverso la nebbia.

Non lontano dalla stazione, intravidi il camino che mio nonno indicava quando mi accompagnava a prendere il treno, ogni volta in ritardo. "Quello è stato il primo camino che ho costruito", diceva, e io rispondevo ogni volta "Oh, davvero?". Poi mio nonno iniziava a raccontare di suo padre, diceva "Mi ha proibito di andare in miniera. Se vuoi morire giovane, ci sono posti migliori della miniera". Il padre, raccontava, non aveva imparato niente. Da giovane, disoccupato tra le due guerre, era andato con un amico in Ungheria, dove all'epoca venivano reclutati i lavoratori stranieri. Tuttavia, il caldo nelle fabbriche e la ristrettezza degli alloggi di gruppo li fecero tornare già dopo il primo giorno. Erano senza soldi, così si nascosero in un vagone merci diretto verso la Germania, e poi proseguirono a piedi. Riuscirono ad arrivare fino allo Spessart, dove furono arrestati per vagabondaggio e accattonaggio. Quando il mio bisnonno tornò a casa, iniziò subito a lavorare come manovale nelle miniere e nei cantieri, approfittando come poteva di ogni occasione.

Il camino, che faceva sempre sorridere mio nonno, era fatto di semplice mattone, indistinguibile tra gli altri camini, e presto forse non ci sarebbe stato più. Pensai a quanto sarebbe stato bello se tutto il resto fosse stato eroso dall'acqua, se non fosse rimasto altro che quel camino, così avrei potuto raccontare a tutti di mio nonno e di suo padre.

Quando il camino sparì alla vista, mi venne in mente come zia Hilde avesse raccontato la storia di suo padre una volta a un compleanno. Nella sua versione il padre viaggiando faceva l'artigiano, lo Spessart si trasformava nella foresta di una fiaba dei fratelli Grimm, mentre i suoi abitanti diventavano fate e folletti che accoglievano il padre con gratitudine per la sua abilità nel riparare le loro case fatte di funghi o scavate nei ceppi degli alberi. Mio nonno non riuscì a trattenersi davanti a questo racconto, "Ma sei pazza? Lui non lavorava per strada, era in prigione!" esclamò, e zia Hilde rimase scioccata. "Te l'ha detto lui?", chiese incredula, e i due mi guardarono come se potessi decidere io chi si ricordava bene. Per me avrebbero potuto avere ragione entrambi, ma naturalmente non poteva davvero essere così. Uno aveva ragione e l'altro no. Non si potevano spargere le ceneri e non spargerle allo stesso tempo.

La nave passò attraverso Herne e Gelsenkirchen prima di tornare verso il molo, passando per Herten e i suoi sobborghi. Non conoscevo quegli insediamenti, ma provai comunque a dare un'occhiata. Alcune delle case emerse dall'acqua avevano le finestre rotte a livello della superficie. I resti affilati dei vetri pendevano dalle cornici come stalattiti. In altre, intere parti dell'edificio erano state spazzate via, rivelando cucine o bagni allagati, e stanze a cui non avrei più saputo attribuire un ruolo, poiché i mobili erano marciti fino a diventare irriconoscibili o erano stati completamente portati via. Alcune terrazze sembravano rimaste stranamente intatte. Su di esse c'erano mobili bianchi di plastica, e degli ombrelloni che sembravano solo in attesa di essere aperti ancora una volta.

La pioggia diventava sempre più forte. Quando entrammo in un vecchio centro cittadino, vidi piccoli grattacieli con i loghi di compagnie assicurative o aziende di logistica che non conoscevo e torri di chiese che non avevo mai visitato. Ripensai alle discussioni che c'erano state all'epoca sulla Madonna dorata di Essen, se si dovesse rimuoverla o se, come patrona di ciò che stava scomparendo, dovesse rimanere al suo posto originario, e non potei fare a meno di sorridere, ma non riuscivo davvero a interessarmi a tutti quei luoghi e al loro decadimento.

Entrai un attimo per scaldarmi. All'interno, il mio sguardo iniziò a vagare tra le infografiche appese nel corridoio tra il bistrot di bordo e i bagni. Leggevo cose come *Indipendenza, Nuove energie e Boom del turismo*. Ricordai di aver accompagnato zia Hilde in una delle sue commissioni per il centro della città, quando all'improvviso si fermò davanti a un manifesto che avvertiva quali parti della *Ruhrgebiet* sarebbero state sommerse in caso di inondazione, che all'epoca veniva chiamata in modo più sobrio "Spegnimento delle pompe". Sopra al cartellone campeggiava lo slogan "Habitat invece che fondale marino".

Quando vide che tra le aree allagate c'era anche il quartiere minerario in cui era nata, zia Hilde si entusiasmò. Chi mai stava pianificando un diluvio universale tanto necessario e per di più con tale precisione, al punto che già esistevano gruppi che invitavano a opporvisi?

Zia Hilde entrò in contatto con il movimento "Water March", un'alleanza che riusciva a riunire sotto di sé molte associazioni apparentemente opposte. Sostenevano che le pompe, che tenevano sotto controllo la falda acquifera nelle aree della *Ruhrgebiet* affossate a causa dell'attività mineraria, dovessero essere spente, poiché la regione, già economicamente fragile, non poteva più permettersi i cosiddetti "oneri eterni" che ne derivavano, soprattutto di fronte all'aumento dei costi energetici e alla dipendenza dall'elettricità estera. I partiti di destra appoggiavano questo piano, perché, nonostante la loro nostalgia per le miniere e la loro feticizzazione della regione della *Ruhrgebiet*, dovevano ammettere che nelle zone interessate vivevano soprattutto persone che non consideravano tedesche. Anche i Verdi erano favorevoli, poiché i tedeschi bianchi che vivevano lì votavano principalmente la destra e perché speravano così di rendere impossibile, almeno in quella regione, il tanto discusso ritorno all'uso del carbone. I partiti un tempo operai, invece, erano troppo impegnati a cercare di capire quale fosse davvero il loro elettorato di riferimento. Così si formò una strana alleanza che superava gli schieramenti politici, a cui presto prese parte anche la zia.

Zia Hilde annullò i bonifici permanenti al Villaggio del Fanciullo e ad altre organizzazioni umanitarie conosciute alla televisione, e iniziò a donare i suoi soldi a "Water March". Cercava, a ogni compleanno o matrimonio, di convincere il resto della famiglia a fare lo stesso, finché non venne più invitata.

Nel bistrot fui subito avvolta dal calore e dalla luce gialla, che rendeva quasi irriconoscibile il grigio pomeriggio all'esterno. Gli altri passeggeri sedevano ai tavolini vicino alle finestre, con caffè e fette di torta, osservando comodamente i paesaggi che scorrevano oltre il vetro.

Guardavano con disprezzo i capelli umidi che mi cadevano a ciocche sul viso e la mia borsa di iuta bagnata, da cui l'acqua gocciolava sul pavimento di linoleum. Andai al bancone e ordinai un cappuccino con latte d'avena. Il barman mi sorrise e alzò il sopracciglio sinistro, come se stesse aspettando ancora qualcosa, ma quando rimasi in silenzio, si mise a preparare il mio ordine. La sua espressione mi ricordava il primo uomo di cui mi ero innamorata. Sarebbe proprio da ridere se, dopo tutti questi anni, zia Hilde mi trovasse un tipo, pensai, ma lui mi porse il caffè e si rivolse al cliente successivo senza nemmeno guardarmi. Esitai un attimo pensando di sedermi anch'io all'interno, ma non sapevo quanto tempo fosse passato. Non volevo perdermi nulla, così tornai fuori. Il caffè era troppo caldo, e mi lasciò in bocca un sapore di bruciato.

I tetti intorno alla nave diventavano mano a mano sempre più bassi, fino a sprofondare completamente nell'acqua. Non poteva mancare ancora molto.

Aveva smesso di piovere e guardavo i detriti galleggiare in superficie, stando appoggiata sulla ringhiera. Ante di credenze in legno e specchi ondulati dell'Ikea. Di tanto in tanto, un albero riusciva ancora a protendere i suoi rami attraverso l'acqua, puntando verso il cielo, e su alcuni di essi resisteva persino una foglia. Stringevo il cappotto più forte intorno a me. Il vento mi strattonava e increspava la superficie dell'acqua anche là dove la scia della nave non arrivava. Continuai a fissare l'orizzonte ancora per un po', finché non apparve la torre di estrazione Schlägel und Eisen, la miniera in cui aveva lavorato il marito di zia Hilde. Il prozio era stato un semplice minatore, ma zia Hilde era convinta che lui fosse l'unico motivo per cui le miniere nella *Ruhrgebiet* erano rimaste aperte così a lungo. Considerava i suoi colleghi degli incompetenti. Probabilmente giustificava così tutti i beni della miniera che lui, su richiesta della moglie, aveva portato nel loro appartamento: gli asciugamani, gli attrezzi e persino la *Steigerlatte*, un bastone strano, usato dai capisquadra, gli *Steiger*, per controllare la stabilità delle pareti del pozzo. Un oggetto completamente inutile per lui, ma che, stando ai racconti di mia nonna, zia Hilde aveva portato con sé fino in Svizzera, per poter vantarsi con gli altri villeggianti della posizione di rilievo del marito. Mia nonna, scoprendo la verità, si era piegata in due dalle risate, per poi aggiungere più seriamente "Sai che adesso dice pure di aver studiato".

Prima di raggiungere la torre di estrazione, passammo accanto al campanile della chiesa protestante, che emergeva ancora dalla superficie dell'acqua. Le case della colonia mineraria, come veniva chiamata all'epoca, probabilmente non erano abbastanza alte da affiorare tra le onde. Il mio bisnonno era sepolto lì, in quel cimitero. Quando era morto, zia Hilde aveva convocato una riunione d'emergenza. Voleva sapere chi avrebbe abbracciato la *Moder*[1] davanti alla tomba. Zia Hilde, che di solito si sforzava di parlare un buon tedesco, enfatizzando le desinenze in "-ig" o "-en", chiamava sua madre, seguendo qualche dialetto vestfalico, semplicemente *Moder*. All'epoca credeva che qualcuno dovesse abbracciare la *Moder* davanti alla tomba, perché sarebbe parso inappropriato se nessuno l'avesse fatto. Lei, però, non poteva assolutamente toccare quella donna. Già in passato zia Hilde aveva preferito fare giri più lunghi pur di non passare davanti alla casa di sua madre. "Non c'è bisogno che qualcuno sappia che vengo da lì", diceva.

La *Moder* giaceva ormai sommersa insieme a suo marito a diversi metri di profondità. L'acqua accelerava forse il processo di decomposizione? Oppure avveniva una sorta di mummificazione acquatica, e la *Moder* era ancora laggiù perfettamente intatta, pronta ad accogliere sua figlia e a perdonarle la sua ingratitudine?

Dopo il campanile raggiungemmo finalmente la cima della torre di estrazione. Immaginai zia Hilde, durante il viaggio inaugurale, proprio lì, accanto alla balaustra, raggiante. Mi aveva chiamato subito dopo, dicendo che era davvero come in una fiaba. Solo il fatto che nessuno sembrava averla riconosciuta le era parso un po' strano, considerando la sua posizione. Accanto alla torre di estrazione galleggiava un pezzo della recinzione in ferro della miniera, che un tempo circondava l'intera area a diverse altezze. Mi ricordai di aver visto quella recinzione proprio pochi giorni prima, in una fotografia. Dopo la morte improvvisa di zia Hilde, io e i miei nonni avevamo sgomberato il suo appartamento. Poiché non si parla male dei morti, i miei nonni non chiamavano più zia Hilde pazza, ma malata. Iniziarono ad attribuire la demenza, che aveva sviluppato nelle ultime settimane, alla maggior parte della sua vita, spiegando le sue bugie e le sue azioni discutibili come semplici atti di confusione. Semplicemente, non sapeva come comportarsi. Eppure avevo la sensazione che i miei nonni provassero una certa soddisfazione mentre lasciavano che una ditta di sgombero

---

1   Dialetto per la madre

distruggesse le tazzine da collezione, le sculture in legno e tutti gli altri piccoli tesori accumulati da zia Hilde. Portarono via solo una piccola scatola di foto, perché in cima c'era una mia fotografia. Nel mucchio ce n'era anche una in cui mio nonno, di circa tre anni, stava seduto su un cavallino di legno bianco e nero. In testa aveva un piccolo cappello e in bocca una pipa. Accanto a lui c'era Hilde, di qualche anno più grande, con un vestito a maniche corte. Con la mano destra teneva le redini del cavallo di legno. Le spalle erano insolitamente sollevate, ma sorrideva soddisfatta verso la macchina fotografica. Sullo sfondo, sfocata dietro la recinzione di ferro, si intravedeva la torre di estrazione. "Quella era la camicia di papà", disse mio nonno mentre guardavamo la foto, indicando le maniche arrotolate della sua camicia e le pieghe che faceva sui fianchi. "Non avremmo certo comprato una camicia bianca solo per una foto."

Ieri mio nonno ha raccontato ancora una volta di quel cavallino di legno, che aveva ricevuto il giorno di Natale del 1941. La foto, che avevamo trovato a casa di sua sorella, era stata scattata proprio quel giorno. Ecco perché appariva così irrigidita. Era uscita in giardino con l'abito estivo solo per scattare la foto.

Un pezzo della recinzione colpì sordamente la prua della nave. Doveva essersi arrugginito e sradicato dalle fondamenta. Galleggiava sull'acqua e continuava a battere contro la nave, e guardandola mi tornò in mente un'altra storia di mio nonno, che riguardava proprio quella recinzione. All'epoca, il giardino della famiglia arrivava fino all'area della miniera, tanto che la recinzione ne segnava anche il confine. Proprio dietro, durante la guerra, c'era un campo di lavoro attaccato alla miniera. A volte mio nonno provava a raccontare di come i prigionieri di guerra russi, quando lui giocava in giardino, lo chiamassero a sé e cercassero di scambiare giocattoli, che avevano modellato con la lamiera, in cambio di *kartoschki,* ovvero patate. Il più delle volte si interrompeva, senza arrivare al punto della storia in cui tornava indietro con una sola patata e assisteva alla scena in cui la guardia picchiava con un bastone il prigioniero con cui aveva appena parlato. Zia Hilde, sebbene durante la guerra fosse già di qualche anno più grande, non riusciva a ricordarsi dei lavoratori forzati.

La nave riprese velocità, minacciando di lasciarsi alle spalle Scherlebeck e Langenbochum. Mi prese il panico. Non c'era tempo da perdere. Con un tintinnio posai la mia tazza di caffè sul pavimento, facendo fuoriuscire qualche goccia residua, ormai fredda sul fondo. Non ero ancora sicura che fosse la cosa giusta da fare, ma, dato che era meglio fare qualcosa piuttosto che niente, tirai fuori il vaso dalla mia borsa di iuta, lo svitai e versai in fretta il contenuto nell'acqua. La polvere più fine venne trasportata dal vento e rimase a galleggiare sulla superficie. Il resto scese lentamente sul fondo.

Le nuvole si aprirono, lasciando intravedere il sole. La luce era così intensa che dava fastidio agli occhi, ma io mi aggrappai alla ringhiera, restando immobile, finché non raggiungemmo il molo.

TANDEM
PIETRO CARRARO
VALENTIN L. BRENDLER

Commento di Pietro Carraro

Il progetto TANDEM per me è stata un'opportunità per riavvicinarmi al mondo della scrittura, che tenevo confinato in un piccolo spazietto sul retro dei miei pensieri, e anche al mondo della traduzione, che da tempo desideravo approfondire. Ho cominciato questo progetto con l'idea di "riprendere": riprendere in mano un vecchio racconto, sistemarlo al meglio possibile, rivedere i miei appunti sulla traduzione, e anche riprendere la lingua inglese (con la quale io e il mio TANDEM Valentin L. Brendler abbiamo comunicato in questi mesi). Doveva essere un'occasione per riconnettere con quella parte più infantile dentro di me, la creatività; il desiderio di creare, fare, scoprire.

Da un certo punto di vista, credo che Valentin e io siamo allineati in questo. Abbiamo passioni diverse, scriviamo in modo diverso, e abbiamo generi letterari abbastanza differenti, ma ci sono delle cose che ci accomunano. Parlando con lui e leggendo il suo testo, "Bucureşti", ho imparato a conoscerlo, anche se solo in una piccola, minima parte. Dalla sua scrittura introspettiva alla sua passione per la storia, dalle sue descrizioni ricche di particolari alle sue riflessioni ed esperienze famigliari.

Mi sono ricordato che in fondo siamo tutti molto simili, noi autorə. Siamo tutti giovani sognatorə che cercano un mezzo per esprimersi e condividere ciò che sentono. A volte è molto difficile; anzi, spesso è *tremendamente* difficile. Ma questo genere di esperienze – il TANDEM, la traduzione e la condivisione tra culture – mi ricordano che siamo tutti simili. Luoghi diversi, linguaggi diversi, esperienze e mondi diversi, ma siamo simili. Cerchiamo tutti di essere capiti. E la scrittura è il nostro modo per farlo.

Ein runder Tisch in Catania, Sizilien. Vor mir ein Kaffee, ein Notizbuch, Papierblätter, ein Aschenbecher, Taschentücher und mir gegenüber mein Bruder. Um uns Italiener, die italienische Sprache, ein paar Touristen. Ich verstand sie kein bisschen. Mein Bruder und ich waren isoliert. Wir sprachen allein deutsch in Sizilien, solange wir keine anderen Deutschen trafen. Währenddessen übersetzte ich an diesem Tisch das Tandem, mit Übersetzern, Wörterbüchern und Pietro, mit dem ich auf Englisch Nachrichten austauschte. „Schau mal, da hinten", sagte mein Bruder. Ich drehte mich um und sah einen Mann, der mit einer Frau stritt. „Der Mann hat vorhin Musik gemacht. Dann kam die Frau und hat ihre Boxen angeschaltet, um zu singen. Dadurch verstehen die Leute auf dem Platz aber den Mann nicht mehr. Jetzt streiten sie", sagte er und wir beide schauten gebannt zu: die Frau blieb ruhig, die Arme verschränkt. Der Mann wirkte frustriert und gestikulierte. Es war so faszinierend, weil wir die beiden verstanden, während wir kein Laut vernahmen. Wir hörten sie praktisch streiten. Wir konnten in ihre Welt eintauchen, ohne ihre Sprache zu sprechen. Das war etwas ganz Umwerfendes. Deswegen drehte ich mich um und machte weiter mit dem Übersetzen.

LA CERNIERA SULLA SCHIENA
PIETRO CARRARO

Un dolore lancinante gli scorre lungo la schiena, trafiggendolo da parte a parte. Il cuore pulsa lentamente, come se si fosse appena svegliato e stesse man mano riprendendo velocità, ora più calmo, *tum-tum, tum-tum,* ora più forte, *tum-tum-tum-tum-tum-tum.* Una spina trapassa il petto sfiorando il cuore. Grida, cercando intorno a sé qualcosa, qualcuno che lo aiuti. Ma è solo, non c'è nulla. È semplicemente lì, sospeso nel vuoto, nel buio, nell'assenza di ogni cosa, finché la spina viene sfilata lentamente liberando i polmoni, la schiena, e può finalmente risalire verso l'alto, verso il cielo che gli fa da tetto. Le nuvole e qualche uccello solitario sorvolano indisturbati. Li ammira. Sospira. Sente i polmoni schiacciati, il respiro affannoso gli viene meno ogni metro che risale, finché riesce finalmente a riprendere fiato. Un sospiro di vita gli entra nel petto. Riacquista il proprio equilibrio solo nel momento in cui sente i piedi appoggiarsi a terra e il mondo riprendere la propria forma.

Il dolore alla schiena continua a tormentarlo.

Quando Dan si risvegliò dal suo incubo, si sentiva spaesato, perso nella pozza di sudore che gli aveva inzuppato tutti i vestiti. «Lara?» chiamò, «È successo di nuovo!», ma non ottenne alcuna risposta. Sarà già andata al lavoro, pensò staccandosi la maglietta appiccicata al petto.

Era ormai qualche settimana che si svegliava con questa sensazione di stordimento, la schiena intorpidita e madido di sudore. Faceva sempre lo stesso sogno, lo stesso dolore alla schiena, il fluttuare nel vuoto, sentirsi libero e poi ricadere. Lo aveva raccontato a Lara, ma lei non ci aveva dato molto peso, e Dan si era fidato. Alla fine era solo un sogno. Così, come tutte le mattine da qualche settimana, si alzò dal letto tutto sudato, raccolse le lenzuola sporche e si diresse verso la lavatrice. Vi posò i teli umidicci all'interno e si sfilò la maglietta, ma si bloccò subito prima di lasciarla sopra le lenzuola.

Tum-tum, batteva il cuore. *Tum-tum.*

«Cos'è?» si chiese scrutando quel sottile filo rosso che scorreva lungo tutto il retro del pigiama, tra una macchia di sudore e l'altra. «Sangue?»

Il cuore cominciò a battere indomito. *Tum-tum, tum-tum.*

Corse subito al bagno, volgendosi direttamente allo specchio. Si scrutò la schiena da cima a fondo, toccando fin dove poteva nella speranza di capire da dove provenisse quel sangue, ma nulla. Nessuna ferita, nessuna puntura sanguinante di qualche insetto notturno. Osservò di nuovo la maglietta, e la striscia cremisi era ancora lì. Pensò che probabilmente non si fosse pulita del tutto durante l'ultimo lavaggio, così si tranquillizzò.

Tum-tum. Tum-tum.

Si dimenticò presto della faccenda.

Sfilò anche i pantaloni, lasciò tutto in lavatrice e si diresse nuovamente al bagno. Alzò il miscelatore della doccia e vi entrò. Gli piaceva fare la doccia la mattina, prima di colazione. Lara lo detestava: lei preferiva fare la doccia dopo aver mangiato, come ultima cosa prima di uscire. Su questo punto erano molto diversi, e quante volte avevano discusso prima di allora per decretare chi dei due avesse torto. Il loro matrimonio era stato appena qualche mese prima, e si erano ripromessi di mangiare sempre assieme quando erano entrambi a casa, per non perdere quella passione tipica delle prime settimane da sposi. Perciò, quando si alzavano la mattina, Lara doveva sempre aspettare che lui finisse di lavarsi prima di poter mangiare assieme, e, dopo colazione, lui doveva attendere per uscire affinché fosse lei a lavarsi. Avevano persino provato a fare ciò che voleva l'altro, prima colazione assieme poi assieme la doccia, e viceversa, ma non aveva funzionato. Così optarono per una soluzione più veloce: mentre Dan si lavava, Lara mangiava, e viceversa, rinunciando alla colazione assieme. La cosa, per quanto portasse dispiacere a entrambi, aveva funzionato egregiamente, a tal punto che dopo le prime mattine cominciarono ad avere orari diversi: Dan si svegliava sempre più tardi, e Lara sempre più presto. Che vuoi farci, pensò Dan intanto che l'acqua gli scorreva sulla pelle, l'importante è poter tornare a casa e stare assieme. E diamine se era questo l'importante.

Tum-tum. Tum-tum.

Mentre si strofinava i capelli e il viso, cominciò a sentire fastidio lungo tutta la schiena, come uno squarcio che veniva aperto tra le sue scapole. Allungò le mani oltre le spalle per grattarsi, ma il dolore non sparì, anzi parve aumentare, come si stesse allargando. Sul fondo della doccia, tra i suoi piedi, si formò una piccola pozzanghera di un liquido scarlatto, un rigagnolo di sangue che gorgogliava entrando nella tubatura.

Tum-tum, tum-tum.

Uscì immediatamente dalla doccia. Sul tappeto del bagno rimasero le impronte cremisi dei suoi piedi. Tornò allo specchio per scrutare ancora una volta la schiena, ma nulla, nessuna ferita o macchia che giustificasse quel sangue, niente, solo la schiena bagnata di un uomo qualunque.

Tum-tum-tum-tum.

Nessuna ferita, ma allora da dove veniva quel sangue? Forse sto impazzendo, pensò, e per un momento l'idea gli parve l'unica possibile spiegazione: una serie di allucinazioni, probabilmente dettate dal suo continuo sognare di una spina che gli trafigge la schiena. Forse sto ancora sognando, e la speranza si impadronì di lui. Si precipitò in camera da letto, tirandosi sberle e pugni, pizzicando le braccia, pestando forte con i piedi per terra.

Tum-tum-tum-tum, batteva il cuore, *tum-tum-tum-tum*, martellava a ritmo.

Si buttò a letto, ancora tutto bagnato, nudo. Si rifugiò tra il materasso e il piumone, serrando gli occhi come un bambino spaventato, e cominciò a respirare piano. Respirò, *tum-tum-tum-tum*, e respirò. La mente di Dan correva a velocità esorbitanti, cavalcando onde, scalando montagne e attraversando deserti, i più remoti luoghi della sua immaginazione, alla ricerca di un luminoso spiraglio nel buio dei suoi timori. Il terrore che aleggiava nella sua mente si faceva più largo, come un buco buio in cui i suoi incubi trovavano casa. *Tum-tum, tum-tum.* Sognò di essere ancora nel suo letto prima di risvegliarsi, con le lenzuola bagnate dal suo sudore e il sangue ancora dentro il corpo. Sognò di riaprire gli occhi e di avere ancora addosso il suo pigiama, di procedere verso la lavatrice, e sfilarsi la maglietta madida di sudore, ma senza sangue. *Tum-tum, tum-tum.* Sognò di poter fare la doccia in pace, vestirsi, e potersi finalmente preparare per la giornata, un'altra noiosa mattinata come tutte le altre, e poi tornare a casa la sera, vedere il volto stanco e sorridente di sua moglie, come faceva tutte le sere da quando si erano sposati, e ringraziare Dio per avergli concesso di conoscere uno dei suoi angeli. *Tum-tum. Tum-tum.*

Sospirò, ora più calmo.

Aprì gli occhi e si trovò ancora avvolto dal piumone. Non aveva il pigiama, ma ora era tranquillo. Il sangue era un sogno, lo sapeva, non doveva più preoccuparsi. Lara probabilmente gli avrebbe detto tutto questo senza che lui si facesse tanti problemi. Sarebbe stata lei a rassicurarlo, a fargli capire che sulla maglietta non c'era alcun sangue, così come nella doccia, così come sulla schiena. Lei però non c'era, non poteva aiutarlo come suo solito, e Dan si era dovuto arrangiare.

Scostò il piumone e si alzò nuovamente dal letto. Rivolse lo sguardo fuori, oltre il vetro della finestra, ammirando la città davanti a sé. Un pettine di mura ed edifici impregnati di vite e suoni. Il soffio costante del vento, che spesso scompigliava la chioma ramata di sua moglie, le auto che corrono sull'asfalto, il vociare distratto dei passanti, singole anime disperse in un mare di sofferenza, e tutti gli altri suoni e odori e sensazioni che lui da lontano poteva solo immaginare.

Sospirò con gioia mentre un filo di freddo scorse lungo tutto il suo corpo nudo e umido. Per un attimo sperò ci fosse anche Lara con lui, che potesse abbracciare la sua nudità e rassicurarlo, come faceva sempre quando le sue ansie prendevano il sopravvento.

Rabbrividì. Si rivolse di nuovo al letto bagnato, ma si bloccò ancora una volta alla vista di una macchia. Sangue sul materasso, nello stesso punto dove aveva appoggiato la schiena.

Il cuore riprese a pompare. *Tum-tum-tum-tum-tum-tum.*

Prima di tutto, prima di decidere se fosse completamente impazzito o se c'era davvero una ferita che non riusciva a vedere, doveva chiamare Lara.

Il telefono squillò parecchio prima di ricevere risposta.

«*Pronto.*»

«Pronto. Dove sei?»

«*Che c'è? Sono in cantiere.*»

«Puoi tornare a casa?»

«*Dan, sto lavorando. Oggi è un casino, ci hanno consegnato i materiali sbagliati. Tu stai bene? È successo qualcosa?*»

«Io, be'… sì, ma-»

«*È successo qualcosa, sì o no? Non posso stare al telefono tutto il giorno.*»

«Io, sì, volevo solo tu tornassi a casa.»

«*Tu non vai al lavoro?*»

«No, io… non so.»

«*Dan, davvero, non ho tempo.*»

«Mi dispiace. Io…»

«*Okay, devo andare. Visto che fai tanto il misterioso riattacco. Se mi stai organizzando una qualche sorpresa per quando sarò a casa, preparati perché prima di stasera non torno.*»

«Lara, aspetta un attimo…»

«*Dan, devo andare, ci vediamo più tardi. Ti amo.*»

E riattaccò.

Ti amo, e poi il *bip* della telefonata interrotta. *Ti amo, bip. Dan, devo andare, ti amo, bip.* Andare dove, fare cosa? *Ti amo, Dan, sono in cantiere, bip.* Una conversazione così veloce che gli parve non fosse nemmeno avvenuta. *Tu non vai al lavoro?* aveva chiesto con l'amore nella voce, *ti amo*, e l'agitazione nel cuore, *devo andare, bip.* Chissà quando sarebbe tornata, *ci vediamo più tardi,* quanto avrebbe dovuto aspettare, *prima di stasera non torno, bip, non torno.* La ferita avrebbe sanguinato di nuovo? Ma quale ferita, da dove veniva quel sangue? *Visto che fai tanto il misterioso riattacco, bip, riattacco.* E ora era in cantiere, *sono in cantiere,* a lavorare, a fare ciò per cui aveva studiato tanto, per il quale usciva presto la mattina, lo salutava con un semplice bacio sulla fronte, *ti amo, bip,* e lo lasciava fare la doccia in pace, ci vediamo più tardi. E lui era solo. Lei avrebbe potuto aiutarlo, ne era certo, *bip,* ne era certo, e le mancava così tanto. La sua voce, la sua pelle, le sue parole rassicuranti, *ti amo, Dan. Ti amo, bip.*

«Ti amo anch'io…»

Prese la maglietta più scura che trovò, la indossò assieme a un paio di pantaloni neri, mise le scarpe da ginnastica e uscì.

Guidò tra le strade della città senza badare alle altre auto. Le mani sudate gli si appiccicavano al volante, la testa che bolliva di ansie e lo sguardo arrossato dalle lacrime. Si era ripromesso di non piangere, di non disperare più del necessario. Non finché era in strada, non prima di aver raggiunto Lara e aver sentito le sue dolci parole.

Raggiunse il ponte che la società di sua moglie stava sistemando, dando a lei il compito di capocantiere. Si avvicinò all'entrata, uscì dall'auto e attraversò la transenna a piedi. Seguì il parlottare degli operai cercando nella folla la sua chioma ramata. Stava sudando, proprio come ogni notte da quando aveva cominciato a fare quegli incubi. Pose istintivamente la mano dietro la schiena, sotto la maglietta, e sentì una macchia liquida più densa del sudore. Alcuni operai lo stavano scrutando mentre passava, così nascose subito il sangue mettendosi la mano in tasca.

«Lara!» chiamò Dan intravedendo la moglie davanti a un cumulo di travi di metallo. Indossava il suo elmetto e pettorina arancione, e stava discutendo con un operaio sulla dimensione di quelle travi.

«Dan?» lo notò Lara. Si rivolse poi all'operaio. «Okay, Teo, riporta queste in magazzino. Ci servono le travi più grandi. Va', il fornitore lo chiamo io.»

Teo annuì, stranito alla vista dell'uomo che si avvicinava senza elmo né giacca fluorescente.

«Dan, si può sapere che ci fai qui?»

Senza nemmeno rispondere, la afferrò per i fianchi stringendola più forte che poteva. La baciò come non la baciava da mesi.

«Ma che stai facendo? Non lo vedi che ci guardando tutti?» Dan non lo notò, ma intorno a loro tutti gli operai li stavano osservando con curiosità e vago dissenso.

«Ho bisogno di parlarti!»

«Non potevi aspettare fino a stasera?»

«No, Lara, ascoltami! È successa una cosa…»

«Di cosa stai parlando?»

«Stamattina, quando mi sono svegliat-»

Frumm. Il rombo del furgone che trasportava le travi sovrastò la voce di Dan. Si voltò verso il rumore e alla guida vide Teo.

«Che è successo, Dan? Dimmi!»

«Io… stamattina mi sono svegliato e…» La testa cominciò a girargli. Sentiva il sangue dietro la schiena continuare a sgorgare, come se lo squarcio tra le sue scapole si allargasse a ogni respiro.

«Mi stai facendo perdere tempo, Dan. Ma ti senti bene?»

Tum-tum, tum-tum, tum-tum.

«La mia mano… Guarda la mia mano…»

«Quale mano, Dan? Cosa dovrei vedere? Mio Dio, che ti succede?»

La vista di Dan si annebbiò come coperta da un velo trasparente, un altro suono riempì il cantiere. *Clink.* Un soffio di vento che spinge contro il furgone, un gancio che vola in aria, un punto sotto i suoi piedi in cui la ghiaia sembra più polverosa del solito.

Tum-tum, tum-tum, tum-tum.

Le piccole travi di metallo si sganciarono dal furgone, per poi cadere e rimbalzare alle spalle di Dan creando una serie di boati metallici. Ma lui non se ne accorse. Il fastidio alla schiena, il sudore che gli annebbiava la vista e il battito del cuore gli fecero dimenticare dove si trovasse. Scivolò, i suoi piedi volarono nell'aria polverosa, e la schiena precipitò verso terra.

«Dan!» gridò Lara, e la sua voce si disperse tra i rumori circostanti.

Una trave vagante si piazzò tra le sue scapole, passando nello squarcio sulla schiena come si fosse aperta proprio per questo.

Tum-tum-tum-tum-tum-tum.

Quando tutti i rumori cessarono, Dan rimase immobile, intento a guardare il cielo che gli faceva da tetto. Le nuvole e qualche uccello solitario sorvolavano indisturbati. Il mondo si fece più buio, così chiuse gli occhi. Il sangue cominciò a colare più veloce, e il cuore a battere sempre più piano, finché non ci fu più nulla intorno a lui.

Tum-tum, tum-tum, tum-tum. Tum-tum. Tum-tum. Tum-

DER REIßVERSCHLUSS AM RÜCKEN
PIETRO CARRARO
Aus dem Italienischen von Valentin L. Brendler

Ein unerträglicher Schmerz läuft ihm den Rücken hinab. Sein Herz schlägt langsam, als wäre es gerade erst aufgewacht. Stetig nimmt es Fahrt auf, erst ruhiger, *tum-tum, tum-tum,* dann stärker, *tum-tum-tum-tum.* Ein Stachel bohrt durch seine Brust in sein Herz. Er schreit und sucht etwas, jemanden, der ihm helfen kann, aber er ist allein, da ist niemand. Nur er ist da, schwebend in der Leere, der Dunkelheit, in der Abwesenheit von allem. Bis der Stachel herausgezogen wird und seine Lungen und sein Rücken befreit werden. Er kann endlich nach oben steigen, in den Himmel, sein Dach. Wolken und Vögel fliegen ungestört vorbei. Er schaut sie an und seufzt bewundernd. Seine Atmung stockt, mit jedem Meter, den er weiter nach oben steigt – bis er wieder zum Atmen kommt. Ein Seufzer des Lebens dringt in seine Brust, aber er findet sein Gleichgewicht erst wieder, als er spürt, dass seine Füße auf dem Boden stehen und die Welt wieder ihre Form annimmt.

Nur der Schmerz in seinem Rücken quält ihn weiterhin.

Als Dan vom Albtraum erwachte, war er desorientiert und umgeben von einer Schweißlache, die seine gesamte Kleidung durchnässt hatte. „Lara?", rief er „Es ist schon wieder passiert!". Keine Antwort. Sie ist schon auf Arbeit, dachte er, als er sein Schlafshirt aufmachte, das an ihm klebte.

Seit einigen Wochen wachte er stets mit Schwindelgefühl, einem tauben Rücken und schweißgebadet auf. Er hatte immer denselben Traum, denselben Schmerz im Rücken, das Schweben im Nichts, das Gefühl, frei zu sein und dann wieder zu fallen. Er hatte Lara davon erzählt, aber sie hatte nicht viel gesagt – es war nur ein Traum! Dan vertraute ihr. Also stieg er, wie jeden Morgen in den vergangenen Wochen, verschwitzt aus dem Bett, nahm die schmutzigen Laken und zog sein Schlafshirt aus. Er ging zur Waschmaschine und legte die feuchten Sachen hinein. Dann hielt er kurz inne, als er sein Shirt ansah.

Tum-tum, sein Herz klopfte. *Tum-tum.*

„Was ist das?", fragte er sich und betrachtete den dünnen roten Faden, der zwischen Schweißflecken den Rücken seines Schlafshirts hinunterlief. „Blut?"

Sein Herz begann unaufhaltsam zu schlagen. *Tum-tum, tum-tum.*

Sofort rannte er ins Bad und schaute sich im Spiegel an. Er untersuchte seinen Rücken von oben bis unten, berührte ihn, so weit er konnte, aber es war nichts. Keine Wunde, kein blutender Stachel eines Insekts. Er sah sich das Shirt noch einmal an, und der purpurne Streifen war immer noch da. Wahrscheinlich hatte es sich bei der letzten Wäsche nicht vollständig gereinigt, dachte er und beruhigte sich danach.

Tum-tum. Tum-tum.

Schnell hatte er die Sache vergessen.

So zog er auch seine Hose aus, ließ alles in der Waschmaschine und ging zurück ins Bad. Er drehte den Wasserhahn in der Dusche auf und stieg ein. Am liebsten duschte er früh am Morgen, vor dem Frühstück. Lara hasste das: Sie duschte lieber nach dem Essen als letztes vor dem Ausgehen. In diesem Punkt hatten die beiden eine unterschiedliche Meinung und sie stritten manchmal darüber. Sie waren erst wenige Monate verheiratet und sie hatten sich versprochen, immer gemeinsam zu essen, wenn sie zu Hause waren, um nicht die Leidenschaft zu verlieren, die für die ersten Wochen als Jungvermählte typisch war. Deshalb musste Lara morgens nach dem Aufstehen immer warten, bis er mit dem Duschen fertig war, bevor sie gemeinsam essen konnten, und nach dem Frühstück musste sie warten, bis er aus dem Haus war, damit sie sich waschen konnte. Sie hatten versucht, gemeinsam zu frühstücken und dann gemeinsam zu duschen, oder erst gemeinsam zu duschen und dann gemeinsam zu frühstücken, aber beides hat nicht funktioniert. Also entschieden sie sich für eine andere Lösung:

Dan wachte immer früher auf und Lara immer später. Was soll man machen, dachte Dan, während das Wasser über seine Haut lief: das Wichtigste ist, dass wir nach Hause gehen können und zusammen sind. Und verdammt, das war das Wichtigste.

Tum-tum. Tum-tum.

Als er sich übers Haar und Gesicht rieb, spürte er am Rücken ein Unbehagen, als hätte sich zwischen seinen Schulterblättern eine Wunde aufgetan. Er versuchte sich zu kratzen, aber der Schmerz ließ nicht nach, sondern wurde nur noch stärker. Am Boden der Dusche, zwischen seinen Füßen, bildete sich eine kleine Pfütze mit einer scharlachroten Flüssigkeit. Blut, das gurgelnd abfloss.

Tum-tum, tum-tum.

Sofort stieg er aus der Dusche. Blutrote Fußabdrücke blieben auf dem Badezimmerteppich zurück. Er ging zurück zum Spiegel, aber nichts, keine Wunden oder Flecken, die das Blut erklären könnten, nichts, nur der nasse Rücken eines Mannes.

Tum-tum-tum.

Woher kam das Blut? Vielleicht werde ich verrückt, dachte er. Einen Moment lang schien ihm dieser Gedanke die einzig mögliche Erklärung zu sein: eine Reihe von Halluzinationen, wahrscheinlich bedingt durch seine ständigen Albträume. Vielleicht träume ich immer noch, hoffte er für einen Moment. Er stürmte ins Schlafzimmer, schlug und hämmerte auf sich ein, kniff sich in die Arme, stampfte auf den Boden.

Tum-tum-tum, Herzklopfen, *tum-tum-tum-tum,* pochend im Rhythmus.

Er warf sich ins Bett, nass und nackt. Er flüchtete sich zwischen die Matratze und die Bettdecke, schloss die Augen wie ein verängstigtes Kind und begann, leise zu atmen. Er atmete, *tum-tum-tum,* und atmete. Dans Gedanken rasten mit exorbitanter Geschwindigkeit, ritten auf Wellen, erklommen Berge und durchquerten Wüsten, die entlegensten Orte seiner Phantasie, auf der Suche nach einem Lichtblick in der Dunkelheit seiner Ängste. Die Angst, in seinem Kopf, wurde immer größer. *Tum-tum, tum-tum.* Er träumte davon, wie er noch in seinem Bett lag, bevor er aufwachte, die Laken nass von seinem Schweiß und das Blut noch in seinem Körper. Er träumte, dass er die Augen wieder öffnete und immer noch seinen Schlafanzug anhatte, dass er zur Waschmaschine ging und sein schweißgetränktes, aber blutleeres Hemd auszog. *Tum-tum, tum-tum.* Er träumte davon, in Ruhe duschen zu können, sich anzuziehen und sich endlich für den Tag fertig zu machen, einen weiteren langweiligen Morgen wie jeden anderen, und dann am Abend nach Hause zu kommen, das müde lächelnde Gesicht seiner Frau zu sehen, wie er es jeden Abend getan hatte, seit sie verheiratet waren, und Gott dafür zu danken, dass er einen seiner Engel treffen durfte. *Tum-tum. Tum-tum.*

Er seufzte und war nun ruhiger.

Er öffnete die Augen, immer noch in die Bettdecke gehüllt. Weiterhin nackt, ohne Pyjama, aber nun ruhig. Das Blut, das alles, war ein Traum. Er wusste es jetzt, er musste sich keine Sorgen mehr machen. Lara hätte ihm das auch alles sagen können, ohne die ganze Angst. Sie hätte ihn beruhigt und klar gemacht: Da war kein Blut auf dem Hemd, oder in der Dusche. Aber sie war nicht da.

Er schlug die Bettdecke beiseite und stieg aus dem Bett. Er schaute auf dem Fenster, auf die Stadt und bewunderte sie eine Zeit lang. Eine Reihe von Mauern und Gebäuden, mit Leben und Geräuschen. Der starke Wind, der oft das kupferfarbene Haar seiner Frau zerzauste, die rasenden Autos in den Straßen, die Stimmen der Passanten, die verlorenen Seelen, in einem Meer aus Leid. Er dachte an all die anderen

Geräusche, Gerüche und Empfindungen, die er sich nur vorstellen konnte.

Ein kurzer Moment der Freude, der unterbrochen wurde, als eine kalte Flüssigkeit seinen nackten, feuchten Körper hinunterlief. Er hoffte, dass Lara da wäre, dass sie ihn umarmen und beruhigen könnte, wie sie es immer tat. Aber sie war nicht da und er schauderte. Er schaute auf sein Bett. Da war wieder ein Fleck. Blut auf der Matratze, genau da, wo er lag. Sein Herz fing zu pumpen an. *Tum-tum-tum-tum.*

Bevor er entscheiden konnte, ob er völlig verrückt geworden war, oder ob es eine Wunde gab, die er nicht sehen konnte, musste er erst Lara anrufen.

Es dauerte lange, bis sie ran ging.

„Hallo."

„Hallo. Wo bist du?"

„Wo soll ich sein? Auf der Baustelle."

„Kannst du nach Hause kommen?"

„Dan, ich arbeite. Hier ist Chaos. Sie haben uns das falsches Material geliefert. Geht es dir gut? Ist etwas passiert?"

„Ich, na ja... ja, aber..."

„Ja oder nein? Ich kann nicht den ganzen Tag telefonieren!"

„Ich, ja, ich wollte nur, dass du nach Hause kommst."

„Gehst du nicht zur Arbeit?"

„Nein, ich... ich weiß es nicht."

„Dan, wirklich, ich habe keine Zeit."

„Es tut mir leid. Ich..."

„Ich muss los. Da du so geheimnistuerisch bist, lege ich jetzt auf. Wenn du eine Überraschung für mich planst, denk dran, dass ich erst heute Abend zurückkomme."

„Lara, warte doch mal..."

„Dan, ich muss gehen, wir sehen uns. Ich liebe dich."

Sie legte auf.

Ich liebe dich, dann das *Biep* des unterbrochenen Anrufs. Ich liebe dich, biep. *Dan, ich muss los, ich liebe dich,* biep. Wohin, was tun? *Ich liebe dich, Dan, auf der Baustelle,* biep. Das Gespräch lief so schnell ab, er hatte das Gefühl, dass es gar nicht real war. *Gehst du nicht zur Arbeit?* hatte sie liebevoll gefragt, *ich liebe dich,* Aufruhr im Herzen, *ich muss los,* biep. Wer weiß, wann sie zurück sein würde, *bis später,* wie lange er warten müsste, *erst heute Abend,* biep, *zurückkomme,* biep. Würde die Wunde wieder bluten? Aber welche Wunde, woher kam das Blut? *Da du so geheimnistuerisch bist, lege ich jetzt auf,* biep, *ich lege auf.* Und jetzt war sie auf der Baustelle, arbeitet, tut das, wofür sie so hart studiert hatte, wofür sie jeden Tag frühmorgens aufsteht. Sie küsst ihn jeden Morgen auf die Stirn, *ich liebe dich, biep,* und lässt ihn in Ruhe duschen, *bis später.* Und er war allein. Sie hätte ihm helfen können, da war er sich sicher, *biep,* und er vermisste sie so sehr. Ihre Stimme, ihre Haut, ihre beruhigenden Worte, *ich liebe dich, Dan. Ich liebe dich, biep.*

„Ich liebe dich auch ..."
Er schnappte sich das dunkelste T-Shirt, das er finden konnte, zog es über eine schwarze Hose, schlüpfte in seine Turnschuhe und ging hinaus. Unaufmerksam fuhr er durch die Straßen der Stadt. Seine Hände waren verschwitzt ans Lenkrad geklammert, sein Kopf kochte vor Angst und seine Augen waren von Tränen nass. Er nahm sich vor, nicht zu weinen, nicht mehr zu verzweifeln als nötig. Nicht, solange er unterwegs war, nicht, bis er Lara erreicht und ihre süßen Worte gehört hatte.

Er erreichte die Brücke, wo seine Frau als Bauleiterin arbeitete, parkte am Ende der Straße, stieg aus dem Auto aus und kletterte über die Absperrung. Weiter hinten redeten laut Bauarbeiter und er suchte unter ihnen nach ihrem kupferfarbenen Haar. Dabei schwitzte er, wie jede Nacht bei seinen Albträumen. Instinktiv griff er sich mit der Hand an den Rücken, unter sein Hemd, und spürte einen flüssigen Fleck, der dicker war als Schweiß. Einige Arbeiter schauten ihn an, als er vorbeiging, deswegen versteckte er seine Hand und das Blut daran in seiner Hosentasche.

„Lara", rief Dan, als er seine Frau vor einem Stapel von Metallträgern erblickte. Sie trug ihren Schutzhelm, ein orangefarbene Warnweste und stritt sich mit einem Arbeiter über die Größe der Balken.

„Dan?", sagte Lara, nachdem sie ihn bemerkt hatte. Sie wandte sich kurz an ihren Kollegen: „Ok, Teo, bring die zurück ins Lager. Wir brauchen die Größere. Geh, ich rufe den Lieferanten an." Teo nickte und schaute Dan verwirrt an.

„Was machst du hier?" Ohne zu antworten, griff er sie an den Hüften und zog sie zu sich. Er küsste sie, wie er es lange nicht mehr getan hatte.

„Oh, was machst du denn? Alle beobachten uns!", sagte sie danach. Dan hatte gar nicht wahrgenommen, wie alle Arbeiter sie mit Neugierde und vager Ablehnung beobachtet hatten.

„Ich muss mit dir reden!"

„Konnte das nicht bis heute Abend warten?"

„Nein, Lara, es ist etwas passiert..."

„Was ist los?"

„Heute Morgen, als ich aufgewacht bin..."

Frumm. Das Rumpeln eines Lieferwagens, der die Balken transportierte, übertönte Dans Stimme. Er drehte sich zu dem Geräusch um und sah Teo am Steuer sitzen.

„Was ist passiert?"

„Ich ... ich bin heute Morgen aufgewacht und ..." Sein Kopf begann sich zu drehen. Er spürte, wie das Blut aus seinem Rücken sprudelte, als ob sich die Wunde zwischen seinen Schulterblättern mit jedem Atemzug vergrößerte.

„Geht es dir gut? Ich habe nicht ewig Zeit."

Tum-tum, tum-tum, tum-tum.

„Meine Hand ... schau dir meine Hand an ..."

„Welche? Was ist mit ihr? Mein Gott, was ist los mit dir?"

Dans Sicht verschwamm, wie durch einen Schleier bedeckt, als ein weiteres Geräusch den Hof erfüllte. Ein Klirren. Ein Windstoß, der gegen den Lieferwagen stieß, ein Haken, der durch die Luft flog, eine Stelle unter seinen Füßen, an der der Kies staubiger als sonst schien.

Tum-tum, tum-tum, tum-tum.

Die Metallträger lösten sich vom Lieferwagen, fielen hinter Dan herunter und ein metallisches Dröhnen entstand. Dan bemerkte es nicht. Das Unbehagen in seinem Rücken, der Schweiß, der seine Sicht trübte, und das Klopfen seines Herzens ließen ihn vergessen, wo er war. Er rutschte aus, seine Füße flogen durch die staubige Luft, und sein Rücken stürzte auf den Boden.

„Dan!", rief Lara, und ihre Stimme ging in den Umgebungsgeräuschen unter. Ein dünner Stahlbalken stach zwischen seine Schulterblätter und drang durch die klaffende Wunde in seinen Rücken, als hätte sie sich gerade erst geöffnet.

Tum-tum-tum-tum.

Als alle Geräusche verstummten, lag Dan regungslos da und starrte in den Himmel, sein Dach. Wolken und Vögel fliegen ungestört vorbei. Die Welt wurde dunkler und er schloss die Augen. Sein Blut begann schneller zu fließen, und sein Herz wurde immer langsamer, bis er nichts mehr um sich herum wahrnahm.

Tum-tum, tum-tum, tum-tum. Tum-tum. Tum-tum. Tum-

BUCUREŞTI
VALENTIN L. BRENDLER

Ich stand auf den alten, karierten Fliesen vom gara de nord, dem Hauptbahnhof von Bucureşti. Rechts von mir eine amerikanische Fastfoodkette und vor mir eine große Anzeigentafel. Ich ging zum Gleis, wo ein kleiner, ehemals französischer Dieselzug vor mir stehen blieb. Vom Ende des Zuges kam er auf mich zu. Mein Bruder. Er war breit und stark und sah immer aus wie ein Handwerker, der von der Arbeit kam.

„Servus."

„Servus." Wir umarmten uns.

„Lass uns erstmal hier rauskommen", sagte er. Ich nickte. Langsam schlenderten wir durch die Menschenmassen, bis wir vor den roten, offenstehenden Holztoren standen. Eine Dame sammelte Müll und ein Mann in Anzugjacke sprach mit einem Taxifahrer. Autos standen an einer großen Ampel, neben einem riesigen Hotel, das verlassen und voller Risse war. Ein kleines Wackeln, ein kleiner Stoß und der Asphalthaufen würde sich auf die Kreuzung erbrechen. Ich zündete mir eine Zigarette an. Mein Bruder lächelte. Früher hatte er einen Bart, mittlerweile war er glattrasiert und ich sah seine Backen.

„Es ist warm", sagte ich, weil ich nicht wusste, was ich sagen sollte. Ich schaute auf den Gullideckel, der vor uns in der Mitte des Platzes war.

„Ja, stimmt. Warte kurz", sagte mein Bruder. Er musste Lea schreiben. Ich blickte wieder auf die runde Betonplatte. Ich dachte daran, dass dort in den Neunzigern ein Teil der Straßenkinder von Bucureşti in der Kanalisation gelebt hatte. Vielleicht immer noch. Vielleicht nicht mehr. Es müssten weniger sein. Die Ceauşescu-Zeit war schon dreißig Jahre her. Er hatte damals mit dem Dekret 770 Abtreibungen und Verhütungen verboten. In 24 Jahren sollten zehn Millionen Menschen mehr geboren werden. Um viele Kinder konnten sich die Eltern nicht mehr kümmern. Schließlich hatte Ceauşescu fast alle Lebensmittel ins Ausland verkauft. In einer Doku haben Journalisten genau dort, bei diesem Gullideckel, die Leute interviewt. Sie hockten in einem engen Gang, überall lagen Decken und an jedem freiem Platz an der Wand war eine Ikone aufgehangen. Die meisten Straßenkinder hatten eine

Plastiktüte in der Hand. In dieser war ein starker Kleber. Sie stülpten die Tüten über die Nase und atmeten lang. Ein Junge hatte den Reportern gesagt, sie machen das, um zu sterben. Bis dahin würden sie jeden, der ihnen zu nahe kam und etwas Böses wollte, mit Spritzen angreifen.

„Ich bin so weit," sagte mein Bruder und nickte und ich nickte und wir beide versuchten zu lächeln. Wir machten uns auf und schlenderten über den Platz.

Wir kamen zu einem Kiosk und kauften uns Timişorii. Mit dem Bier in der Hand gingen wir auf dem Bürgersteig der A1 in die Innenstadt. Vorbei an mehreren Kunstläden, einem Kunstmuseum, zerfallenen Gebäuden, Menschen, die an Häuser lehnten und rauchten und wilden Stromkabeln, die alles irgendwie miteinander verbanden. Er erzählte von Franken, den Abendessen bei der Familie, wann und wo er meine und seine Freunde in Nürnberg und Ansbach getroffen hatte und das unser Lieblingsbier nicht mehr so schmeckte, wie es damals getan hatte.

„Läuft jetzt eigentlich was mit Lea und dir?", fragte ich, als wir vor meinem Block ankamen. Er war steinalt und bestand nur aus Beton. Er hatte Risse in den Wänden, vereinzelt zugemauerte Fenster und unbewohnte Etagen.

„Wir haben uns vorgestern im Club das erste Mal geküsst. So lange, bis wir die letzten im Saal waren."

„Na, vermisst du sie schon?"

„Ein bisschen", sagte er, während wir zu zweit im kleinen Aufzug standen und kaum Platz hatten.

„Es hat ja lange genug gedauert mit euch."

„Mal schauen, was wird." Wir gingen durch den unverputzten Flur in meine immer noch spärlich eingerichtete Wohnung. Ich setzte mich auf mein Bett und mein Bruder stand vor mir und räumte seine Tasche aus. Er würde zwei Nächte bei mir bleiben, dann musste er wieder zurück nach Nürnberg, zur Arbeit und seinem Lehramtsstudium. Es gab einen geographischen Strich durch unsere Leben.

„Lass uns rausgehen", sagte mein Bruder und holte aus seiner Tasche eine Musikbox.

Zuerst gingen wir über die Calea Victoriei, die sogenannte Prachtstraße der Stadt. Neben nichtssagenden Wohnblocks gab es zahlreiche vierstöckige französische Gebäude. Mein Bruder und ich schauten die Häuser beim Spazieren an und sagten entweder „Paris" oder „Kommunismus", bis wir am Athenäum ankamen und mein Bruder „Griechenland" sagte. Es war eine Oper, die auf der Fünf-Lei-Schein abgebildet war. Ein paar Straßen weiter war vor uns ein moderner Betonhaufen an einem Platz. Eines der Theater der Stadt. Unten, zurückgesetzt, befanden sich der Eingang und die Bühne. Oben gab es einen Überbau, mit einem schicken Café. Ich hatte einen Moment Angst, dass das Gebäude nach vorne kippen würde, wenn wir es betraten. Wir gingen zur Eingangstür, zum Theaterunterbau. Die Tür war offen, das Foyer war leer. Ein Hausmeister putzte den Boden und schaute uns eine Sekunde an. Dann senkte er wieder seinen Blick auf den Mopp und wischte weiter über die sauberen Fliesen.

„Irgendwo hier geht es nach oben", flüsterte ich – eingeschüchtert von der Leere. Wir fühlten uns wie ungebetene Gäste, oder Einbrecher. Hinter einem langen Tresen standen Kassen. Rechts waren Toiletten und links Fahrstühle.

„Da müssen wir hin", flüsterte mein Bruder. Wir drückten auf den Knopf und nach kurzer Zeit kam ein großer, leerer Fahrstuhl. Eine Etage hieß „Restaurant". Wir schauten uns in der großen Spiegelwand des Fahrstuhls an. Unter unseren Achseln stand der Schweiß. Mein Hemd war ungebügelt und zerknickt. Mein Bruder sah aus, als wolle er im Restaurant etwas reparieren. Oben war es auf einmal voll und belebt. Ich fragte am Tresen – schwarz, glattgeleckt, Cocktailgläschenbesetzt – ob noch ein Tisch, draußen, beim Ausblick, frei ist. Eine Kellnerin führte uns auf einen Platz, direkt neben der Glaswand, die uns vom Rest der Stadt trennte. Dann saßen wir da auf korbgeflochtenen Sesseln, mit weißen Sitzkissen, die auf künstlichem Rasen standen. An einer Ecke gab es eine Hollywoodschaukel, auf der Bonzen in Anzügen und Sommerkleidern saßen, die mit Cocktailgläschen in den Händen schaukelten. Wir bestellten uns Bier und hausgemachte Limonade. In Bucureşti gab es überall selbstgemachte Limonaden. In Cafés, Restaurants, Kiosk oder an Straßenständen. Bucureşti: die Limonadenhauptstadt. Bucureşti, hinter der Glaswand. Wir sahen ein großes Graffiti. Es zeigte die rumänische Flagge und in der Mitte von ihr war ein schwarzes Loch.

„Loui", sagte mein Bruder, schaute mir in die Augen und dann auf die Zitrone in seinem Limonadengläschen. Im Hintergrund schwelten rumänische Sprachfetzen.

„Ich weiß nicht, ob mein Studium das richtige für mich ist." Er faltete seine Hände, wie er es noch nie getan hatte. Ich nickte und zog mir eine Carpaţii aus meiner Brusttasche.

„In meinen Augen warst du nie ein echter Lehrer in einer Schule."

„Inwiefern?"

„Du passt da nicht rein. Aber was möchtest du sonst machen? Weiter arbeiten bei der Telefonhotline?".

„Vielleicht werde ich irgendwann befördert", sagte er. Er war am überlegen.

„Automechaniker?"

„Nein."

„Was sind deine Argumente?", fragte ich, lehnte mich auf dem Stuhl zurück.

„Papa", sagte er. „Er wird es nicht mögen, wenn ich das Studium abbreche." Die Kellnerin tauchte neben uns auf. Bisher war mir nicht aufgefallen, wie glatt gebügelt ihre Bluse und wie schwarz ihre Schuhe waren.

„Er ist doch tolerant", sagte ich, als sie weg war. Im Hintergrund fiel ein Bonze von der Hollywoodschaukel und alle um ihm herum lachten. Meine Limonade wackelte. Ich hob das Glas an und drückte meine Füße auf den Boden und schaute auf die Stadt. Es war nichts. Es blieb alles gerade. Die Flüssigkeit blieb stehen und ich trank.

„Ich weiß nicht."

„Im Endeffekt will er auch nur, dass wir glücklich sind. Er hat doch auch akzeptiert, dass ich einfach nach Bucureşti gezogen bin."

„Manchmal beeindruckst du mich", sagte mein Bruder. Mir fiel fast die Kippe auf den Kunstrasen.

„Warum denn?"

„Du lebst jetzt in Bukarest, du arbeitest bei dieser deutsch, rumänischen Zeitung. Mich beeindruckt deine Gelassenheit."

„Ich arbeite bei einer kleinen Mini-Zeitung, die kein Mensch liest und verdiene einen Dreck."

„Du schreibst Artikel. Das schindet Eindruck."

„Aber du kannst doch auch machen, was du willst! Papa wird das verstehen."

„Ich weiß ja gar nicht, was ich will. Das ist doch das Problem!"

Mittlerweile war es stockfinster über und hinter der Glaswand. In Bucureşti sah man keine Sterne. Nur einen Dunst, einen Nebel, vielleicht war es Smog, der von Straßenlaternen angeleuchtet über den Häusern stand.

„Und du?", fragte mich mein Bruder. Seine Stimme wirkte nun härter. Er nippte an seinem Bier. Es war fast leer. „Was willst du machen? Dein Leben lang bei der Zeitung arbeiten und im halb verfallenen Block leben?" Ich zuckte mit den Schultern und drückte die Zigarette in den Aschenbecher zwischen uns.

Wir gingen wieder in die Stadt und hielten an einem Supermarkt, die in der Stadt bis tief in die Nacht offen hatten. Mit neuen Carpaţii in der Hemdtasche und jeweils einer Weinflasche unter dem Arm, landeten wir am Piaţa Amzei. Wir setzten uns auf eine Bank. Zwischen uns eine Flasche Wein. Er holte die Musikbox aus seiner Jacke, legte sie unter die Bank und machte Musik an. Mein Bruder erzählte mir von erfolglosen Dates, bevor Lea, von Treffen mit seinen Freunden, vom vergangenen Jahr, als er das Bergfest in Erlangen besucht hatte. Nach und nach fingen wir immer mehr zu Lachen an, weil wir betrunken waren.

Nach einer Stunde fielen wir fast von der Bank und vergaßen, worüber wir gesprochen hatten. Die Flaschen warfen wir in die angrenzende Mülltonne, die Musikbox nahm mein Bruder unter den Arm und wir schlichen durch die Nacht in meinen Block, der ein rotes Schild an der Tür hatte. Wir tanzten im Fahrstuhl zur Musik und warfen uns in meiner Wohnung auf mein Aufklappbett. Mit letzter Kraft zog mein Bruder sich die Bauarbeiterhose und sein Oberteil aus. Ich blickte auf seine starke Brustbehaarung, während sie sich immer rhythmischer nach oben und unten bewegten.

Ich stand auf und ging auf meinen Balkon, der auch meine Küche war und der mit einer nachträglich angebauten Wand und einem Dach, abgeschlossen und wie ein Wintergarten war. Mit einem Glas Wasser in der Hand starrte ich auf die Stadt und rauchte wieder eine Zigarette, obwohl mein Hals bereits brannte. Ich fing an zu schwanken. Meine freie Hand klammerte sich an die Fensterbank. Ich schaute aus dem Fenster. Ich sah die Stadt. Alles sah aus, wie es immer war. Schief und flach. Irgendwo schrie eine Sirene. Das Wasser in meinem Wasserglas stand still und trotzdem sah ich, wie ich mit dem Balkon acht Stockwerke herunterstürze und vom Rest des Betonmonsters, in dem ich wohnte, begraben wurde. Ich zitterte, setzte mich und legte meine Hände auf den Boden. In der Calea Victoriei stürzten die Häuser gegeneinander und die Menschen fielen aus den Fenstern. Autos, die aus der zerfallenden Stadt flohen, blieben stecken. In den Außenvierteln fielen die Klamotten von den Wäschestangen und die mehr als baufälligen kleinen Häuser in der Innenstadt wackelten gar nicht erst, sondern krachten sofort zusammen. Schreie. Ich hörte Schreie in meinem Ohr. Ich sah schwarze Limousinen, die zum Regierungssitz fuhren. Das Theater war bereits kollabiert und der Plastikrasen berührte die Straße.

Bevor ich nach Bucureşti gezogen war, hatte ich gelesen, was man bei einem Erdbeben tun muss. Man soll sich zuerst von allem, was umkippen oder zerbrechen könnte, in Deckung bringen. Große Schränke, Fenster oder Bücherregale. Dann soll man in den Türrahmen zum Flur gehen, weil dort das Haus am stabilsten ist. Ich setzte mich dort hin. Ich hörte meinen Bruder schnarchen. Woanders stand, dass man nicht versuchen sollte, das Haus zu verlassen. Man hatte sowieso keine Zeit und wenn das erste Beben überstanden war, würde bald das Nachbeben kommen. Mein Bruder hustete. Das Wasser in meinem Glas wackelte. Ich zitterte.

„Hey", sagte ich leise zu meinem Bruder. Er schlief.

„Hey", sagte ich erneut zu ihm. Ein Husten. Das Fenster auf meinem Balkon schlug gegen die Küchenablage.

„Wach auf", flüsterte ich. Langsam öffneten sich seine Augen. Sie waren rot, verklebt und sahen müde aus.

„Bist du wach?"

„Jetzt schon."

„Steh auf."

„Warum?"

„Bitte, steh auf. Wir müssen noch einmal raus. Bitte", flüsterte ich. Langsam erhob er sich. Wie in Trance. Ich starrte ihn an, mit dem Glas in meinen beiden Händen, während er sich die Hose und sein Oberteil überzog.

„Was ist los?", fragte er.

„Ich sag es dir, wenn wir draußen sind." Wir verließen meine Wohnung endlich.

„Lass uns laufen und nicht den Fahrstuhl nehmen", flüsterte ich ihm zu. Er nickte, immer noch müde und sauer auf mich. Mit schnellen Schritten huschte ich die Treppen hinab. Er kam dahinter, langsam und schwerfällig. Ich schleifte ihn mit zum nahen Piaţa Romană. Ein Taxi stand am Straßenrand, vereinzelte Autos fuhren über den Platz und wir setzten uns auf die Treppe von einem Block. Ich nahm mir eine Carapţii.

„Gib mir auch eine, verdammt.". Wir zündeten uns beide die Zigaretten an und starrten zu zweit auf den verlassenen Platz.

„Wenn jetzt ein Erdbeben kommt, rennen wir einfach in die Mitte des Platzes", sagte ich. Pause. Atmen.

„Bei einem Erdbeben, würde dein Haus einfach einstürzen, oder?", fragte er nach einigen Minuten.

„Es würden danach nur noch riesige Betonklötze auf dem Boden liegen."

„Das überlebt man nicht", sagte er, zog an der Zigarette und legte seine Hand auf meine Schulter: „Gibt es hier überhaupt Erdbeben?"

„Es gab ein Starkes in den Siebzigern. Es gibt immer wieder welche."

„Du solltest dir eine andere Wohnung suchen", meinte er.

„Wir sind doch hier. Hier sind wir sicher", sagte ich.

„Wenn so ein Erdbeben kommt, dann ist die halbe Altstadt weg. Dann kommen da irgendwelche gläserne Kästen hin. Dann ist das Bucureşti, das ich kenne, für immer weg...", flüsterte ich. Mein Bruder schaute sich um. Ich glaubte, er überlegte, welche Häuser einstürzen würden. Das? Oder das? Das da hinten? Vielleicht einfach die ganze

Straße? Würde es Risse im Boden geben? Würden Autos umkippen und das Fett aus den Fritteusen der Fastfood-Läden kippen?

„Wie fühlt sich ein Erdbeben an?", fragte er ebenfalls flüsternd.

„Ich weiß es nicht."

„Es wackelt einfach, oder? Wie auf einem Schiff."

„Ja, so stell ich es mir vor. Nur auf einem Schiff, siehst du das Meer, das jedenfalls in der Entfernung gerade ist. Dein Schiff wackelt, aber der Horizont ist gerade, du merkst, dass dein Schiff asynchron ist. Was ist, wenn selbst der Horizont mitwackelt?", fragte ich.

„Dann merkt man es weniger."

„Vielleicht."

„Aber man fühlt sich hilfloser." Sirenen. Ein Krankenwagen, oder ein Polizeiauto, in der Entfernung. Ich lehnte meinen Kopf auf die Schulter meines Bruders und sah in diesem Moment eine kleine Gestalt, die auf der anderen Seite des Platzes auf einer Bank saß. Sie hielt eine Plastiktüte auf dem Schoß ausgebreitet und schaute hinab.

„Lass uns wieder in die Wohnung gehen."

„Ja", flüsterte ich.

„Es wird nicht passieren."

„Bestimmt nicht. Wäre ja unwahrscheinlich."

„Sehr unwahrscheinlich."

BUCUREŞTI
VALENTIN L. BRENDLER
Traduzione di Pietro Carraro

Mi trovavo sulle vecchie piastrelle a scacchiera della Gara de Nord, la stazione ferroviaria principale di Bucarest. Alla mia destra c'era una catena di fast food americana e davanti a me un grande cartellone pubblicitario. Sono andato al binario; un piccolo treno diesel, un tempo francese, si è fermato davanti a me. Mio fratello si stava avvicinando dal fondo del treno. Era largo e forte, la sua solita stazza da tuttofare appena uscito dal lavoro.

"Ciao!" Mi ha salutato con un sorriso che non vedevo da tempo.

"Ciao." L'ho abbracciato.

"Usciamo di qui."

Passeggiammo lentamente tra la folla finché non ci trovammo davanti ai cancelli spalancati in legno rosso. Una signora stava raccogliendo la spazzatura e un uomo in giacca stava parlando con un tassista. Le auto erano parcheggiate davanti a un grande semaforo, accanto a un enorme albergo abbandonato e pieno di crepe. Basterebbe una piccola oscillazione, solo un piccolo sobbalzo, e un mucchio di asfalto verrebbe vomitato sull'incrocio. Accesi una sigaretta, mio fratello sorrise. Una volta aveva la barba, ma ora era ben rasato e potevo vedere le sue guance.

"Fa caldo", osservai, giusto per colmare il silenzio. Il mio sguardo si fissò sul tombino in mezzo alla piazza.

"Sì, è vero. Giusto un po'", concordò distratto. Stava scrivendo a Lea.

Tornai a guardare la lastra rotonda di un tombino. Pensai a come vivevano nelle fogne alcuni bambini di strada di Bucarest negli anni '90. Forse ancora oggi, pensai, anche se sicuramente di meno. Erano già passati trent'anni dall'Era Ceauşescu. All'epoca aveva vietato l'aborto e la contraccezione con il Decreto 770. Entro ventiquattro anni dovevano nascere dieci milioni di persone in più. I genitori non potevano più prendersi cura di molti bambini. Dopotutto, Ceauşescu aveva venduto quasi tutto il cibo all'estero. In un documentario, i giornalisti hanno intervistato delle persone proprio vicino a quel tombino. Erano accovacciati in uno stretto corridoio, c'erano coperte ovunque e in ogni spazio libero del muro era appesa un'icona. La maggior parte dei bambini di strada portava con sé un sacchetto di plastica pieno di colla. Si mettevano i sacchetti sul naso e facevano lunghi respiri. Un ragazzo raccontò ai giornalisti che lo facevano per morire, per non provare dolore. All'epoca, avrebbero attaccato con siringhe chiunque si fosse avvicinato troppo con intenzione di fare loro del male.

"Sono pronto", disse mio fratello. Io annuii di risposta, ed entrambi cercammo di sorridere, con scarsi risultati. Riprendemmo a passeggiare per la piazza.

A un chiosco comprammo una Timişorii, una classica birra rumena. Con le bottiglie in mano abbiamo camminato lungo il marciapiede della A1 verso il centro città. Oltrepassammo diversi negozi, un museo d'arte, edifici fatiscenti, persone appoggiate alle case, fumo e selvaggi cavi elettrici che in qualche modo collegavano tutto. Ci raccontammo della Francia, delle cene in famiglia, di quando e dove avevamo incontrato i miei o i suoi amici a Norimberga e Ansbach, e che la nostra birra preferita non aveva più lo stesso sapore di allora.

"C'è qualcosa che non va tra te e Lea?" chiesi mentre entravamo nel mio isolato. Una via completamente in cimento, vecchia come la pietra. Crepe nei muri, qualche finestra murata e interi piani non occupati.

"Ci siamo baciati in discoteca l'altro ieri, era la prima volta. Abbiamo continuato fino a essere gli ultimi nella stanza."

"Be', ti manca già?"

"Un po', sì", arrossì mentre entravamo nel piccolo ascensore.

"Ti ci è voluto abbastanza tempo."

"Vedremo come andrà."

Attraversammo il corridoio non intonacato fino al mio appartamento ancora scarsamente arredato. Mi sono seduto sul letto e lui è rimasto di fronte a me, svuotando la borsa. Aveva vestiti per due notti, poi doveva tornare a Norimberga per lavorare e studiare; voleva diventare un insegnante. Una linea geografica attraversava le nostre vite.

"Usciamo", propose, tirando fuori un carillon dalla borsa.

Per prima cosa abbiamo passeggiato lungo la Calea Victoriei, il cosiddetto viale della città. Oltre ai condomini anonimi, c'erano numerosi edifici francesi a quattro piani. Guardavamo le case mentre camminavamo, commentando di tanto in tanto con un semplice "Parigi" o "Comunismo", finché non arrivammo all'Ateneo e mio fratello disse "Grecia". Era l'opera raffigurata sulla banconota da 5 lei. A pochi isolati di distanza, davanti a noi, c'era una piazza con un moderno mucchio di cemento. Uno dei teatri della città. Sotto, in posizione arretrata, c'erano l'ingresso e il palco. Al piano superiore c'era una sovrastruttura con un caffè chic. Per un attimo ho avuto paura che una volta entrati l'edificio si inclinasse. Siamo andati alla porta d'ingresso, nel seminterrato del teatro. La porta era aperta, l'atrio era vuoto. Un custode stava pulendo il pavimento e ci guardò per un secondo. Poi abbassò nuovamente lo sguardo sullo spazzolone e continuò a pulire le piastrelle.

"Questo porta sicuramente da qualche parte", sussurrai, intimidito dal vuoto. Ci siamo sentiti come ospiti non invitati. Ladri. Dietro un lungo bancone c'erano dei registratori di cassa, i bagni sulla destra, gli ascensori sulla sinistra.

"Dobbiamo andare lì", sussurrò mio fratello. Premette il pulsante e da lì a poco apparve un grande ascensore vuoto. Un piano era chiamato 'Ristorante'. Ci siamo guardati nella grande parete a specchio dell'ascensore. C'era sudore sotto le nostre ascelle. La mia camicia non era stirata ed era spiegazzata. Sembrava che mio fratello stesse cercando di sistemarsi per il ristorante. In cima era improvvisamente tutto pieno e vivace. Mi sono avvicinato al bancone – nero, laccato, pieno di bicchieri da cocktail – e ho chiesto se ci fosse ancora un tavolo libero fuori, con vista. Una cameriera ci ha condotto in un posto proprio accanto alla parete di vetro che ci separava dal resto della città. Ci sedemmo su poltrone di vimini con cuscini bianchi, l'erba artificiale sotto i nostri piedi. C'era un'altalena in veranda, in un angolo dove sedevano dei pezzi grossi in giacca e cravatta e abiti estivi con bicchieri da cocktail in mano. Abbiamo ordinato birra e limonata fatta in casa. A Bucarest c'erano limonate fatte in casa ovunque. Nei bar, nei ristoranti, nei chioschi, nelle bancarelle. Bucarest: la capitale della limonata. Dietro la parete di vetro, su un muro in mezzo alla strada, c'erano molti graffiti. Mostravano la bandiera rumena con al centro un buco nero.

"Loui", mi chiamò mio fratello, guardandomi negli occhi prima di distogliere lo sguardo verso il bicchiere di limonata che teneva in mano. Borbottii in rumeno covavano in sottofondo. "Non so se i miei studi sono adatti a me." Incrociò le mani come non aveva mai fatto prima. Annuii e tirai fuori una sigaretta Carpaţii dal taschino.

"Ai miei occhi, non sei mai stato adatto a fare l'insegnante."

"Cosa intendi?"

"Non c'entri niente in quel posto. Cos'altro ti piacerebbe fare? Continuare a lavorare sulla hotline telefonica?"

"Forse un giorno avrò una promozione", disse.

"Il meccanico?"

"No!"

"Come mai?" chiesi, appoggiandomi allo schienale della sedia.

"Papà", ammise. "Non gli piacerà se abbandono." La cameriera apparve dal nulla. Finora non avevo notato quanto fosse stirata bene la sua camicetta e quanto fossero lucide le sue scarpe.

"Lo accetterebbe", dissi quando se ne fu andata.

Sullo sfondo, uno dei ricchi pezzi grossi cadde dall'altalena con un tonfo. La mia limonata stava tremando. Alzai il bicchiere, appoggiai i piedi a terra e guardai subito la città.

Non era niente. Tutto era ancora dritto. Gli amici del pezzo grosso stavano ridendo. Il liquido si era fermato. Bevvi un sorso.

"Non lo so."

"Alla fine vuole solo che siamo felici. Ha anche accettato che mi trasferissi a Bucarest, così, senza troppe storie."

"A volte mi sorprendi." Per poco non cascai anch'io sull'erba artificiale.

"Perché?"

"Adesso vivi a Bucarest, lavori in questo giornale tedesco e rumeno. Mi sorprende la tua calma."

"Lavoro in un piccolo giornaletto che nessuno legge e non guadagno niente."

"Scrivi articoli. È quello che volevi. Continui a sorprendermi."

"Lo stesso vale anche per te, lo sai? Puoi fare quello che vuoi! Papà capirà."

"Questo è il problema. Non so nemmeno io cosa voglio."

Ormai era buio pesto, sopra di noi e oltre la parete di vetro. A Bucarest non si vedevano stelle. Solo una tenue foschia, una nebbia, probabilmente causata dallo smog che incombe sulle case illuminate dai lampioni.

"E tu?" chiese mio fratello. La sua voce adesso sembrava più dura. Sorseggiò la sua birra. Era quasi vuota. "Cosa vuoi fare? Lavorare tutta la vita al giornale e vivere in un palazzo mezzo fatiscente?"

Alzai le spalle e spensi la sigaretta nel portacenere.

Ritornammo in città e ci fermammo in un supermercato aperto fino a tarda notte. Con i nuovi pacchetti di Carpaţii nelle tasche e una bottiglia di vino sotto ogni braccio, arrivammo fino a Piaţa Amzei, la piazza-mercato della città. Ci sedemmo su una panchina, una bottiglia di vino tra di noi. Mio fratello tirò fuori il carillon dalla giacca, lo mise sotto la panca e accese la musica. Mi raccontò degli appuntamenti falliti prima di Lea, degli incontri con i suoi amici, dell'anno scorso quando partecipò alla festa della montagna a Erlangen. A poco a poco abbiamo cominciato a ridere sempre più. La magia della sbronza.

Dopo un'ora siamo quasi caduti dalla panchina e abbiamo dimenticato di cosa stavamo parlando. Abbiamo gettato le bottiglie nel bidone della spazzatura, mio fratello ha messo il carillon sotto il braccio e abbiamo strisciato tutta la notte fino al mio isolato. Abbiamo ballato a ritmo della musica dell'ascensore e ci siamo buttati con un tonfo sul letto pieghevole. Con le ultime forze mio fratello si tolse i pantaloni da muratore e la maglietta. Osservai i suoi folti peli sul petto mentre si muovevano su e giù seguendo ancora il ritmo della musica.

Mi alzai e andai sul balcone, che era anche la mia cucina e che era chiuso come un giardino d'inverno con l'aggiunta di un muro e di un tetto. Con un bicchiere d'acqua in mano fissavo la città e fumavo un'altra sigaretta, anche se la gola già mi bruciava. Iniziai a vacillare. La mia mano libera era aggrappata al davanzale della finestra. Guardai fuori, verso la città.

Tutto sembrava uguale. Storto e piatto. Una sirena urlò da qualche parte. L'acqua nel mio bicchiere era ferma eppure mi vedevo cadere dall'ottavo piano e venire sepolto dal resto del mostro di cemento in cui vivevo. Tremai, mi sedetti e misi le mani sul pavimento. A Calea Victoriei le case cominciarono a crollare le une contro le altre, la gente cadere dalle finestre. Le auto in fuga dalla città fatiscente rimasero bloccate. Nei quartieri periferici i vestiti cadevano dagli attaccapanni e le casette più fatiscenti del centro cittadino nemmeno tremavano, crollavano subito. Urla. Urla nel mio orecchio. Limousine nere si dirigevano verso la sede del governo. Il teatro era già crollato e l'erba di plastica ora colorava la strada.

Prima di trasferirmi a Bucarest, avevo letto cosa fare in caso di terremoto. Dovresti prima metterti al riparo da tutto ciò che potrebbe ribaltarsi o rompersi. Grandi armadi, finestre o librerie. Poi dovresti ripararti sotto la porta del corridoio, perché è lì che la casa è più stabile. Mi sono seduto lì. Mio fratello stava ancora russando. Da qualche altra parte c'era scritto che non dovresti provare a uscire di casa. Comunque non c'era tempo e una volta passato il primo terremoto, presto sarebbe arrivata la scossa di assestamento. Mio fratello tossì. L'acqua nel bicchiere continuava a tremare. Io continuavo a tremare.

"Ehi", dissi verso di lui. Continuò a dormire. "Ehi!", gridai. Un colpo di tosse fu la sua unica risposta. La finestra del balcone colpì il tavolo della cucina. "Svegliati!", sussurrai ancora. I suoi occhi si aprirono lentamente. Erano rossi, appiccicosi, ancora stanchi dal viaggio e dalla sbronza. "Sei sveglio?"

"Già..."

"In piedi."

"Perché...?"

"Per favore, alzati. Dobbiamo uscire di nuovo. Per favore."

Si alzò lentamente, come in trance. Lo fissai con il bicchiere tenuto con entrambe le mani mentre si infilava i pantaloni e la maglietta.

"Cosa c'è che non va?"

"Te lo dirò quando saremo fuori."

Finalmente lasciammo l'appartamento.

"Non prendiamo l'ascensore, usiamo le scale", continuai a sussurrare. Lui annuì, ancora insonnolito e arrabbiato con me. Scesi le scale a passi veloci. Lentamente ci arrivò anche lui. Lo trascinai nella vicina Piața Romană. Un taxi era parcheggiato sul ciglio della strada, alcune macchine attraversarono la piazza, ci sedemmo sui gradini di un isolato. Estrassi un'altra Carapții.

"Danne una anche a me, dannazione." Accendemmo entrambi le sigarette e fissammo la piazza deserta.

"Ora, se arriva un terremoto, corriamo in mezzo alla piazza", spiegai.

I nostri respiri infreddoliti riempivano la piazza.

"Se ci fosse un terremoto, la tua casa crollerebbe subito, giusto?" chiese dopo pochi minuti.

"Rimarrebbero solo enormi blocchi di cemento."

"Non sopravviveresti mai", disse, dando un tiro di sigaretta e mettendomi una mano sulla spalla. "Ci sono mai terremoti qui?"

"Ce ne sono stati molti negli anni '70. Continuano a esserci di tanto in tanto."

"Dovresti cercare un altro appartamento."

"Ora siamo qui. Siamo al sicuro", buttai lì con scarsa convinzione. "Se arrivasse un terremoto come quelli, metà della città vecchia scomparirebbe. Poi quelle scatole di vetro che chiamano edifici. La Bucarest che conosco se ne andrebbe per sempre..." sussurrai rammaricato.

Mio fratello si stava guardando intorno. Credo si stesse chiedendo quali case sarebbero crollate. Quella piccola palazzina? O quell'altra? Quella lì dietro? Forse l'intera strada? Si creerebbero crepe nel terreno? Le auto si ribalterebbero e verserebbero il grasso dalle friggitrici dei fast food?

"Come si sente un terremoto?" chiese, anche lui in un sussurro.

"Non lo so."

"Traballa, vero? Come su una nave."

"Sì, è così che lo immagino. Solo che su una nave si vede il mare, vedi che almeno in lontananza è dritto. La tua nave trema ma l'orizzonte è dritto, noti che la tua nave non è sincronizzata." Osservai il cielo. "E se tremasse anche l'orizzonte?"

"Allora te ne accorgi di meno..."

"Forse."

"Ma ti senti più impotente."

Sirene in lontananza. Un'ambulanza, o un'auto della polizia. Ho appoggiato la testa sulla spalla di mio fratello e in quel momento ho visto una piccola figura seduta su una panchina dall'altra parte della piazza. Teneva una busta di plastica aperta sulle ginocchia e guardava in basso.

"Torniamo all'appartamento."

"Sì", annuii.

"Non accadrà."

"Sicuramente no, sarebbe improbabile."

"Molto improbabile."

TANDEM
GABRIELE MAGRO
ARIANA EMMINGHAUS

Commento di Gabriele Magro

Nel tradurre "Ein Einziges Hin" di Ariana Emminghaus ho cercato di mantenere la massima aderenza possibile al ritmo, avviluppato e scattoso, del testo originale. La traduzione è quasi fedele. Sono rispettate tutte le scelte lessicali; i campi semantici e l'immaginario della voce narrante sono stati ricostruiti con la massima cura. Non è stato semplice: il racconto di Emminghaus si avvolge su sé stesso, disegna spirali, si snoda e si riannoda tra ripetizioni ossessive e anafore. Parla di identità: l'identità della narratrice e l'identità del pesce, "che ora è il mio pesce", sono il nodo intorno al quale si stringe lo smarrimento dell'io, ed è nella ricerca infruttuosa di un confine intorno al proprio io che le frasi si troncano e si riannodano. L'io narrante si dissocia da sé e si ricompone in sé, nel pesce rosso, nel camaleonte, nella pianta, nella muffa del frigorifero, nel lago: ogni elemento appare e scompare in un gioco di riflessi e dissolvenze, prima vicinissimo, come visto sotto la lente di un microscopio, poi lontano, come in una ripresa dall'alto fatta con un drone. Ma per questo traduttore (che è una persona sentimentale), è un racconto che parla soprattutto degli amori mancati, della scelta (difficile e troppo facile) di lasciare coloro di cui non siamo capaci di prenderci cura.

Come dicevo, la traduzione è quasi fedele, ma il quasi è un discrimine importante. Mi sono concesso un lusso che, se il bando di questo Tandem non esplicitasse che "gli autori hanno la libertà di tradurre i testi in modi molto diversi" e che sono concesse "la riscrittura di parti del testo o la rivisitazione creativa dei testi con parole proprie", sarebbe imperdonabile: l'ho versificato. L'idea di restituire questo racconto in versi viene da una coincidenza digitale: nella prima versione che ho letto, l'impaginazione faceva sì che (per errore!) i paragrafi risultassero spezzati in versi di lunghezza molto varia, alcuni lunghi come interi periodi, altri brevi come frammenti, quasi sincategorematici. A rendere il testo ancora più onirico era il fatto che il tedesco non è la mia lingua madre: lo studio da tanti anni, ma quando lo leggo di fretta le mie lacune lessicali fanno sì che i testi guadagnino per me l'effetto perturbante che doveva produrre nel fedele la messa in latino: so che cosa si sta dicendo, ma non lo conosco. È un effetto ipnotico che mi è sembrato coerente con il racconto, con la sua lingua e con il suo stile, e che ho voluto provare a ricreare per il lettore italiano. Mi sono anche permesso di aggiungere, in coda, un haiku in cui è il pesce (che nel racconto non parla mai, chissà se anche in tedesco si dice "muto come un pesce") ad avere l'ultima parola.

È un piccolo omaggio a un racconto che ho amato molto.

Kommentar von Ariana Emminghaus

Leider ist "Heureka" ein altgriechisches Wort und kein lateinisches, sonst hätte es sich ganz hervorragend für eine Einleitung angeboten. Der "Heureka-Moment" selbst hat sich aber inzwischen von seiner Herkunftssprache emanzipiert und so kann ich ihn doch benutzen, um mein Erlebnis mit dem Text "I piccoli topi" von Gabriele Magro zu beschreiben.

"I piccoli topi" erzählt von der Pest in Konstantinopel und von Kaiser Dušans Krönung, von Mäusen und Muskeln, vor allem aber erzählt die Kurzgeschichte von einem lyrischen Du und einem lyrischen Ich, deren große Liebe und große Tragik sich in unserer heutigen Sprache nicht ausdrücken lässt. Es ist die Suche nach dem literarischen Wert der Liebeserklärung.

Doch beginnen wir erstmal bei den Mäusen und bei meinem Heureka-Moment. Da ich nur wenige Worte Italienisch verstehe, habe ich zum Übersetzen folgendes Vorgehen gewählt: Zunächst Wort für Wort, mit diversen Übersetzungs-Tools und Nachfragen bei Muttersprachlern einen Absatz übersetzt. Dann, wenn ich meinte, ihn verstanden zu haben, habe ich den Absatz nochmal neugeschrieben, in einer Mischung aus meinen eigenen Assoziationen und den Wörtern, die ich in meiner Vokabelsuche besonders treffend fand. Der erste Absatz umfasst nur einen einzigen Satz. Und nachdem ich mich Wort für Wort mit Mäusen befasst hatte, stand da auf einmal: Etymologie. Wortherkunft also, aber um welches Wort ging es? Woher kommt also das italienische Wort für "Mäuse"? Und würde sich das entsprechend übersetzen lassen? Ich brauchte noch einige Absätze und eine peinlich lange Zeit, bis ich auf einmal verstand, dass ich in die völlig falsche Richtung gesucht hatte: Nicht die "topi" waren etymologisch zu betrachten, sondern die "muscoli", die Muskeln, die sich von dem Lateinischen "musculus" ableiten, zu Deutsch "Mäuschen" oder eben: "Die kleinen Mäuse". Heureka!

Ganz so, wie ich in das Latein des Ursprungstextes hier einen altgriechischen Ausdruck hineinflechte, genauso habe ich innerhalb der Kurzgeschichte anhand von Klang und Duktus eigene Ausdrücke, Wortfelder und Abwandlungen von Metaphern hineingewebt. Nur so schiebt sich der schöne deutsche Ausdruck "Fahrlässigkeit" in die Straßen von Konstantinopel und der Bettler bekommt bei mir zwar nur "den Rand vom Käse", aber gleich "das ganze Fass Wein". In den langen Windungen der Sprache Magros war es mir wichtig, einen Drive und einen Flow aufrechtzuerhalten, der wie im Original in seiner Altertümlichkeit zwar fremd, aber nicht künstlich erscheinen soll.

Gabriele Magro hat einen Text geschrieben, der eigentlich schon eine Übersetzung ist. Denn was ist eine Aneinanderreihung von Metaphern anderes als die Unzulänglichkeit eines einzigen Wortes? Dieser Text übersetzt zunächst ein Gefühl in Sprache und Bilder. Was ich also auf keinen Fall machen durfte oder wollte, war, nur die Sprachbilder vom Italienischen ins Deutsche zu übersetzen und dabei das Gefühl zu verlieren. Es ist eine Verzweiflung, der unsere heutige Sprache nicht mehr gerecht wird. Vielleicht wird unser Alltag ihr nicht gerecht.

Ich habe also meine eigenen Assoziationen zu dieser Sprache, die eben nicht alltäglich untertreibt oder beiläufig relativiert, gesucht. Bei Christus und Gott fühlte ich mich an den Bibel-Duktus erinnert, und fügte kurzerhand bei jeder Erwähnung "unser Gott" ein. Gabriele und ich sprachen auch über barocke Lyrik und genau solche Referenzen habe ich versucht, zu erhalten.

Generell habe ich beim Übersetzen auch recherchiert, habe die erwähnten Kunstwerke und historischen Begebenheiten nachgeschlagen. In seinem Text beschreibt Gabriele Magro zum Beispiel das Gemälde "El pelele" von Francisco de Goya. Um diese Beschreibung zu übersetzen, habe ich nicht nur den Originaltext, sondern auch das Bild vor mir gehabt.

Eine große Stärke des Textes ist es, meiner Meinung nach, dass sich in dem Moment, in dem man die Vokabel "händchenhaltend" übersetzt oder liest, mit einem Schlag die Brücke in unsere Gegenwart herstellt, und sich darin zeigt, dass in der Fremdsprache (und damit meine ich Barock und nicht Italienisch) eben keine Verklärung, sondern eine schonungslose Ehrlichkeit steckt.

I PICCOLI TOPI
GABRIELE MAGRO

Quella dei piccoli topi che si agitano e si torcono segreti, che si con-traggono e riposano invisibili - certi, di pelo liscio, ballano una canzone che canta Dio in persona, certi altri, di pelo arruffato, s'armano e si vestono per combattere le guerre di noi uomini, ma tutti loro sono ugualmente ignoranti anche del più pallido raggio di luce, tutti loro sono sotterranei e unti, giacché il sole non li asciuga mai (dicono le vec-chie: non entra il dottore nella casa in cui entra il sole); quella dei pic-coli topi bagnati di umori brunastri, ghermiti di tendini, impiccati da corde fradice, le zampette incaprettate da cavezze gommose e gonfie, e per una vita intera isterici e percorsi da corrente viva - è una delle eti-mologie più perturbanti che le lingue moderne abbiano ereditato da quelle antiche.

Due o cento topi, per la nostra storia non fa differenza, dormivano nella pancia buia della nave grande. Non c'era bisogno che venisse la peste per fiaccare la città di Costantino: le radici degli alberi solleva-vano già le piastre delle strade, spaccate da secoli di incuria, e i carri dovevano percorrere a passo d'uomo le vie allagate intorno al porto per non rischiare che sotto una ruota finisse un sasso. Tutto odorava di muffa. Dentro la cerchia delle mura, nelle piazze in cui i marmi erano stati color di perla (ma chi poteva ricordarlo?), pascolavano le capre e brucavano l'erba cresciuta alta tra i laterizi. Le colonne ingiallite e cre-pate, le poche ancora in piedi, ricordavano i tre o quattro denti marci rimasti in bocca ai vecchi che lì intorno facevano l'elemosina. Così sono anche io, amore: invecchio come Bisanzio, ti amo senza grazia, come un mendicante ama un pezzo di formaggio o un bicchiere di vino, ho il ventre molle di un Imperatore senza Impero, ho le braccia fiacche di chi non sa reggere una spada e non può difendere i suoi confini. Poi, i topi si svegliano ed escono al sole. Fuori dalla nave grande il loro squittire è la Parola di Dio, e portano il morbo ai mendicanti che si con-torcono e soffrono e dopo due giorni di febbre muoiono in pace (da anni, da sempre, non aspettavano altro), e portano il morbo come un ospite d'onore alla tavola del vecchio Cantacuzeno, e la peste si prende in pegno suo figlio Andronico.

Di là dei Dardanelli cavalca Re Dusan, tutto di ferro, e prende ciò che desidera, e desidera tutto ciò che vede. Mentre i topi corrono nel porto di Costantinopoli, centinaia di chilometri più in là, Dio sussurra nell'orecchio di Re Dusan che è venuto il suo giorno, e Re Dusan raduna i suoi nella sala del trono.

Il vento porta veloci le nuvole a Oriente, e la luce filtrata del sole pitta chiazze d'oro sulle spade e sugli scudi degli uomini in ginocchio. I cavalieri di Dusan sono come lui, di ferro, hanno muscoli secchi e tesi, piccoli topi di carne che vibrano sotto le armature e scappano nel collo, tendini di cuoio come le redini di un carro quando tira un puledro, nelle giunte delle spalle, negli avambracci coperti di peluria ancora morbida: sono giovani.

Dice Dusan ai suoi: chiamatemi Imperatore, e così loro lo chiamano.

Mentre la peste mangia Costantinopoli, e i topi mangiano i morti, accumulati in mucchi come spazzatura sui cigli delle strade, Dusan si mangia il mio Impero.

L'Imperatore giovane cavalca verso Oriente, ha il passo delle nuvole, come le nuvole in cielo non incontra ostacoli mentre attraversa le terre dove nacque Giustiniano, e la pioggia si posa su di lui con venerazione, gli accarezza i capelli e il viso, lo pettina e lo lucida, e tutto quello su cui Dusan posa gli occhi è suo, nessuno può difenderlo, nessuno ha da reclamare. Così sei anche tu, amore: copri con un passo cento chilometri, non ti viene la febbre se cavalchi coi capelli bagnati, il tuo corpo splende nella sua stagione più bella. Ti basta lo sguardo per prenderti un Impero, per prenderti me, e chiunque dopo di me verrà, in qualsiasi terra attraverserai.

I cavalieri giovani smontano da cavallo quando la pioggia si fa più forte.

La campagna intorno a Skopje è ancora verde, ma il cielo d'autunno è pieno di presagi e stende sul paesaggio la prima mantella di nebbia: presto verrà il freddo. Una chiesa piccola nella campagna sembra il posto giusto per ripararsi. Re Dusan entra e scopre che, tra le tante meraviglie dell'Impero che ha conquistato, sono suoi anche gli affreschi di San Panteleimone della chiesa di Nerezi. Si inginocchia di fronte alla Deposizione come i suoi cavalieri si inginocchiano di fronte a lui, e nemmeno quando guarda la croce riesce a pensare alla morte: il Cristo di Nerezi, elegante e lungo, si piega con dolcezza sulle ginocchia forti, e i muscoli delle braccia e dell'addome sono affusolati e asciutti come i suoi. Quel Cristo ha negli occhi chiusi una speranza, e nel fondo di lapislazzuli blu sembra galleggiare, come nuotasse a dorso, in mare, in un pomeriggio d'estate: è un Cristo che si è addormentato sapendo di risorgere, visto dagli occhi di un Imperatore giovane che, come te, crede di non dover morire mai.

Nell'unica estate che abbiamo passato insieme a Madrid, tenendoci per mano, ci siamo fermati anche noi di fronte a un quadro, ma senza inginocchiarci.

Mi sentivo svenire dal caldo nel vagone della Linea 1 della metropolitana, che a Madrid è segnalata d'un azzurro artificiale, ed è azzurro e artificiale anche il cielo di quella città enorme, fondata per dispetto in mezzo al deserto. Col cuore tachicardico che mi picchiava in gola pensavo a Penelope a cui, quando Odisseo rivela i segreti della costruzione del talamo nuziale, si sciolgono ginocchia e cuore. Pensavo alle mie ginocchia contorte e nodose come a certi bitorzoli sui tronchi d'ulivo, e mentre svenivo li immaginavo sciogliersi, il gomitolo annodato dei tendini che si districa in vermi bianchi e molli, pensavo a me che cado per terra e a te che mi raccogli, oppure a te che non mi raccogli affatto, a te che mi leghi al carro e che trascini per tutta la Gran Vía il mio fantoccio senza vita, e per la vita ti prego, per le ginocchia, ma tu hai un Impero da conquistare e non ci senti. Porta pazienza se sono retorico. Io lo so che non svenivo per un segreto, svenivo per la pressione bassa. Non c'era, tra noi, alcun segreto da rivelare: sapevo già tutto, e sapevi tutto anche tu.

Una consolazione è che a me, non a te, Goya ha dedicato l'olio su tela del Pelele. Nella grande pittura di fronte a cui ci sedemmo quel giorno al Prado, più per godere dell'aria condizionata che del quadro, le ragazze giocavano a far rimbalzare un fantoccio sul lenzuolo che tenevano dai quattro lati. L'uomo di pezza volava sgraziato verso l'alto come un uccello senza ali, e per pochi secondi si stagliava scomposto nell'azzurro di un cielo minacciato da certe nuvole di cenere. I suoi occhi spaventosi, occhi di pupazzo che non può vedere la luce, aperti ma ignoranti anche del più pallido raggio di sole, erano più morti degli occhi chiusi di qualsiasi Cristo deposto. Quella sera, non in un talamo nuziale, ma nella piazza e mezza dell'Airbnb che pagavamo metà per uno, ti strinsi forte mentre rimbalzavo sul lenzuolo e guardavo il soffitto.

Un fraintendimento comune è che sono le ossa a farci vivi. Si dice in inglese a chi vive da fantoccio: "fatti crescere la spina dorsale". Invece sono i muscoli. Le ossa, anche quando moriamo, sopravvivono a noi, e liberate dai muscoli che le imbrigliavano vivono per secoli una loro vita segreta, e ballano: quando la peste da Costantinopoli si prese il mondo intero, a uscire dalle tombe furono gli scheletri, mica i muscoli, e suonarono le trombe e fecero piroette negli affreschi neri delle danze macabre, trionfi di ossa vittoriose sui corpi gonfi di bubboni di noi vivi. Mentre i mendicanti morivano per il morbo, e morivano anche le guardie imperiali che avrebbero dovuto seppellirli, erano i muscoli, non le ossa, a sciogliersi e disfarsi in poltiglia sotto il sole, e bevuti come vino dai vermi, e rosicchiati dai topi rossicci, sparivano nel niente da cui siamo venuti, increspature invisibili nelle pieghe del tempo in cui erigiamo le mura e le cannonate le disfano, in cui ci innamoriamo e ci dimentichiamo.

Ma per noi vivi, nelle pieghe dei secoli e del lenzuolo, sono i muscoli a conquistare gli Imperi, ed è per questo, Amore mio, che siamo così diversi, ed è per questo che io ti bacio con gli occhi aperti e tu mi baci con gli occhi chiusi.

DIE KLEINEN MÄUSE
GABRIELE MAGRO
Aus dem Italienischen von Ariana Emminghaus

Es sind die kleinen Mäuse, wie sie heimlich zucken und sich winden, wie sie sich unmerklich anspannen und ausruhen, wie einige von ihnen, jene mit glattem Fell, zu einem Lied tanzen, von Gott selbst gesungen, unserem Gott, wie andere von ihnen, solche mit zotteligem Fell, sich zum Kampf rüsten, zu unserem Kampf, wie aber alle, alle von ihnen, gleichermaßen blind sind, wie sie alle nicht einmal den schwächsten Lichtstrahl kennen in ihrem unterirdischen, schmierigen Leben (denn, wie eine alte Weiberweisheit sagt: In das Haus, in das die Sonne kommt, kommt der Arzt nimmermehr); es sind die kleinen Mäuse, wie sie ertränkt werden in bräunlicher Flüssigkeit, wie ihnen die Sehnen eingeklemmt werden, wie sie der Reihe nach aufgehängt werden, wie sie an Riemen gefesselt und wie sie gedehnt und gestreckt werden, wie ihnen Strom durch den Körper gejagt wird, wie sie zuckend gemacht werden, ein ganzes Leben unter Strom – es sind die kleinen Mäuse, deren Spuren sich gleichermaßen durch den Staub zu unseren Füßen und durch die Sprache unserer Münder ziehen, und die wir erkennen können, wenn wir ihre Etymologie kennen.

Zwei oder hundert Mäuse (unsere Geschichte macht da keinen Unterschied), schliefen im dunklen Bauch des großen Schiffes. Die Pest hatte keine Eile, über Konstantinopel zu kommen, denn die Pest war schon längst dort: Die Wurzeln der Bäume hoben bereits die durch jahrhundertelange Vernachlässigung brüchige Straßenpflasterung an, eine Fahrlässigkeit, die zu umfahren die Wagen auf den vollen Straßen der Hafenstadt im Schritttempo suchten, um nicht etwa einen Stein unter die fahrenden Räder zu bekommen. Die Luft war muffig. Im Inneren der Stadtmauern, auf eben jenem großen Platz, der einst wie aus Perlmutt gemacht schien, so weiß leuchteten seine Steine (aber wer kann sich daran schon noch erinnern?), dort weideten jetzt Ziegen und fraßen das Gras, das zwischen den Ziegeln emporspross. Die wenigen Säulen, die noch standen, waren ausgebleicht und rissig und erinnerten nurmehr an die drei oder vier verfaulten Zähne, die noch übrig geblieben waren in den Mündern der Bettler, die hier ihre Hände hoben.

So bin auch ich, Geliebte: Ich zerfalle wie Byzanz, ich liebe dich ohne Genuss, ganz so wie ein Bettler den letzten harten Rand vom Käse oder gleich das ganze Fass vom guten Wein liebt, ich liebe dich mit einer Gier, unfähig zu genießen, ich habe den runden Bauch eines Kaisers ohne Reich, ich habe die dürren Arme eines Soldaten ohne Kraft, unfähig, seine Grenzen zu verteidigen.

Alsdann erwachen die Mäuse und kommen ans Sonnenlicht. Abseits des großen Schiffes, außerhalb des dunklen Bauchs, erhebt sich ihr Quieken zum Wort Gottes, unseres Gottes, und sie bringen die Pest zu den Bettlern, welche sich hin- und herwerfen und vor sich hin leiden und nach zwei Tagen im Fieber schließlich im Tod Frieden finden (seit Jahren haben sie auf nichts anderes gewartet), und sie bringen die Pest als Ehrengast an den Tisch des alten Cantacuzeno, und die Pest nimmt ihm seinen Sohn Andromico. Als Pfand, sagt die Pest, und die Mäuse quieken zur Quittung.

Jenseits der Dardanellen reitet, in Eisen verkleidet, König Dusan, der sich nimmt, was er begehrt, und der alles begehrt, was er sieht. Während die Mäuse durch das Hunderte von Kilometern entfernte Konstantinopel kriechen, flüstert Gott, unser Gott, König Dusan ins Ohr, dass sein Tag gekommen sei, und Dusan hört Gott, unseren Gott, und versammelt sein Volk im Thronsaal. Der Wind trägt währenddessen die Wolken geschwind gen Osten und die Sonnenstrahlen malen durch die Wolkendecke hindurch goldene Flecken auf die Schilder und Schwerter der Soldaten. Dusans Ritter, wie er selbst ganz in Eisen gekleidet, straffen und spannen ihre Muskeln an, diese Mäuse aus Fleisch, die unter ihrer Rüstung herum huschen und ihnen den Nacken hinaufrennen, diese Mäuse im Körper, die an den ledernen Sehnen ziehen, als zögen sie die Zügel eines Fohlens, diese unsichtbaren Mäuse, entlang ihrer Unterarme, die noch mit leichtem Flaum bedeckt sind: Die Soldaten sind jung.

Dusan spricht zu seinem Volk: Nennt mich Kaiser, und fortan nennen sie ihn so. Während die Pest Konstantinopel frisst und die Ratten die Toten fressen, die sich wie Abfall an den Straßenrändern stapeln, frisst Dusan mein Reich. Der junge Kaiser reitet gen Osten, im Gleichschritt mit den Wolken. Wie den Wolken im Himmel, steht auch ihm nichts im Wege außer der Luft, als Dusan das Land, in dem Justinian geboren wurde, durchquert, und selbst wenn Regen fällt, so scheint er ihn nicht zu treffen wie ein Unwetter einen trifft, sondern ihn lediglich abzukühlen, sich um ihn zu kümmern und ihm die Haare aus der Stirn zu wischen, um ihm den Blick frei zu halten, und was Dusan in den

Blick nimmt, gehört ihm, niemand erhebt einen Anspruch auf dieses Land und niemand verteidigt es.

So bist auch du, Geliebte: Du nimmst hunderte von Kilometern mit nur einem Schritt, Wind und Welt können dir nichts anhaben, auch wenn du mit nassen Haaren reitest, so bekommst du doch kein Fieber, dein Körper steht zu jeder Jahreszeit in seiner vollsten Blüte, du strahlst und du stürmst und du brauchst nur einen Blick, um ein ganzes Reich zu erobern, um mich zu erobern, und alle, die nach mir kommen, in all den Ländern, die du mit deinen wenigen Schritten durchquerst.

Im stärker werdenden Regen steigen die jungen Reiter ab. Die Landschaft um Skopje ist noch grün, aber der Herbsthimmel sendet eine Warnung und entlässt die ersten Nebelschwaden über die Wiesen: Bald wird die Kälte kommen. Eine kleine Kirche auf dem Lande scheint der richtige Ort zu sein, um Schutz zu suchen. König Dusan betritt die Kirche und erkennt, dass zu den vielen Wundern seines eroberten Reiches auch die Fresken des Heiligen Panteleimon in der Kirche von Nerezi gehören. Vor dem Werk der *Deposizione* fällt er auf die Knie, ganz so wie seine Ritter vor ihm knien, doch nicht einmal beim Anblick des Kreuzes denkt Dusan an den Tod: Der Christus von Nerezi, streckt seine Glieder von sich in jugendlicher Eleganz, dehnt seine Arme und Beine wie es die Ritter zu tun gewohnt sind, die Knie nur leicht angewinkelt. Dieser Christus hat Hoffnung hinter den Lidern, dieser Christus hat Hoffnung in den geschlossenen Augen, und vor dem Lapislazuli des gemalten Hintergrunds hat es den Anschein, als würde er an einem Sommernachmittag auf dem Rücken im Meer schwimmen: Es ist ein Christus, der eingeschlafen ist und weiß, dass er auferstehen wird, es ist nicht unser Christus, der gestorben ist, bevor er auferstehen konnte, es ist der Christus in den Augen eines jungen Kaisers, der glaubt, niemals sterben zu müssen, ganz wie du glaubst, dass du niemals sterben wirst.

In jenem Sommer, den wir händchenhaltend in Madrid verbrachten, blieben auch wir ehrfürchtig vor einem Gemälde stehen, wenn wir auch nicht niederknieten. Mir war schwindlig von der Hitze an diesem Tag in der U-Bahn Linie 1, die U-Bahnen in Madrid von einem so künstlichen Blau, und dazu der Himmel dieser Stadt, die einst aus reinem Trotz mitten in der Wüste gegründet worden war, diese Stadt und das Blau des Himmels, unnatürlich wie die U-Bahn. Mein Herz raste mir in den Hals und ich musste an Penelope denken, und wie ihr, als Odysseus ihr das gemeinsame Geheimnis der Konstruktion ihres Hochzeits-Thalamus offenbarte, unter seinem Blick die Knie und das

Herz schmolzen. Ich dachte an meine Knie, verformt und knorrig wie die Äste eines Olivenbaums, und während ich langsam das Bewusstsein verlor, stellte ich mir vor, wie sie sich auflösten, diese Knäuel aus Sehnen, wie sie von Maden zerfressen würden, ich stellte mir vor, wie ich zu Boden falle und du mich aufhebst, oder du hebst mich gar nicht auf, sondern du bindest mich, du bindest mich fest an einen Wagen und schleifst mich entlang der Gran Via wie eine leblose Puppe und ich flehe dich an um mein Leben, ich flehe um meine Knie, doch du hast ein Reich zu erobern und du hörst mich nicht. Verzeih mir all die Rhetorik. Ich weiß, ich bin nicht wegen eines Geheimnisses in Ohnmacht gefallen, sondern weil mein Blutdruck so niedrig war. Es gab zwischen uns kein Geheimnis zu lüften: Ich wusste schon alles, und du wusstest es auch.

Es ist mir ein Trost, dass Goya sein Ölgemälde des *Pelele* nicht dir, sondern mir gewidmet hat. Auf dem großen Gemälde, vor dem wir an jenem Tag im Prado lange saßen, hauptsächlich um die Klimaanlage und weniger das Bild zu genießen, sind vier junge Frauen mit einer Strohpuppe zu sehen. Sie lassen den Hampelmann auf einem gespannten Tuch, das sie an jeweils einer Seite festhalten, hüpfen. Der Mann aus Lumpen und Stroh fliegt durch die Luft, so unbeholfen wie ein Vogel ohne Flügel und nur für diesen kurzen Augenblick zeichnet sich sein Umriss vor dem Hintergrund ab, auf dem sich das Unheil in Aschewolken sammelt. Seine Augen sind furchteinflößend, die Augen einer Puppe, in die kein Licht dringt, die zwar geöffnet sind, aber keinen noch so blassen Sonnenstrahl erkennen, diese Puppenaugen waren toter als die geschlossenen Augen jenes erlösten Christus, deines Christus. In dieser Nacht, die wir nicht in einem Hochzeits-Thalamus verbrachten, sondern auf anderthalb Quadratmetern in einem Airbnb, geteilt durch zwei, ein günstiger Preis, dort hielt ich dich fest, während ich auf dem Laken hüpfte und an die Decke starrte.

Ein weit verbreiteter Irrglaube ist, dass es die Knochen sind, die uns das Leben geben. Wenn jemand wie ein Strohmann zu leben scheint, sagen wir ihm, dass er "Rückgrat" brauche. Dabei sind es die Muskeln. Die Knochen überleben uns, auch wenn wir sterben, und befreit von den Muskeln, die sie gefesselt haben, leben unsere Wirbelsäulen jahrhundertelang ihr eigenes geheimes Leben und tanzen: Als die Pest sich von Konstantinopel aus in der ganzen Welt ausbreitete, da waren es Skelette, nicht Muskeln, die aus den Gräbern gekrochen kamen, um zu feiern, um ihre Trompeten zu spielen, um mit ihren Knochen zu klappern und zu tanzen, um ihre Pirouetten zu drehen und zu triumphieren über die aufgedunsenen, noch warmen Körper von uns Lebenden.

Als die Bettler den schwarzen Tod starben und die kaiserlichen Wachen, die die Leichen entsorgen sollten, daraufhin ebenfalls, waren es die Muskeln, nicht die Knochen, die verschwanden, es waren die Muskeln, die unter der heißen Sonne zur Unförmigkeit zu schmelzen begannen, die zerfielen, die von Würmern wie Wein getrunken und von Rötelmäusen angenagt wurden, es waren die Muskeln, die verschwanden, in das Nichts, aus dem wir kamen, in Ebbe und Flut, in die unerklärlichen Wellen, die wir in die Zeit schlagen wie Falten, in denen wir Mauern errichten und Kanonen sie wieder vernichten, in denen wir uns verlieben und vergessen.

Doch für uns Lebende, in den Falten der Jahrhunderte und des Lakens, sind es die Muskeln, die Reiche erobern, und deshalb, Geliebte, sind wir so verschieden, und deshalb küsse ich dich mit geöffneten Augen und du küsst mich mit geschlossenen Augen.

EIN EINZIGES HIN
ARIANA EMMINGHAUS

Und irgendwie hatte ich halt noch nichts vorgehabt heute Nachmittag, hatte mich mit niemandem verabredet und wurde zuhause nicht
zum Essen erwartet und hatte sowieso schon lange mit dem Gedanken
gespielt, dass ich gerne, etwas hätte, wofür ich
  oder jemanden, nach dem ich
  So etwas wie eine kleine grüne Pflanze auf dem Nachttisch, die mich
morgens begrüßt und die sich begießen lässt, so eine Verantwortung in
der Größe meiner Handinnenfläche mit Bedürfnissen in Sichtweite
meiner Augenwinkel. Aber ich wollte ja keine kleine grüne Pflanze, ich
wollte so etwas wie
  etwas, das mich
  etwas, das von mir
  Und so ging ich in die Tierhandlung und ging durch die Gänge zwischen diesen Tieren hindurch und stand da und schaute die Tiere
durch Glasscheiben an, und besonders lang stand ich beim Chamäleon, denn obwohl man ja weiß, wie komisch die ihre Augen bewegen,
ist es doch etwas anderes, zu sehen, wie die ihre Augen bewegen und
wie komisch das ist. Aber ein Chamäleon wird es nicht, das wusste ich,
so ein Chamäleon überragt meine Handinnenfläche und entflieht meinen Augenwinkeln, ein Chamäleon ist zu ungewohnt, als dass es sich
in mein Leben einfügen könnte ohne aufzufallen, denn obwohl es sich
ja farblich komplett einfügen könnte, wäre es doch einfach ungewohnt,
dass es bei mir wäre, denn wer hat schon ein Chamäleon, und außerdem ist es auch nicht das, was am wenigsten

Das Billigste, was ich gefunden hab, ist ein Fisch.
  Einen Goldfisch habe ich mir einpacken lassen, und ich fühlte mich
ganz merkwürdig dabei, als würde ich eine Rolle spielen, vor jedem
Satz musste ich mich räuspern, dabei habe ich nicht viel gesagt, habe
nur gesagt *Den da* und *Ja* und *Passt schon*, aber gut, vielleicht war das
Sprechen auch nur so komisch gewesen, weil ich seit mindestens zwei
Stunden schon mit keiner Menschenseele mehr gesprochen hatte, weil
mich niemand irgendwo erwartete und ich so meine Runden drehte

ohne den Mund aufzumachen, und nur so vor mich hingedacht hatte und beim Denken ist man ja sowieso immer weniger verständlich als

Als würde ich eine Rolle spielen, als würde ich ein Verbrechen begehen, so habe ich mich gefühlt, die ganze Zeit war ich darauf bedacht, dass ich nichts tue, was darauf hinweisen würde, dass ich zuhause nichts für einen Goldfisch habe, dass ich kein Aquarium besitze und auch kein Goldfischglas und kein Fischfutter und keine Wasserpflanzen und keinen Filter und keinen Heizstab und

Aber als der Verkäufer mich fragte, ob ich wüsste, wie man den Goldfisch versorgt, sagte ich *Ja*. Und als er fragte, ob ich schon andere Fische habe, zuhause in meinem Aquarium, sagte ich *Ja*. Und als er lächelte und sagte: Kann ich ihn dir dann einfach so mitgeben in dieser Plastiktüte? Da sagte ich Passt schon , und jetzt laufen dieser Fisch, der jetzt mein Fisch ist, und ich schon seit einer Viertelstunde durch die Gegend, weil mein Zuhause zwar eins für mich ist, aber es dort kein Aquarium für diesen Fisch, der jetzt mein Fisch ist, gibt. Und natürlich gibt es bei mir auch kein Futter und keinen Heizstab und dieses ganze Zeug, also all das, was ein Fischbesitzer, wie ich jetzt einer bin, eigentlich haben muss, um

Es gibt bei mir ja kaum genug, damit ich selbst mich

Also eine Heizung gibt es natürlich schon, aber ich habe mich ja noch nicht mal getraut, ein paar Nägel in die Wände zu hauen oder ein kleines Grün auf meinen Nachttisch zu stellen. Und ich muss nicht frieren, ich hab auch was zu essen, manchmal verschimmelt sogar etwas in meinem Kühlschrank und ich schmeiße es weg, ohne zweimal drüber nachzudenken, überhaupt, allein, dass ich ein Dach über dem Kopf habe, ist doch etwas, für das ich

Nein, nach Hause gehen der Fisch, der jetzt mein Fisch ist, und ich nicht. Wir sind auf einem Weg, der kein Heimweg ist, der eigentlich überhaupt kein Weg irgendwohin ist, sondern ein Spaziergang. Ich gehe mit dem Fisch, der jetzt mein Fisch ist, spazieren, wobei ein Fisch natürlich gar nicht

Die Sonne ihrerseits ist dagegen schon deutlich auf dem Heimweg, von einer Uhrzeit auf die andere ist es Nachmittag geworden, und es ist ein kühler, herbstlicher, sonniger Tag, ein schöner Tag ist es, und ich spaziere mit dem Fisch, der jetzt mein Fisch ist, bis zum See. Und die Plastiktüte wackelt ein bisschen in meiner Hand hin und her, aber ich bin ganz vorsichtig, weil ich auf keinen Fall will, dass der Fisch, der jetzt mein Fisch ist, sich irgendwie schlecht fühlt oder Angst hat oder so, die Welt um ihn herum soll nur so wenig schaukeln wie nötig.

Denn als mir der Tierverkäufer diese mit Wasser und Fisch gefüllte Plastiktüte überreicht hat, da hab ich zwar gelogen, als ich meinte, ich wüsste, wie man sich kümmert, aber ich hab nicht gelogen damit, dass ich mich kümmern will. Dass ich nicht mutwillig die Tüte schüttle oder

Dass da eine Behutsamkeit ist in meinem Impuls, etwas zu kaufen, um das ich

Und in meiner Entscheidung, diese Tüte in die Hand zu nehmen und zu sehen, was ich eigentlich tragen kann und was der Fisch, der jetzt mein Fisch ist, ertragen kann.

Ich setze meine Füße vorsichtig auf den Steg. Nicht, dass sich auf dem Holz schon Frost gebildet hat und ich

Aber die dünne nasse Schicht auf dem Holz scheint noch nicht gefroren zu sein, sie ist nur eine leicht bläuliche Verfärbung, wie ein Filter, der sich über das dunkle Braun des Stegs legt, und ich laufe mit dem Fisch, der jetzt mein Fisch ist, bis zum Ende des Stegs, und würde ich nicht doch dem Frost ein klitzekleines bisschen misstrauen, würde ich laufen wollen, würde den Steg entlangrennen wollen, weil es gerade so schön ist, an einem See zu sein, um den die Bäume so gold herumstehen, und ich mit dem goldigen Fisch, der jetzt mein goldiger Fisch ist, stehe mitten im See, denn das ist es ja, was ein Steg möglich macht, dass man auf einmal im See drinsteht. Aber dann fällt mir ein, dass für den Fisch, der jetzt mein Fisch ist, mein Rennen wahrscheinlich das allerheftigste Schaukeln der Welt wäre, weil die Plastiktüte in meiner Hand bei meinem Rennen so doll schaukeln würde, und wenn für mich die Plastiktüte schaukelt, dann schaukelt für den Fisch, der jetzt mein Fisch ist, die ganze Welt, das meinte ich eben mit:

Das Schaukeln der Welt.

Und ein bisschen fühle ich mich schuldig, dass ich das kurz vergessen hatte und nur noch an den Frost gedacht habe, um selber nicht zu fallen, und gar nicht daran, wie das für

Aber dann denke ich mir, dass es auch ein bisschen egal ist, weil der Fisch, der jetzt mein Fisch ist, ja nicht mitkriegt, warum ich renne oder nicht renne oder warum wir spazieren, denn der Fisch, der jetzt mein Fisch ist, kriegt lediglich mit, ob die Welt schaukelt oder bebt oder nur ein bisschen zittert.

Ich stehe also im See, das heißt ich stehe auf dem Steg, mit dem Fisch, der jetzt mein Fisch ist, also mit der Plastiktüte, die an meiner Hand so leicht hin- und herbaumelt, und ich schaue auf das Funkeln und Glitzern der nachmittäglichen Sonne auf dem Wasser. Ich ziehe meine Jacke aus und lege sie auf den Steg, damit ich mich niederlassen kann, ohne nass zu werden, und setze mich also am Ende des Stegs hin und stelle den Fisch, der jetzt mein Fisch ist, in seiner Plastiktüte neben mir ab. Und wir schauen so auf den See. Wie blau der

Wobei ich mal gehört habe, dass eigentlich der Himmel blau ist und der See das nur spiegelt. Oder war es umgekehrt? Ich stocke kurz, weil ich überlegen muss, ob der Himmel spiegeln könnte. Dann müsste der ja eigentlich durchsichtig sein. Nein, es ist der See, der spiegelt, entscheide ich, weil man ja auch, wenn man die Augen ein bisschen zusammenkneift und genau hinschaut, die Kiesel auf dem Seegrund erkennen kann und beim Himmel sieht man ja nicht einfach irgendwo Galaxien herumliegen.

Zwischen den Kieseln sehe ich auf einmal so einen kleinen Schwarm minikleiner Fische herumschwimmen, die schwimmen so in die eine Richtung, und dann in die andere, aber immer alle zusammen. Ich schaue aus dem Augenwinkel zu dem Fisch, der jetzt mein Fisch ist, und der neben mir auf dem Steg sitzt, wobei ein Fisch natürlich

Aber ein Fisch hat nunmal gar keine Mimik und ich kann nicht ablesen, wie es dem Fisch, der jetzt mein Fisch ist, geht, so mit

Oder einfach mit der Gesamtsituation. Und ich frage mich völlig umsonst, ob er traurig ist, dass er nicht in einem Schwarm in Freiheit herumschwimmt, aber ich bilde mir ein, dass ich sehen könnte, ob er

und was er

Vielleicht ist er auch gar nicht traurig, vielleicht ist ihm die Gesamtheit der Situation auch gar nicht so sehr bewusst und er sieht nur den blauen Himmel, wenn er auf den See schaut. Vielleicht bin ich traurig. Vielleicht bin ich selber wie ein schlechter Spiegel, der meint, irgendeine Laune dieses Fisches, der jetzt mein Fisch ist, mitfühlen zu müssen, obwohl wir völlig anders gestrickt sind – Kiesel und Galaxien und so.

Ich fühle also mit

Ich fühle also mit dem Fisch, der jetzt mein Fisch ist.

Wie wir da sitzen, der Fisch, der jetzt mein Fisch ist, und ich, mitten im See, wird mir auf jeden Fall sehr melancholisch zumute. Ich habe dem Fisch, der jetzt mein Fisch ist, ja rein überhaupt gar nichts zu bieten, und den blauen Himmel fände er ja überall, der blaue Himmel und der See wären noch da, auch wenn ich

Ich blinzle die Melancholie weg und sie versprenkelt sich in meinen Gedanken wie die Sonnenstrahlen, die in kleinen Flecken auf dem Wasser auf- und abspringen. Ganz kurz meine ich, etwas Feuchtes in meinen Augen zu spüren. Eine dünne Schicht, wie der Frost auf dem Steg, aber ich blinzle auch sie weg. Wahrscheinlich blenden mich einfach die Sonnensprenkel auf der Seeoberfläche. Mir ist, als wäre da auch eine Schicht Plastik um mich herum, aber dann wende ich mich wieder von mir selbst ab, zu dem Fisch, der jetzt mein Fisch ist, hin. Wofür hat man denn

Der Fisch, der jetzt mein Fisch ist, und der vielleicht traurig ist oder vielleicht auch nicht, starrt zu dem kleinen Schwarm aus minikleinen Fischen. Vielleicht würde er ja

Meine Gedanken rasen, vom Himmel in die Plastiktüte, vom Gold der Bäume zu den Kieseln des Sees, vom Chamäleon zu meinem Nachttisch, von meinem Nachttisch zu dem Schimmel in meinem Kühlschrank, von meiner Handinnenfläche zu allem, was noch so zu tun ist, und ich denke *Ich weiß gar nicht, wann ich das letzte Mal gestaubsaugt hab* und dann blendet mich wieder ein Gedankensprenkel und *Ich habe dir nichts zu bieten, kleiner Fisch.*

Dann bin ich still. Ich habe nichts gesagt, aber der Fisch, der jetzt mein Fisch ist, hat schließlich auch nichts gesagt. Unsere Redebeiträge sind also gleich. Und es ist ja nicht so, als könnte er

Der Fisch, der jetzt mein Fisch ist, antwortet mir nicht.

Und ich kann mir das nicht länger ansehen. Die minikleinen Fische im See, die Stille aus dem Plastikbeutel. Also packe ich

ihn

sie

Also packe ich die Plastiktüte mit dem Fisch, der jetzt mein Fisch ist, umschließe den Verschluss des Beutels ganz fest mit meiner rechten Faust. Ich stehe auf, noch ein wenig vorsichtig wegen dem Frost, aber doch auch getrieben von meiner Entschlossenheit. Da stehe ich, nicht im See, sondern auf dem Steg, blicke über das Wasser, das so weit ist, dass ich das gegenüberliegende Ufer von hier aus gar nicht erkennen kann. Der Plastikbeutel mit dem Fisch, der jetzt mein Fisch ist, zittert in meiner geballten Faust. Den Schwarm minikleiner Fische kann ich immer noch erkennen. Meine nasse Jacke ziehe ich wieder an. Ich atme weiße Wölkchen in die Herbstluft und höre mich leise keuchen. Dann drehe ich mich auf dem Absatz um.

Der Fisch, der jetzt mein Fisch ist, und ich gehen den ganzen Spaziergang rückwärts, nur, dass es jetzt kein Spaziergang mehr ist, sondern ein Weg, denn ein Spaziergang mit einem Ziel ist ein Weg und wir haben ein Ziel. Wir steuern gemeinsam auf die Tierhandlung zu. Erst, als ich vor der Kasse zum Stehen komme, merke ich, wie verkrampft meine Finger sind. Und erst als ich meinen Mund zum Sprechen öffne und sage *Es tut mir leid, dass ich diesen Fisch gekauft habe. Ich besitze leider nicht die richtige Ausrüstung und habe auch nicht die notwendige Zeit, mich um diesen Fisch zu kümmern. Und ich habe auch kein Händchen für*

Der Verkäufer, der mir nur ein paar Stunden zuvor den Fisch, der jetzt mein Fisch ist, so vertrauensvoll in die Hand gedrückt hatte, schaut mich erstaunt an. Mit einem leisen Plumps fällt die Plastiktüte aus meinen Fingern auf die Kasse. *Kein Problem* antwortet er und noch irgendwas und dann noch irgendwas anderes und er gibt mir Geld, das ich nicht zähle, und dann schauen wir uns beide kurz stumm an und er meint nur *Ich werde ihn jetzt wieder ins Aquarium tun. Den Fisch.*

Und ich denke bei mir: Den Fisch, der

UN TIRA E MOLLA
ARIANA EMMINGHAUS
Traduzione di Gabriele Magro

E per qualche motivo oggi pomeriggio non avevo niente da fare,
non avevo preso appuntamento con nessuno, a casa non c'era niente
da mangiare
e già da tempo giocavo con l'idea di trovare qualcosa –
qualcosa per cui io,
oppure qualcuno, qualcuno a cui io

Qualcosa come una piccola pianta verde sul comodino,
che mi salutasse al mattino e che potesse essere annaffiata,
una responsabilità delle dimensioni del palmo della mia mano,
con bisogni alla portata dei miei occhi.
Ma non desideravo una piccola pianta verde,
volevo qualcosa
qualcosa che mi
qualcosa che da me

E così sono andata al negozio di animali,
ho percorso i corridoi tra quegli animali
e mi sono fermata a guardarli attraverso le vetrate,
mi sono fermata un po' davanti al camaleonte,
perché, anche se si sa, per sentito dire, che muovono gli occhi in modo
buffo,
è tutta un'altra cosa vederlo di persona e constatare quanto sia strano.
Ma sapevo che non sarebbe stato un camaleonte,
un camaleonte è inquieto sul mio palmo, mi scappa
via dalla coda dell'occhio, un camaleonte è troppo insolito per entrare
per adattarsi alla mia vita senza
attirare l'attenzione, perché anche se sa mimetizzarsi così bene
ai colori, sarebbe comunque troppo insolito per stare
con me, voglio dire, che razza di scelta è un camaleonte?
non è nemmeno ciò che io, in fondo

La cosa più economica che ho trovato era un pesce rosso.

Mi sono fatta imbustare il pesciolino rosso e
mi sentivo così strana, come se stessi recitando una parte
non mia, dovevo schiarirmi la voce prima di ogni frase
Non ho detto molto, ho detto solo: quello lì, sì, va bene

ma forse parlare era così strano
perché da almeno due ore non parlavo con anima viva,
perché nessuno mi aspettava da nessuna parte e così
ho fatto il mio giretto senza aprire bocca e
ho pensato tanto e quando pensi tanto diventi
incomprensibile a te stesso e ti senti
come se stessi recitando una parte, come se stessi commettendo
dei crimini, ecco come mi sentivo

per tutto il tempo al negozio ero attenta a non fare cose
che potessero far intuire che a casa non ho nulla per un pesce rosso,
che non possiedo un acquario, né una boccia per pesci,
né cibo per pesci, né piante acquatiche, né un filtro, né una resistenza
Ma quando il commesso mi chiese se sapevo come occuparmi del
pesce rosso,
risposi "sì".

E quando domandò se avevo già altri pesci,
nel mio acquario a casa, dissi "sì".
E quando sorrise e disse: "Posso dartelo così, in questa busta di plastica?"
io risposi:
"va bene".

E adesso questo pesce, che ora è il mio pesce,
e io girovaghiamo da un quarto d'ora,
perché la mia casa è mia,
ma lì non c'è un acquario per questo pesce –
e ovviamente da me non c'è nemmeno cibo, né riscaldamento,
né tutte quelle cose, tutto ciò che un proprietario di pesci,
come ora lo sono io, dovrebbe avere
(non c'è abbastanza nemmeno per occuparmi di me stessa).

Va bene, ho una stufetta,
ma non ho mai avuto il coraggio di piantare qualche chiodo nelle
pareti
o di mettere un po' di verde sul mio comodino.
E in realtà non ho freddo, e ho anche qualcosa da mangiare,

ma se qualcosa nel frigorifero ammuffisce lo butto via senza pensarci
due volte;
Eppure in fin dei conti, il solo fatto di avere un tetto sopra la testa
è già motivo sufficiente per

No, non torniamo a casa, né il pesce, che ora è il mio pesce, né io.
Siamo su un percorso che non è un cammino di ritorno,
che in realtà non porta da nessuna parte,
è solo una passeggiata.
Esco a passeggiare con il pesce, che ora è il mio pesce,
pur sapendo che un pesce, in realtà, non

Il sole, invece, lui sì, sta tornando verso casa;
in un batter d'occhio è diventato pomeriggio,
ed è una giornata fresca, autunnale, soleggiata –
una bella giornata –
e io passeggio con il pesce, che ora è il mio pesce,
fino al lago.

La busta di plastica dondola un poco nella mia mano
di qua e di
là, ma sono estremamente attenta,
perché non voglio per nessun motivo che il pesce,
che ora è il mio pesce, si senta male o abbia paura; il mondo
intorno a lui dovrebbe oscillare solo il minimo necessario.

Perché, quando il commesso mi ha affidato quella busta di plastica,
piena d'acqua e di pesce,
ho mentito dicendo che sapevo come prendermene cura,
ma non ho mentito sul fatto che volevo prendermene cura.
Che non scuoterei mai la busta a caso,
che nella mia impulsività c'è delicatezza, che nel comprarlo,
nel decidere di prendere quella busta in mano
volevo vedere cosa posso veramente sostenere
e cosa il pesce, che ora è il mio pesce, può sopportare.
Appoggio i piedi con cautela sul pontile.
Non vorrei che sul legno si fosse già formato il gelo e io

Ma lo strato sottile e umido sul legno non sembra ancora ghiacciato,
è solo una lieve macchia bluastra, come un filtro
che si posa sul marrone scuro del pontile,
e io cammino con il pesce, che ora è il mio pesce,
fino alla fine del pontile.

Se non avessi paura di scivolare sul ghiaccio,
vorrei correre, vorrei scattare lungo il pontile,
perché è così bello essere accanto a un lago,
circondato da alberi che risplendono d'oro,
e io, con il pesce dorato –
che ora è il mio pesce dorato –
mi trovo in mezzo al lago,
perché funziona così un pontile:
all'improvviso ci si trova in mezzo al lago.

Ma poi mi rendo conto che per il pesce,
che ora è il mio pesce, la mia corsa
sarebbe il terremoto più violento del mondo,
perché la busta di plastica nella mia mano, correndo,
oscillerebbe così tanto,
e se per me la busta oscilla,
allora per il pesce, che ora è il mio pesce,
l'intero mondo dondola –
ed è quello che volevo evitare.
E mi sento un po' in colpa
di averlo dimenticato per un attimo,
pensando solo al ghiaccio per non scivolare,
e non ho considerato come sarebbe stato per

Ma poi penso che in fondo poco importa,
perché il pesce, che ora è il mio pesce,
non si accorge del motivo per cui corro o non corro,
né del perché stiamo passeggiando;
lui percepisce soltanto se il mondo oscilla, trema
o vibra appena un poco.

Quindi, mi ritrovo sul lago –
cioè, sono sul pontile,
con il pesce, che ora è il mio pesce,
con la busta di plastica che dondola leggera nella mia mano,
e guardo lo scintillio del sole pomeridiano sull'acqua.
Mi tolgo la giacca e la adagio sul pontile,
per potermi accomodare senza bagnarmi,
e mi siedo alla fine del pontile,
appoggiando il pesce, che ora è il mio pesce,
nella sua busta di plastica accanto a me.
E così guardiamo il lago.

Quanto è blu…
Avevo sentito dire che in realtà il cielo è blu
e che il lago lo riflette –
o era il contrario?
Mi fermo un attimo, e mi chiedo se il cielo
possa riflettere;
in tal caso dovrebbe essere trasparente.
No, è il lago che riflette,
decido, perché, strizzando un po' gli occhi
e guardando bene, si possono scorgere i ciottoli sul fondo,
mentre nel cielo non si vedono galassie sparse a caso.

Tra i ciottoli, all'improvviso, vedo
un piccolo stormo di minuscoli pesci che nuotano,
prima in una direzione, poi nell'altra,
sempre insieme.
Osservo di sottecchi il pesce, che ora è il mio pesce,
che siede accanto a me sul pontile –
ma un pesce, per sua natura,
non ha mimica,
e non riesco a capire come sta,
né a leggere la situazione nel suo insieme.
E mi chiedo invano se sia triste
perché non può nuotare libero in uno stormo,
ma mi piace pensare che io riesco a capirlo

forse non è affatto triste,
forse non è consapevole della totalità della situazione
e vede soltanto il cielo azzurro quando guarda il lago.
Forse sono io quella triste.
Forse sono come uno specchio rotto,
che si sente obbligato a condividere l'umore
di questo pesce, che ora è il mio pesce,
pur essendo noi così diversi –
ciottoli e galassie e via discorrendo.
Così mi metto in sintonia,
mi sento in sintonia con il pesce,
che ora è il mio pesce.

Allora sediamo lì, il pesce – che ora è il mio pesce –
e io, in mezzo al lago,
e mi sento così sopraffatta dalla malinconia.
Non ho nulla da offrire al pesce,

e lui, il cielo azzurro lo troverebbe ovunque –
il cielo azzurro e il lago resterebbero qui
anche se io

Sfoco via la malinconia in un batter d'occhio,
lascio che si disperda tra i miei pensieri
come i raggi del sole che saltellano in piccole macchie sull'acqua.
Per un attimo, sento qualcosa di umido negli occhi,
uno strato sottile, come il gelo sul pontile;
ma anch'esso sfugge al mio sguardo.

Forse sono semplicemente gli aghi di luce del sole
che mi abbagliano dalla superficie del lago.
Mi sembra quasi di essere avvolto in uno strato di plastica,
ma poi riesco a distrarmi di nuovo da me,
guardando il pesce, che ora è il mio pesce.
Ma a che serve?
Il pesce, che ora è il mio pesce,
che forse è triste o forse no,
fissa lo stormo di minuscoli pesci.
Forse

I miei pensieri corrono, dal cielo alla busta di plastica,
dall'oro degli alberi ai ciottoli del lago,
dal camaleonte al mio comodino,
dal comodino alla muffa nel frigorifero,
dal palmo della mia mano a tutto ciò che resta da fare,
e penso: "Non so nemmeno quando ho passato l'aspirapolvere l'ultima
volta",
poi un lampo di consapevolezza mi acceca e penso:
"Non ho nulla da offrirti, piccolo pesce."

E allora rimango in silenzio.
Non ho detto nulla, e il pesce, che ora è il mio pesce,
alla fine non ha detto nulla.
Le nostre parole, dunque, sono lo stesso zero –
del resto non è che lui, il pesce,
possa rispondermi.

E non ce la faccio più a guardare.
I minuscoli pesci nel lago, il silenzio della busta di plastica.
Così, prendo la busta con il pesce, che ora è il mio pesce,
e stringo la chiusura con la mia mano destra,

ben stretta.
Mi alzo, ancora un po' cauta a causa del gelo,
ma mossa dalla mia decisione.
Eccomi, non nel lago ma sul pontile,
a guardare l'acqua, così vasta da non poter distinguere
l'altra sponda da qui.

La busta di plastica con il pesce, che ora è il mio pesce,
trema nella mia mano serrata a pugno.
Riesco ancora a scorgere lo stormo di minuscoli pesci.
Mi rimetto la giacca bagnata.
Inspiro piccole nuvole bianche nell'aria d'autunno
e sento il mio respiro sommesso.
Poi mi giro sui tacchi.

Il pesce, che ora è il mio pesce,
e io percorriamo tutta la passeggiata all'indietro,
solo che adesso non è più una semplice passeggiata,
è un cammino –
perché una passeggiata con un obiettivo è un cammino,
e noi abbiamo un obiettivo.
Ci dirigiamo insieme verso il negozio di animali.
Solo quando mi fermo davanti alla cassa
mi accorgo di quanto siano contratte le mie dita.
E solo quando apro la bocca per dire:
"Mi dispiace di aver comprato questo pesce.
Purtroppo non possiedo l'attrezzatura giusta
e non ho il tempo necessario per occuparmene.
E inoltre, non sono proprio capace di…"

Il commesso, che solo poche ore fa mi aveva affidato
con tanta fiducia il pesce, che ora è il mio pesce,
mi guarda sbalordito.
Con un tonfo leggero mollo la busta di plastica
che cade dalle mie dita sulla cassa.
"Nessun problema", risponde lui,
poi dice qualcosa, e ancora qualcos'altro,
e mi dà del denaro che non conto.
Ci scambiamo uno sguardo silenzioso,
e lui dice semplicemente:
"Lo rimetto subito nell'acquario." Il pesce.
E io penso: "Il pesce, che ora è il mio pesce…"

Haiku nel sacchetto

Tu scegli il gelo -
Il velo di plastica
Tra i nostri cuori

TANDEM
FLAVIA DI MAURO
LINA THIEDE

Commento di Flavia Di Mauro

Il lavoro insieme a Lina è stato strano e interessate. Da quando ci siamo conosciute, nessuna delle due ha pronunciato che pochissime parole in tedesco o in italiano: non ne conoscevamo abbastanza. Né io né lei parliamo la lingua in cui l'altra scrive. Perciò i nostri due racconti li abbiamo tradotti in inglese. Il che è decisamente una complicazione.

Agli albori di quello che qualcuno, ottimisticamente, ha chiamato il rinascimento IA, è bizzarro che due persone si affaccino su un testo in maniera così poco efficiente. La lunghezza di questo processo, la sua complicatezza, sembrano insensati ora che tutto è facile. Non avrei mai immaginato di trovarmi a fare qualcosa di simile. E invece questo lavoro mi ha portata indietro nel tempo, quando non c'erano scorciatoie e si sbagliava molto di più. È stato bello.

Ho temuto di fare molti errori. Ho pensato spesso al primo traduttore italiano di *Delitto e Castigo*, che non conosceva il russo ma solo il francese. Non aveva modo di sapere fino a che punto stesse deformando il lavoro di Dostoevskij. Più di cento anni dopo, la sua traduzione del titolo rimane la più diffusa: ed è sbagliata.

Per evitare errori simili ho lavorato a questa traduzione forsennatamente, facendomi aiutare dalla tecnologia ogni volta che l'ho sentito necessario. Dove dubitavo di me stessa e dell'inglese, della staffetta linguistica che Lina e io abbiamo costruito, ho lasciato che la macchina mi suggerisse cosa fare. A volte è stato utile, e mi ha permesso di vedere sfumature che altrimenti mi sarei persa. Ma in molti casi non mi ha aiutata affatto, ed è stato difficile affidarsi alle sue pretese di oggettività. Anche con questa stampella digitale, non ho potuto eliminare il mistero che per me circonda il testo di Lina, di cui comunque si percepisce chiara la bellezza. Che c'è scritto veramente nell'originale? Ci sarà qualche *pena* che io ho confuso con un *castigo*? Non riesco a dire con certezza di no. Il mistero è rimasto, e a ben vedere mi sembra inevitabile.

Mi sono convinta traducendo che non si può fare troppo bene, ma, finché c'è rispetto, nemmeno troppo male. Ogni traduzione è a suo modo una riscrittura: per questo, con o senza staffetta, restiamo tutti sulla stessa barca. Umani e macchine, madrelingua e traduttrici zoppe come me. Il mistero della parola ci espone tutti in misure diverse all'errore. E dove la precisione si può simulare così facilmente, fa differenza con quanta passione ci sbagliamo. Se ci sono cose che non ho capito, ho però provato con tutte le forze. Se ho fatto di qualche *pena* un *castigo*, non riesco a pentirmene troppo.

Ringrazio la fondazione Heimann per averci permesso quest'esperimento. Ringrazio Lina, per il bellissimo racconto che ha scritto e per la cura che so aver messo nella traduzione del mio testo. Infine ringrazio chi traduce per professione, che a differenza delle macchine sa cos'è il mistero.

Kommentar von Lina Thiede

Dass es eine Herausforderung werden würde, einen Text aus dem Italienischen ins Deutsche zu übersetzen, war mir vor Beginn der Arbeit bewusst. Ich beherrsche die Sprache nur wenig. Und die vorliegende ist die erste literarische Übersetzung, die ich je angefertigt habe. Ich wusste, es würde mühsam, ein Kampf um jedes Wort – ein bisschen wie beim Schreiben selbst, ein Hadern mit den verschiedenen Möglichkeiten eines Satzes. Womit ich jedoch nicht gerechnet habe, ist die Unsicherheit, die mich in diesem Prozess begleitet hat. Wenn ich meine Texte schreibe, dann ist das jahrelange Übung. Ich weiß, wie ich schreibe, wie ich formuliere, weiß, wie ich Wörter auswähle, doch hier hatte ich erstens einen fremden Text, dazu eine fremde Sprache und einen anderen Stil. Eine märchenhafte Erzählung, in der Art ganz anders als meine Kurzgeschichten.

Man sieht sich schnell abwägen und vermitteln zwischen Sinn verstehen, Melodie beibehalten, Äquivalente finden, Bilder so ‚malen‘, dass sie auch im deutschen Text wirken wie im Original. Das sind viele Aufgaben, die gleichzeitig zu bewältigen sind. Wenn ich *Unsicherheit* schreibe, meine ich auch die Unerfahrenheit. Die Unerfahrenheit in der Sprache und vor allem in dem Prozess der literarischen Übersetzung. Wer schreiben kann, kann nicht automatisch übersetzen. Das ist ein neues, unfassbar spannendes Handwerk für mich.

Flavia und ich sprachen regelmäßig per Telefon oder Videocall, um schwierige Stellen zu verstehen und immer die Autorin des Originals im Blick zu haben. Mit den Händen tief im Werk der jeweils anderen war das sehr hilfreich.

Da Flavia und ich beide die jeweils andere Sprache nur wenig beherrschen, fertigten wir mithilfe von Übersetzungstools eine englische Version der Texte an. Diese diente mir vor allem zum Verständnis. Sprachlich ging meiner Meinung nach im Englischen einiges verloren und so lagen während meiner Arbeit mit „Miseria e nobiltà" alle drei Sprachen nebeneinander. Italienisch für die Originaltreue und die Melodie, Englisch für den Sinn und den Zusammenhang.

Die größte Herausforderung stellte die Übersetzung des Titels dar. Flavia wählte diesen als Anspielung auf einen Film, der in Neapel spielt. Sie wollte diese Anspielung gern beibehalten. Als ich die deutsche Version des Films fand, waren wir beide der Meinung, dass dieser („Die verkaufte Unschuld") den Text thematisch und interpretatorisch in eine Richtung drängen würde, die beinahe den ganzen Text entwertete. Also entschieden wir uns zunächst für eine wörtliche Überset-

zung: „Elend und Adel". Doch nach einiger Zeit (und einem sehr enga-
gierten Testleser) änderte ich den Titel wieder ab und ließ ihn im Original stehen. So bleibt der Name des Gerichts der gleiche und das
erscheint mir nur logisch.

„Miseria e nobiltà" ist ein Text über Wahrnehmung und Erinnerung. Der Erinnerung nähert er sich unter anderem mittels sprachli-
cher Wiederholung an. Die Protagonistin klammert sich mit aller
Macht an das ihr noch Bewusste, wird ab und an überrumpelt vom
Unbewussten. Und das zeigt sich auch in der Sprache. Durch Wieder-
holungen, durch erdachte Geschmacksempfindungen, durch erinnerte
Sinneseindrücke versucht der Text der ‚Wahrheit' (welche das auch
sein mag) näher zu kommen.

Ich bin sehr dankbar für diese Erfahrung der Übersetzung – dafür
zwischen den Sprachen abtauchen, kurz verloren gehen, aber erfolgreich wieder auftauchen zu dürfen.

MISERIA E NOBILTÀ
FLAVIA DI MAURO

Era stata una ragazza bellissima, ma pochi mesi di reclusione erano bastati a rovinarla per sempre. La pelle si era ingrigita e attaccata alle ossa. Non le davano quasi niente da mangiare. Se il guardiano, che era sadico, avesse messo in fila oltre le sbarre tutti gli uomini che l'avevano amata, solo uno o due sarebbero riusciti a riconoscerla così infelice e rattrappita. Comunque non ci riusciva nemmeno lei, che non ricordava quasi più niente di chi era stata prima. Com'era finita in quella cella? Che ci faceva in quel paese lontanissimo, di cui non parlava la lingua e non capiva le leggi? Non lo sapeva e non lo avrebbe mai saputo, e a dirla tutta non le interessava più. Il presente, con le sue fette di pane duro, la sua umidità che gocciolava dalle pareti, le seghe del guardiano, l'aveva completamente ricoperta.

«Sarai giustiziata» le annunciò l'interprete del colonnello. La notizia non la colpì. Erano settantacinque giorni che era lì e si era già stancata. Ma poi il colonnello si schiarì la gola e disse: «devi scegliere il tuo ultimo pasto». Allora lei tirò su dalla branda e ascoltò con più attenzione. Aveva fame. Era molto importante che scegliesse bene, spiegò il colonnello. Ci si aspettava uno spettacolo come si deve, con una lacrima lucente di nostalgia sulla punta delle ciglia e la fatica dolce di buttar giù l'ultimo boccone, come voleva l'usanza: si vive e si muore una volta sola. Così le diede il resto della notte per pensare, e lei, che non ricordava niente, cominciò a fissare il soffitto e a spingere la lingua contro palato. Non fu facile. Evocò con tutto il corpo un ricordo che non arrivava, sepolto sotto chili di mollica dura. Ci scavò dentro per ore lunghissime, che le parvero anni e poi vite intere. Pensò che non avrebbe ricordato mai più nulla né del mondo né di sé. Ma alla fine, quando dalle sbarre filtrò il primo sole, qualcosa trovò.

«Miseria e Nobiltà», disse. «È un piatto che ho mangiato quando ero molto piccola, in una vecchia città di mare: non so che c'era dentro».

Il colonnello la guardò prima perplesso, poi molto serio.

«Provvederemo», concluse. E la lasciò di nuovo sola col guardiano, a fissare il soffitto, sorpresa. Si rigirò in quel ricordo per tutto il giorno, mentre lui divorava una zuppa o russava sulla scrivania. Non la disturbava più la sua presenza rumorosa, che adesso riusciva quasi ad allontanare fantasticando. Pensava soltanto a quell'immagine antica: e così era stata una bambina. Aveva vissuto in una vecchia città di mare, o forse ci aveva viaggiato. L'era piaciuto il sapore dell'aglio. Le aveva punto la lingua e il naso senza farle male. C'era anche stato qualcos'altro, ne era sicura, ma le sfuggiva. Da quel momento in poi non seppe pensare a niente di diverso.

Passarono alcuni giorni. L'interprete tornò alla cella da solo, dinoccolato e cupo come sempre.

«Non abbiamo ancora trovato il piatto», disse. Spiegò poi che erano al lavoro sul suo caso, e che normalmente quel genere di situazioni si sbloccavano in poco più di un mese.

«Se ricordi altri dettagli, ti chiediamo di comunicarlo», disse. Lei ci rifletté per un secondo. La sorprese che fossero così stupidi da aspettarsi che collaborasse alla sua stessa esecuzione. Si accorse però che non le importava granché della morte. Invece le importava moltissimo di quel mistero antico che era andata a ripescare chissà dove. Di colpo la pretesa dell'interprete le parve molto ragionevole.

«Ricordo che sapeva di aglio», disse. Lui annuì e fece per andar via. Poi si voltò un'ultima volta.

«Hai novanta giorni per aiutarci a capire» disse. «Poi ci tocca ammazzarti e basta».

I giorni successivi scorsero molto rapidamente. Se ne stava nella sua branda o alla finestra, a grattare i bordi di quell'immagine assolata alla ricerca di un pezzo in più. Un pomeriggio apparve una figura femminile, molto più grande di lei. Ricordava un paio di occhiali dalla montatura pesante e capelli molto corti, molto bianchi. Era il primo volto umano che riuscisse a rievocare da quando era lì, e ne era sorpresa: se il guardiano avesse messo in fila oltre le sbarre tutti gli uomini di cui si era innamorata, non ne avrebbe riconosciuto nessuno nemmeno lei. Ma il viso di quella donna le era apparso così luminoso e nitido che avrebbe creduto di averla di fronte, lì nella cella, pronta a rivelarle il segreto. Credette che da un momento all'altro l'avrebbe sentita parlare. Non successe. Si addormentò pensando a lei.

«C'era una donna con i capelli molto bianchi, molto corti. Penso che mi volesse bene», disse all'interprete il mattino seguente. Lui rimase impassibile, non prese nota.

«Non è il genere di ricordi che ci aiuta. Eri al mare, c'era il pesce?»

«Il pesce non c'era» disse, quasi sorpresa, come se lo avesse sempre saputo. Non seppe aggiungere altro. Si concentrò su quella certezza per qualche altra ora e ritrovò un sapore soffice, chiaro, che però non seppe identificare.

La mattina dopo, con il primo sole, la svegliarono i passi rocciosi di due soldati. «È ora!» pensò, con l'eccitazione della scoperta che s'impastava, per la prima volta, al terrore. Sentì il cuore battere forte e si preparò a inscenare finalmente quel momento inafferrabile, forse l'unico veramente importante di tutta la sua vita. Ma i soldati attraversarono il corridoio, spalancarono la porta della cella, ci gettarono dentro una vecchia scalpitante, e scomparvero di nuovo nel tunnel. Il guardiano ridacchiò. La vecchia indossava una felpa nera col cappuccio e pantaloni larghi. Si attaccò alle sbarre e urlò a lungo parole sempre uguali, nella sua lingua cantilenante. Lei si accorse che cominciava a capire qualcosa (da quanto tempo era lì dentro? Novanta giorni? Cento?). Dopo qualche minuto l'altra stette zitta, tirò su col naso, e si voltò a guardare lei, che finalmente la vide bene. Aveva capelli molto bianchi e molto corti, un paio di occhiali dalla montatura spessa. Non era il viso del suo ricordo: gli occhi e la pelle erano molto chiari, mentre l'altra donna li aveva scuri e olivastri. Ma i denti dritti, i movimenti della bocca, erano così simili da spaventarla. Sentì un sapore familiare sulla lingua.

«Era qualcosa di simile al pane», bisbigliò. La vecchia non capì niente, la ignorò: tirò fuori un quaderno nero dalla felpa e cominciò a scrivere senza sosta.

In poco tempo l'immagine si fece molto più vivida. Le apparve un cameriere in camicia bianca. Sentì in mezzo ai denti il gusto dolce del tè freddo. Capiva che era merito della vecchia, che le aveva spinto la memoria in posti insospettabili. Decise quindi che doveva parlarle, tanto più che la vedeva scrivere tutto il giorno nel quaderno, e aveva iniziato a incuriosirsi sul serio.

«Innocente?» le chiese una sera; il guardiano si era già addormentato. Era una delle prima parole che aveva imparato in quella lingua. La vecchia assentì con forza e fece la stessa domanda a lei, che per la verità non riusciva a ricordarlo. Assentì lo stesso. Poi si scambiarono qualche parola misteriosa e si arresero al sonno. I primi tentativi furono tutti simili a quello. La vecchia ripeteva alcune frasi con insistenza. La ragazza intuì che doveva avere un'ossessione che la divorava, e che doveva essere molto antica − non come la sua − perché gliel'aveva vista bruciare negli occhi fin dal primo giorno. Pensò che doveva avere a che vedere con il quaderno, ma non osò domandare, anche perché non avrebbe capito. Comunque la sua immaginazione si riempì un po' alla volta anche di quello. Passava molte ore a ricostruire il suo ricordo, molte altre a immaginare chi fosse la vecchia, cosa stesse scrivendo, perché a volte strappava via una pagina e la accartocciava con tanta violenza. E così adesso aveva due misteri segregati lì con lei, e ancora un po' di tempo per riuscire a farli parlare. S'impegnò con tanta forza che quasi dimenticò la fame. Un po' alla volta costruì insieme alla vecchia un linguaggio più solido, fatto di vistosi gesti delle

mani e delle molte parole che lei, a poco a poco, aveva imparato a riconoscere. Arrivarono ad avere conversazioni abbastanza complesse,
sentì quasi di volerle bene. Così, dopo nemmeno un mese, le balenò
un'intuizione.

«È possibile che fosse mia nonna…», disse. L'interprete la fermò:
glielo aveva già spiegato, non era il genere d'informazioni di cui avevano bisogno.

«C'era l'origano» aggiunse allora lei. «Era un sapore caldo, ma caldo
d'estate».

«Ora ragioniamo», disse. «Ci rimangono trenta giorni».

Poi si rivolse alla vecchia e le disse nella sua lingua poche parole
secche, che la ragazza riconobbe subito. Ormai capiva quasi tutto.

«Sarai giustiziata, devi scegliere il tuo ultimo pasto». L'interprete si
passò un panno sugli occhiali. «Hai una notte per pensarci».

Tutto il mondo cominciò a tremare. La vecchia si mise a urlare come
in preda un dolore fisico terribile, scaraventò il quaderno contro il
muro. Poi iniziò a colpirsi la testa. Era la scena più dolorosa che avesse
visto in vita sua: anche se non ricordava niente, la ragazza ne era certa.
Così corse dalla vecchia e l'abbracciò a lungo, come moltissimi anni
prima la donna del ricordo doveva aver abbracciato lei. La vecchia a
poco a poco si calmò.

«È troppo presto», balbettò. «Non ho finito».

Poi corse a prendere il quaderno e cominciò a leggere a voce bassa,
tirando tra una frase e l'altra su col naso. La ragazza inizialmente non
capì. Aveva immaginato molte cose. Il diario intimo di tutta una vita,
dal primo ricordo d'infanzia fino a quel giorno grigio di chissà che
mese. La confessione di un terribile delitto. Una lunghissima invettiva
contro quel regime sanguinario, che le teneva chiuse lì dentro, e per
ragioni indecifrabili aveva deciso di ammazzarle. Invece era la storia di
un ragazzino che viveva su un'isola molto bella, da solo, e aspettava il
ritorno di suo padre. Un romanzo. La vecchia lesse per tutta la notte,
sempre più serena. Poi, quando il sole trapassò le sbarre, pronunciò
con un sospiro l'ultima frase.

«L'hai finito», disse la ragazza. «È bellissimo».

La vecchia la guardò triste. Disse: «Non so se è quello che mi ero
sentita».

Poi abbassò gli occhi e sospirò ancora. Che voleva dire? La ragazza
non capì. Pensò che dipendesse dalla lingua: la vecchia sicuramente
aveva detto qualcos'altro, che lei però aveva completamente travisato.
Ma allora, di colpo, il rumore roccioso degli scarponi ruppe il silenzio
del corridoio. Il colonnello, due soldati e l'interprete apparvero davanti
alla cella tutti eleganti e cupi.

«Hai deciso?», chiese il colonnello. La vecchia sospirò.

«Sì».

Poi nominò un piatto che la ragazza non conosceva, e che doveva essere una cosa tipica di quel paese. Spalancarono la porta e la trascinarono via.

I giorni successivi furono molto tristi, molto lunghi. La ragazza si sforzava di concentrarsi sul ricordo della città di mare, ma non ci riusciva più. Per mesi aveva ignorato le esternazioni del guardiano, che le rivolgeva spesso lunghe frasi sprezzanti, ma adesso capiva quasi tutto e non riusciva a cancellarlo. In più pensava continuamente alle parole della vecchia, che continuava a non capire. *Non so se è quello che mi ero sentita,* ma cosa, che voleva dire. Il ricordo intanto aveva preso a sbiadirsi, e adesso temeva che lo avrebbe perduto per sempre. Fu con rassegnazione, quindi, e con una certa vergogna, che si rivolse all'interprete quando tornò da lei.

«Non ho niente da aggiungere. Non vi posso aiutare».

L'uomo la guardò condiscendente, fece un piccolo sorriso.

«Non importa», disse. «È possibile che la città fosse questa?»

Allora tirò fuori un grosso album dalla ventiquattrore e lo porse alla ragazza perché esaminasse la copertina. C'era un castello di pietra gialla che sorgeva come uno scoglio dalla cresta del mare. Grappoli di case colorate discendevano nell'acqua da una collina dolcissima. Lontano, all'orizzonte, un'isola celeste mostrava il profilo. La ragazza sentì il cuore sprofondarle nella pancia. Conosceva quella città, forse molto bene.

«Allora ci siamo quasi», disse l'interprete. Le tolse l'album e la lasciò di nuovo sola.

Quella notte non riuscì a dormire. Si sentiva il corpo accaldato, sudò molto anche se faceva freddo. C'era qualcosa di fatale ed enorme in quel ricordo, più fatale ed enorme della morte che l'aspettava. Era eccitata. Capì che ormai viveva solamente per quello. Forse per tutta la vita, anche prima di finire in quella cella, non aveva vissuto per altro: ricordarsi com'era stato il mondo quando era ancora una bambina, viveva o viaggiava in un'antica città di mare, e se ne stava al ristorante con una donna che forse era stata sua nonna, a mangiare un piatto che si chiamava Miseria e Nobiltà. Forse era per questo che era arrivata in quel paese sconosciuto, per questo che si era fatta catturare, per questo che si era messa in un guaio così grosso da farsi ammazzare: per incontrare una donna con i capelli molto bianchi e molto corti, e ricordarsi che almeno una volta era stata così felice.

Il giorno dopo, con il primo sole, il colonnello e i due soldati si presentarono da lei. Spalancarono la porta e l'accompagnarono fuori, dove l'aspettava un'auto nera e squadrata. Il viaggio fu breve, ma a lei parve lunghissimo. Osservò quel paese sconosciuto scivolarle sotto gli occhi con i suoi tetti appuntiti, con le sue montagne aguzze ricoperte di neve, e pensò che forse, in un'altra vita, avrebbe provato meraviglia. Ma adesso non sentì niente: non le importava più. Nemmeno dopo, a un passo dal patibolo, fece caso allo splendore che la circondava. L'avrebbero ammazzata in un teatro molto antico e molto grande. Una corte di angeli e muse lo guardava sbalordita da una cornice nel soffitto. Ogni cosa, i braccioli, i gradini, le porte, tutto era dipinto d'oro. Il teatro intanto si andava riempiendo di persone in abiti eleganti, che sciamarono tra le poltrone fino a che non si spensero le luci. Allora l'interprete prese la ragazza per un braccio, e lentamente l'accompagnò sul palco.

«Speriamo di aver capito bene», bisbigliò, le sembrò sincero. Poi la lasciò sola.

La ragazza non disse niente. Buttò giù un po' di saliva e si mise in attesa. Stava seduta a un tavolo di legno, dentro un grande fascio di luce, l'unico del teatro. Dopo qualche minuto, un cameriere venne in scena e le mise di fronte una campana d'argento. Tutto il pubblico trattenne il respiro.

«Miseria e Nobiltà», disse. Sollevò la campana e lasciò la ragazza da sola con il piatto.

Per prima cosa sentì l'odore dell'aglio, che le pizzicò il naso proprio come tanti anni prima. Avvicinò un po' il viso e riuscì a sentire anche l'origano, la corrispondenza la rassicurò. Ma poi portò alla bocca il primo boccone e allora, solo allora, sentì il terrore che finalmente la invadeva. E se non fosse il piatto giusto? E se invece lo fosse, ma lei non sapesse riconoscerlo? Cominciò a masticare con le labbra che tremavano, e allora le tornò in mente la vecchia. Solo qualche giorno prima, doveva essere stata su quel palco proprio come lei. E chissà quante altre persone, chissà quante altre esecuzioni si erano consumate là dentro. Le parve d'essere tra il pubblico e vederle tutte, e di capire quello che pensava chi già aveva occupato il suo posto. Masticò ancora, lentamente, per sentire tutto fino in fondo: non era sicura. Doveva essere stato così per tutti, chiunque ci fosse passato prima di lei. Con quanti dubbi inestricabili dovevano essere arrivati lì sopra? Quante domande senza risposta? Quante illusioni? Era questa la strada che dovevo prendere? Era questo il libro che dovevo scrivere? Era questo il ricordo che ho cercato tutto il tempo? Ed era questo, proprio questo, l'ultimo piatto che dovevo mangiare?

La ragazza sentì una paura terribile. Quelle domande la schiacciavano, le chiudevano la gola e non la lasciavano finire. Pensò che tutta quell'attesa non era servita a niente, e che alla fine lasciava questo mondo senza nemmeno sapere perché c'era arrivata. Ma poi sentì una piccola lacrima scivolarle sulla punta delle ciglia, e con fatica buttò già l'ultimo boccone. La gente sugli spalti ormai non respirava più. Videro che la lacrima splendeva. Si accorsero che la ragazza faceva fatica, sì, ma era una fatica dolce. Dalla platea scrosciò un applauso senza fine. Poi cominciò a fare effetto il veleno.

MISERIA E NOBILTÀ
FLAVIA DI MAURO
Aus dem Italienischen von Lina Thiede

Sie war eine schöne junge Frau gewesen, jedoch hatten wenige Monate der Haft ausgereicht, um ihre Schönheit verderben zu lassen. Die Haut war grau geworden und hing von den Knochen herab. Man gab ihr kaum etwas zu essen. Hätte der sadistische Aufseher all jene Männer, die die junge Frau einst geliebt hatten, vor ihr aufgereiht, nur ein oder zwei hätten sie wiedererkannt, so unglücklich und ausgemergelt. Letztlich hätte sie sich selbst nicht wiedererkannt, konnte sich überhaupt kaum daran erinnern, wer sie einmal gewesen und wie sie in dieser Zelle geendet war. Was tat sie in diesem abgelegenen Land, dessen Sprache sie nicht sprach und dessen Gesetze sie nicht verstand? Sie wusste es nicht, würde es niemals wissen – und um ehrlich zu sein, interessierte es sie nicht mehr. Die Gegenwart bestand nur noch aus harten Brotscheiben und dem Wichsen des Aufsehers; sie tropfte von den feuchten Wänden und hatte sie vollkommen durchnässt.

„Du wirst hingerichtet", verkündete ihr der Übersetzer des Kommandanten. Die Nachricht berührte sie nicht. Seit fünfundsiebzig Tagen war sie an diesem Ort und sie war es müde. Aber dann räusperte sich der Kommandant und sagte: „Du musst dein letztes Mahl auswählen."

Daraufhin erhob sie sich von der Liege und lauschte aufmerksam. Sie hatte Hunger.

Es sei sehr wichtig, dass sie eine wohlüberlegte Entscheidung treffe, erklärte der Kommandant. Es würde ein wahres Spektakel erwartet, ganz wie es sich gehöre: Eine Träne der Nostalgie, die an der Wimpernspitze glänzte, und die süße Mühsal, während sie den letzten Bissen schluckte. Ganz so wie es der Brauch war: Leben und Sterben konnte man schließlich nur einmal.

Sie ließen ihr den Rest der Nacht, um darüber nachzudenken und die junge Frau, die sich an nichts erinnerte, starrte an die Decke und drückte ihre Zunge gegen den Gaumen. Es war keine leichte Aufgabe. Mit dem ganzen Körper versuchte sie, eine Erinnerung heraufzubeschwören, die unter dem Gewicht von etlichen Lagen harter Brotkrumen tief vergraben lag. Sie grub stundenlang. Die Zeit, die verging, kam ihr vor wie Jahre, wie mehrere Leben. Sie befürchtete, sich nie wieder an irgendetwas erinnern zu können – weder an die Welt noch an sich selbst. Doch schließlich, als zwischen den Gitterstäben die ersten Sonnenstrahlen hindurchsickerten, stieß sie auf etwas.

„Miseria e nobiltà", sagte sie. „Das ist ein Gericht, das ich gegessen habe, als ich sehr klein war. In einer alten Stadt am Meer. Ich weiß nicht, was darin war."

Der Kommandant betrachtete sie erst verblüfft, dann sehr ernst. „Wir werden uns darum kümmern", sagte er schließlich.

Und erneut ließ er sie allein mit dem Aufseher – an die Decke starrend, überrascht. Sie wälzte sich in dieser wiederentdeckten Erinnerung, während der Aufseher eine Suppe verschlang oder auf seinem Schreibtisch schnarchte. Seine laute Anwesenheit störte sie nicht mehr, denn nun konnte sie sich zurückziehen, konnte zwischen den Brotkrumen verschwinden und träumen. Sie dachte einzig an dieses vergangene Bild: Sie war einmal ein Kind gewesen. Sie hatte in einer alten Stadt am Meer gelebt – oder vielleicht war sie dorthin gereist. Sie hatte den Geschmack von Knoblauch gemocht. Er hatte auf der Zunge und in der Nase gebrannt, ohne dabei schmerzhaft zu sein. Da war noch etwas anderes, dessen war sie sich sicher, doch es entwich ihren vorsichtig tastenden Gedanken. Von diesem Moment an hatte sie nichts anderes mehr im Kopf.

Einige Tage vergingen. Der Übersetzer kehrte zurück, so schlaksig und finster wie immer.

„Wir haben das Gericht noch nicht gefunden", sagte er. Er erklärte, dass sie an ihrem Fall arbeiten würden und dass sich solche Situationen normalerweise in etwas mehr als einem Monat lösen ließen. „Falls du dich an weitere Details erinnern solltest, teile uns diese bitte mit", sagte der Übersetzer. Eine Sekunde lang ließ sie sich diesen Satz auf der Zunge zergehen. Es überraschte die junge Frau, dass sie so dumm waren, zu erwarten, sie würde an ihrer eigenen Hinrichtung mitwirken. Aber im selben Augenblick stellte sie fest, dass der Tod ihr nicht sonderlich viel bedeutete. Hingegen bedeutete ihr die Entdeckung in ihrem Inneren, die sie wer weiß woher gefischt hatte, viel. Plötzlich erschien ihr die Forderung des Interpreten berechtigt.

„Ich erinnere mich daran, dass es nach Knoblauch schmeckte", sagte sie. Er nickte und wandte sich zum Gehen. Doch da drehte er sich ein weiteres Mal um. „Du hast neunzig Tage, um uns dabei zu helfen, es herauszufinden", sagte er. „Dann werden wir dich hinrichten."

Die nächsten Tage flogen dahin. Die junge Frau verweilte auf ihrer Liege oder am Fenster, um an den Rändern des sonnenhellen Bildes zu kratzen, auf der Suche nach einer weiteren Zutat. Eines Nachmittags tauchte eine weibliche Figur auf, sehr viel älter als sie. Sie trug eine Brille mit wuchtigem Gestell und sehr kurze, sehr weiße Haare. Dies war das erste menschliche Gesicht, das die junge Frau aus ihrer Erinnerung hatte heraufbeschwören können, seitdem sie in dem fremden Land angekommen war. Das verblüffte sie. Wenn der Aufseher vor den Gitterstäben all jene Männer aufgereiht hätte, in die sie je verliebt gewesen war, sie hätte davon keinen einzigen wiedererkannt. Aber das Gesicht dieser Frau war ihr so strahlend erschienen, dass sie glauben wollte, sie säße ihr gegenüber, dort in der Zelle, bereit, die Vergangenheit zu enthüllen. Die junge Frau dachte, die Alte würde von einem Moment auf den anderen beginnen, zu sprechen. Es geschah nicht. Die Gedanken um diese Frau geschlungen, schlief sie ein.

„Da war eine Frau mit sehr weißem, sehr kurzem Haar. Ich glaube, sie hat mich gemocht", sagte die junge Frau dem Übersetzer am nächsten Morgen. Er blieb gleichmütig, machte sich keine Notizen.

„Das ist nicht die Art von Erinnerung, die uns weiterhilft. Du warst am Meer. Gab es dort Fisch?"

„Da war kein Fisch", sagte sie, als ob sie es schon immer gewusst hatte. Das überraschte sie. Mehr konnte sie dem Übersetzer jedoch nicht mitteilen. Ein paar Stunden lang konzentrierte sie sich auf diese Gewissheit und fand einen weiteren Geschmack; weich, klar, konnte ihn aber nicht einordnen.

Am nächsten Morgen weckten sie mit den ersten Sonnenstrahlen die felsigen Schritte zweier Soldaten.

„Es ist soweit!", dachte sie aufgeregt, als wäre sie im Begriff eine beeindruckende Entdeckung zu machen, und diese Aufregung verdünnte zum ersten Mal den Schrecken, der sie in der Zelle umgab. Ihr Herz schlug heftig und sie bereitete sich darauf vor, endlich diesen unbegreiflichen Moment zu inszenieren, vielleicht den einzig wirklich bedeutungsvollen ihres ganzen Lebens. Aber die Soldaten durchschritten den Korridor, rissen die Zelltür auf, warfen eine alte, zornig um sich schlagende und tretende Frau hinein und verschwanden erneut im Tunnel.

Der Aufseher kicherte.

Die alte Frau trug einen schwarzen Kapuzenpulli und weite Hosen. Sie klammerte sich an die Gitterstäbe und schrie lange, immer wieder dieselben Wörter in ihrer melodiösen Sprache.

Die junge Frau begann, etwas zu verstehen (Wie lange war sie bereits hier? Neunzig Tage? Einhundert?). Nach einigen Minuten wurde die andere leise, schniefte und drehte sich um, betrachtete sie.

Und auch die junge Frau erhaschte nun einen guten Blick auf die andere. Die Frau hatte sehr weiße, sehr kurze Haare, eine Brille mit wuchtigem Gestell. Es handelte sich nicht um das Gesicht aus ihrer Erinnerung: Die Augen und die Haut waren zu hell, die Züge der anderen waren dunkel und olivfarben gewesen. Aber die geraden Zähne, die Bewegungen des Mundes waren so ähnlich, dass es sie erschreckte. Ein vertrauter Geschmack erschien auf ihrer Zunge. „Es war so etwas wie Brot", flüsterte sie. Die Alte verstand nichts, ignorierte sie, zog ein schwarzes Notizbuch hervor und begann ohne Halten zu schreiben.

In kürzester Zeit wurde die Erinnerung sehr viel lebhafter. Es erschien ein Kellner in weißem Hemd. Sie hatte den Geschmack von süßem Eistee zwischen den Zähnen. Sie verstand, dass es der alten Frau zu verdanken war, die ihr Gedächtnis dazu veranlasst hatte, an ungeahnte Orte vorzudringen. Sie entschied, dass sie mit ihr sprechen musste, vor allem da es sie aufs Bitterste neugierig machte, das andauernde Schreiben in das Notizbuch zu beobachten.

„Unschuldig?", fragte sie eines Abends. Der Aufseher schlief bereits. Es war eines der ersten Wörter, welche sie in der Sprache der anderen gelernt hatte. Die Alte nickte heftig und stellte ihr dieselbe Frage. Die junge Frau war nicht sicher – sie erinnerte sich nicht – nickte aber trotzdem. Dann wechselten sie ein paar grob verständliche Worte und gaben sich dem Schlaf hin. Die ersten Verständigungsversuche verliefen ähnlich dem ersten. Die Alte wiederholte einige Sätze eindringlich. Die junge Frau erahnte, dass die Alte innerlich von einer uralten Besessenheit zerfressen wurde, weil diese seit dem ersten Tag in den Augen der Alten brannte. Jedoch glich sie nicht ihrer eigenen. Die junge Frau vermutete, dass es mit dem zu tun haben musste, was in dem Notizbuch zu finden war, aber sie wagte nicht, danach zu fragen, auch weil sie es wohl nicht verstanden hätte. Aber nach und nach füllte auch diese Neugier ihren Kopf aus. Sie verbrachte mehrere Stunden damit, ihre Erinnerung zu rekonstruieren, und viele andere damit, sich auszumalen, wer die Alte war, was diese schrieb, warum sie manchmal eine Seite herausriss und mit unbeherrschter Gewalt zusammenknüllte. Und nun hatte sie zwei Rätsel in ihrem Inneren verborgen und nur noch ein wenig Zeit, diese zu lösen. Sie widmete dem solche Kraft, dass sie beinahe ihren Hunger vergessen hätte. Nach und nach schufen sie und die Alte eine gemeinsame und feste Sprache, voller ausdrucksstarker Handgesten und vieler Wörter, die die junge Frau Stück für Stück lernte und wiedererkannte. Sie waren in der Lage, ziemlich komplexe Gespräche zu führen und sie spürte leichte Zuneigung gegenüber der Alten. Dann, nach nicht einmal einem Monat, blitzte eine weitere Erinnerung auf.

„Es ist möglich, dass sie meine Großmutter war…", sagte die junge Frau. Der Übersetzer unterbrach sie. Er hatte ihr bereits erklärt, dass dies nicht die Art von Information war, die sie brauchten.

„Oregano", fügte sie also hinzu. „Es war ein warmer Geschmack, aber sommerwarm."

„Na also", sagte er. „Uns bleiben noch dreißig Tage."

Dann wandte er sich der Alten zu und sprach in ihrer Sprache einige barsche Sätze, die die junge Frau sofort erkannte. Mittlerweile verstand sie beinahe alles. „Du wirst hingerichtet werden. Du musst dein letztes Mahl auswählen." Der Übersetzer rieb mit einem Tuch über seine Brille. „Du hast eine Nacht, um darüber nachzudenken."

Die ganze Welt begann zu zittern. Die alte Frau schrie, als litte sie unter schrecklichem, körperlichem Schmerz und schleuderte das Notizbuch gegen die Wand. Dann begann sie sich gegen den Kopf zu schlagen. Es war die grausamste Szene, die die junge Frau in ihrem Leben gesehen hatte – auch ohne sich an viel erinnern zu können, war sie sich dessen sicher. Also eilte sie zu der Alten und umarmte sie so fest, wie viele Jahre zuvor die Frau aus ihrer Erinnerung sie umarmt haben musste. Allmählich beruhigte sich die Alte.

„Es ist zu früh", stammelte sie. „Ich bin noch nicht fertig."

Dann packte sie das Notizbuch und begann mit leiser Stimme vorzulesen, zwischen den Sätzen schniefte sie. Anfangs verstand die junge Frau nicht. Sie hatte sich vieles vorgestellt. Das intime Tagebuch eines ganzen Lebens, von der ersten Kindheitserinnerung bis zu diesem grauen Tag in wer weiß welchem Monat. Das Geständnis eines grausamen Verbrechens. Eine sehr lange Schmähung des blutrünstigen Regimes, das sie hier drin gefangen hielt und aus unergründlichen Motiven beschlossen hatte, sie umzubringen. Stattdessen handelte es sich um die Geschichte eines kleinen Jungen, der allein auf einer wunderschönen Insel lebte und auf die Rückkehr seines Vaters wartete. Ein Roman. Die Alte las die ganze Nacht, immer friedvoller. Dann, als die ersten Sonnenstrahlen durch die Gitterstäbe stachen, sprach sie mit einem Seufzen den letzten Satz.

„Du hast es beendet", sagte die junge Frau. „Es ist wunderschön."

Die Alte betrachtete sie traurig und sagte: „Ich weiß nicht, ob es das ist, was ich gefühlt habe." Dann senkte sie den Blick und seufzte erneut. Was wollte sie damit sagen? Die junge Frau verstand nicht. Es musste an der Sprache liegen: Sicherlich hatte die Alte etwas anderes gesagt, das sie selbst jedoch vollständig verdreht hatte. Aber dann, plötzlich, störte das Geräusch felsiger Stiefel die Stille des Korridors.

Der Kommandant, zwei Soldaten und der Übersetzer erschienen vor der Zelle, vornehm und düster.

„Hast du dich entschieden?", fragte der Kommandant.

Die Alte seufzte. „Ja." Dann nannte sie ein Gericht, das die junge Frau nicht kannte und bei dem es sich um etwas Traditionelles aus ihrem Land handeln musste. Die Männer rissen die Tür auf und schleiften die Alte fort.

Die folgenden Tage waren sehr traurig, sehr lang. Die junge Frau zwang sich zur Konzentration auf die Erinnerung an die Stadt am Meer, aber es gelang ihr nicht. Über Monate hatte sie die Äußerungen des Aufsehers ignoriert, der oft lange und verächtliche Sätze an sie richtete, aber nun, da sie beinahe alles verstand, konnte sie diese nicht mehr aus ihrem Kopf streichen. Vor allem aber dachte sie ununterbrochen an die Worte der Alten, die sie noch immer nicht verstand. *Ich weiß nicht, ob es das ist, was ich gefühlt habe*, aber was war es, das sie damit sagen wollte?

Derweil verblasste die Erinnerung und nun fürchtete die junge Frau, dass sie sie für immer verloren haben könnte. Der Übersetzer kehrte zurück und als sie sich zu ihm umdrehte, tat sie es mit Resignation und einer gewissen Scham.

„Ich habe nichts hinzuzufügen. Ich kann euch nicht helfen."

Der Mann bedachte sie mit einem nachsichtigen Blick, zeigte ein kleines Lächeln.

„Das macht nichts", sagte er. „Könnte es diese Stadt gewesen sein?"

Daraufhin zog er ein großes Album aus seinem Aktenkoffer und hielt es der jungen Frau hin, damit sie den Einband betrachten konnte. Darauf war eine Burg aus gelbem Stein abgebildet, die sich wie ein Felsen über dem Meereskamm erhob. Trauben von bunten Häusern drängten sich um einen sanften Hügel und bis hinunter ans Wasser. Weit entfernt am Horizont zeigte eine himmelblaue Insel ihr Profil. Die junge Frau spürte, wie ihr das Herz in den Magen sank. Sie kannte diese Stadt, möglicherweise kannte sie sie sehr gut.

„Dann haben wir es fast", sagte der Übersetzer. Er nahm das Album an sich und ließ sie erneut allein.

In dieser Nacht konnte sie nicht schlafen. Sie spürte ihren erhitzten Körper, schwitzte viel, obwohl die Nacht kalt war. In dieser Erinnerung lag etwas schicksalhaftes und ungeheures, noch schicksalhafter und ungeheurer als der ihr bevorstehende Tod. Sie war aufgeregt. Sie verstand, dass sie nun einzig dafür lebte. Vielleicht ihr ganzes Leben lang, sogar noch bevor sie in dieser Zelle geendet war, für nichts anderes gelebt hatte: Um sich daran zu erinnern, wie die Welt gewesen war, als sie noch ein Kind gewesen war, und dass sie in einer alten Stadt am Meer gelebt hatte oder dorthin gereist war und mit einer Frau, die vielleicht ihre Großmutter gewesen war, in einem Restaurant gesessen und ein Gericht gegessen hatte, das sich Miseria e nobiltà nannte. Vielleicht war sie nur deswegen in dieses unbekannte Land gekommen, hatte sich deswegen gefangen nehmen lassen, befand sich deswegen in so großen Schwierigkeiten, dass es sie das Leben kosten würde: Damit sie eine Frau mit sehr weißen, sehr kurzen Haaren treffen und sich so daran erinnern konnte, dass sie wenigstens ein Mal so fröhlich gewesen war.

Am nächsten Tag, mit den ersten Sonnenstrahlen, erschienen der Kommandant und zwei Soldaten. Sie rissen die Tür auf und brachten sie hinaus, wo sie ein schwarzes, kantiges Auto erwartete. Die Fahrt war kurz, doch ihr kam sie viel zu lang vor. Sie betrachtete dieses unbekannte Land, das unter ihrem Blick dahinglitt, mit seinen geraden Dächern, mit seinen von Schnee bedeckten Bergspitzen und dachte, dass sie vielleicht, in einem anderen Leben, bei diesem Anblick Bewunderung empfunden hätte. Aber jetzt fühlte sie nichts: Nichts war mehr wichtig. Auch später, einen Schritt vor dem Schafott, achtete sie nicht auf die Pracht, die sie umgab. Sie sollte in einem sehr alten und sehr großen Theater hingerichtet werden. Eine Schar von Engeln und Musen beobachtete sie verblüfft aus einem Rahmen an der Decke. Die Armlehnen, die Stufen, die Türen, alles war bemalt mit Gold. Das Theater füllte sich indessen mit Personen in eleganten Kleidern, die zu ihren Sesseln schwärmten, bis die Lichter gedimmt wurden. Dann nahm der Übersetzer die junge Frau an einem Arm und geleitete sie langsam auf die Bühne.

„Hoffen wir, dass wir es richtig verstanden haben", wisperte er und wirkte dabei aufrichtig. Dann ließ er sie allein.

Die junge Frau sagte nichts. Sie schluckte ein wenig Speichel herunter und wartete. Sie saß an einem Tisch aus Holz, in einem breiten Lichtstrahl, der einzige im Theater. Nach einigen Minuten kam ein Kellner auf die Bühne und stellte eine silberne Speiseglocke vor ihr ab. Das ganze Publikum hielt den Atem an.

„Miseria e nobiltà", sagte der Kellner. Er hob die Glock ab und ließ die junge Frau mit dem Gericht allein. Zuerst nahm sie den Geruch von Knoblauch wahr, der in ihrer Nase prickelte wie all die Jahre zuvor. Sie brachte ihr Gesicht ein wenig näher heran und es gelang ihr außerdem Oregano zu riechen, die Ähnlichkeit beruhigte sie. Aber dann nahm sie den ersten Bissen und dann, nur dann, spürte sie schließlich wie die Angst sie überkam: Und wenn es nicht das richtige Gericht war? Und was wenn es das richtige war, aber sie es nicht erkennen konnte? Sie begann mit zitternden Lippen zu kauen und dann kehrte die Alte in ihre Gedanken zurück. Nur einige Tage zuvor musste sie selbst auf ebendieser Bühne gesessen haben. Und wer weiß wie viele andere Personen, wer weiß wie viele andere Hinrichtungen hier drin stattgefunden hatten. Sie schien nun Teil des Publikums zu sein und alles mitanzusehen und verstand, was jene gedacht hatten, die vor ihr diesen Platz eingenommen hatten. Sie kaute erneut, langsam, um alles in seiner Gänze zu schmecken: Sie war nicht sicher. Es musste für alle so gewesen sein, alle, die vor ihr dran gewesen waren.

Wie viele unentwirrbare Zweifel waren auf diese Bühne gebracht worden? Wie viele Fragen ohne Antworten? Wie viele Illusionen?

War das der Weg, den ich nehmen musste? War es dieses Buch, das ich schreiben musste? War das die Erinnerung, nach der ich die ganze Zeit gesucht hatte? War das, genau das, das letzte Gericht, das ich essen sollte?

Die junge Frau verspürte eine schreckliche Angst. Diese Fragen zerschmetterten sie, verschlossen ihr die Kehle und hinderten sie daran aufzuessen.

All das Warten hatte zu nichts geführt und am Ende würde sie die Welt verlassen, ohne zu wissen, wieso sie hier gewesen war. Aber dann spürte die kleine Träne an der Spitze ihrer Wimper entlanggleiten und mühevoll schluckte sie den letzten Bissen. Die Menschen auf den Rängen atmeten nun nicht mehr. Sie sahen die glitzernde Träne. Sie bemerkten, dass die junge Frau kämpfte, ja, aber es war eine süße Mühsal. Aus dem Publikum brandete endloser Applaus auf. Dann begann das Gift zu wirken.

WIESO TRÄGST DU DEN RING NICHT
LINA THIEDE

Wieso trägst du den Ring nicht?, fragt meine Mutter auf der Verlobungsfeier.

Er hat mich gestört, sage ich.

Aber er ist doch so schön, sagt sie.

Ich kratze mich am Handgelenk und sage, *ja.* Dann stelle ich mich zwei Meter weiter nach rechts, um dem Rauch zu entgehen, der aus ihrer Zigarette dringt. Jetzt stehe ich im Qualm des Grills. Johannes grillt, wendet Steaks, dreht Würstchen, winkt mir mit der Grillzange zu. Meine Schwiegermutter kommt herüber, gibt mir einen Kuss auf die Wange und fragt nach *dem Kleid.*

Habe ich noch nicht, sage ich, sehe zu Johannes, er redet nicht über Kleider, er redet über seine Festanstellung. Mein Vater klopft ihm freundschaftlich auf die Schulter. Ich hebe mein Sektglas an die Lippen und sage, obwohl ich weiß, dass ich es nicht tun sollte, *es wird wohl kein weißes Kleid geben.*

Du trägst kein Weiß? Meine Schwiegermutter hebt erschrocken die Augenbrauen.

Nein.

Auch nicht Creme? Meine Mutter hebt ebenfalls die Augenbrauen, als sie an ihrer Zigarette zieht.

Mir steht Weiß nicht, sage ich. *Und Jungfrau bin ich schon lange nicht mehr.*

Meine Schwiegermutter presst die Lippen aufeinander. Sie verlieren die Farbe, sodass der Lippenstift beinahe in den Garten bröckelt.

Also wir haben ja nur wegen der Steuer geheiratet, sagt meine Mutter zu meiner Schwiegermutter.

Ich hab sie per SMS gefragt, ob ihr der Termin passt, sagt mein Vater, der neben sie tritt.

Wir haben im Juli geheiratet, sagt meine Großmutter zwei Stunden später. *Ich habe das Kleid meiner Schwester getragen.* Um ihre Schultern liegt eine Fleecedecke, in ihrer Hand ein Rotweinglas. Sie lächelt mich an.

Wie schön, das hat Trude sicher gefreut, sage ich.

Das war auch schön, sagt sie und dann, *ich würde dir gern etwas zum Brautkleid dazugeben.*

Obwohl es kein weißes wird?, frage ich und stoße leicht mit meiner Schulter gegen ihre.

Ja, ist doch besser, du kannst das nochmal anziehen. Das lohnt ja sonst nicht, die Anschaffung.

Sehe ich auch so, sage ich.

Wenige Tage nach der Verlobungsfeier entschließen Johannes und ich uns dazu, ein Datum für die Hochzeit festzusetzen. Die Familie hat zu oft gefragt. Wir setzen uns also vor den Laptop und suchen nach Orten, an denen gefeiert werden kann.

Sobald ,Hochzeit' über einer Feier steht, wird sie teurer, sage ich und knipse meine Zehnägel auf ein Handtuch.

Johannes sagt, das sei eben so. Er liest mir vor, was er findet. Eine alte Scheune, eine alte Mühle, eine Bar mit Blick über die Stadt, eine Kneipe, in die unsere Gäste gar nicht reinpassen.

Das ist viel zu klein für hundert Leute.

Das machen alle so. Die geben das an und hoffen darauf, dass die Anzahl der Gäste sich im Nachhinein sowieso minimiert. Er küsst mich, bevor er ein Dutzend Locations anschreibt. *Wir müssen uns beeilen. Viele Termine sind schon weg.*

Ich nicke und schiebe meine Nägel zu einem Haufen zusammen.

Ihr könnt auch bei mir feiern, sagt meine Großmutter am Telefon. *Im Garten ist viel Platz und kochen könnte ich auch.*

Johannes ist einkaufen, ich bin allein zuhause und sitze vor der geschlossenen Ringschatulle. Ich hatte überlegt, ihn anzuziehen. Aber jetzt juckt mein Ringfinger. Ich stelle die Schatulle zurück in die Schublade.

Ich will auch nichts dafür haben, sagt meine Großmutter, *ihr müsst nur den Einkauf bezahlen.*

Ich schlage das Johannes mal vor, sage ich.

Ich sammle meine Zeh- und Fingernägel in einer Dose, die meine Großmutter mir letztes Jahr angedreht hat. Ob ich die Nägel noch brauchen würde, fragt Johannes.

Wer weiß, sage ich. Die Dose ist halb voll. *Vielleicht lässt sich aus ihnen ein Kleid machen. Zehnagelweiß. Dann wären alle zufrieden.*

Die Farbe gibt es gar nicht, sagt Johannes und googelt es, um sicherzugehen. *Gibt es nicht,* sagt er dann. Ich gebe die letzten Nägel in die Dose, setze den Deckel darauf und stelle sie zurück in die Schublade.

Im Schlaf bewegt sich Johannes viel. Oft verliert er dabei die Bettdecke. Wenn ich nachts aufwache, decke ich ihn wieder zu. Manchmal sagt er *danke* und schnarcht dann laut. Manchmal bemerkt er nichts, weiß auch am nächsten Morgen nichts davon. Auch nicht von dem Kuss, den ich auf seine Wange gedrückt habe.

Jede Woche schauen wir uns zwei Locations an, fragen, wie das mit dem Buffet ist? Wo man tanzen kann? Wie lange man feiern darf?

Abends ruft uns die Familie an und fragt, wie die Locations waren? Wie das mit dem Buffet ist? Wo man tanzen kann? Wie lange man feiern darf? Irgendwann werfe ich mein Handy in den Schrank und schließe die Tür. Ich schließe auch die Tür zum Schlafzimmer und gehe zurück ins Wohnzimmer. Johannes klopft neben sich aufs Sofa und wir schlängeln uns ineinander. Er gibt mir einen Kuss auf die Schulter, weil das der einzige Fleck ist, den er erreichen kann. *Wieso trägst du den Ring nicht?*, fragt er.

Zwei Stunden nachdem wir ins Bett gegangen sind, liege ich immer noch wach und starre den Ring an, den ich aus der Schublade genommen habe. Er glitzert im schwachen Licht des Weckers. Es ist ein Uhr achtundfünfzig. Johannes grunzt, dreht sich schwungvoll um und schlägt mir die Schatulle aus der Hand. Ein helles Geräusch ertönt, als der Ring aus dem Samt springt und unter die Kommode rollt. Ich lasse ihn liegen, streiche Johannes sanft durchs Haar. *Du bist ganz kalt,* flüstere ich und ziehe die Decke zwischen seinen Knien hervor. Ich decke ihn zu, will ihn küssen, aber er atmet laut aus und dreht sich wieder auf die andere Seite.

Am nächsten Morgen weiß Johannes von nichts, stößt mit dem Fuß gegen die Schatulle und fragt, *wieso trägst du den Ring nicht?* Ich mache Kaffee und gebe Milch hinzu, so wie Johannes es mag. Er sagt *danke*, aber er sieht mich nicht an. Er blickt auf sein Handy und sagt, *wir können die Mühle haben für die Hochzeit.* Dann steht er auf und gibt mir einen Kuss. Das ist doch super! Ich nicke, lächle, trinke schnell aus meiner Kaffeetasse. *Und der Preis geht voll. Dann sind wir insgesamt etwa bei dreizehntausend Euro. Und das ist der durchschnittliche Preis für eine Hochzeit in Deutschland.*

Super, sage ich.

Toll, sagt Johannes, verabschiedet sich und geht zur Arbeit.

Toll, sage ich.

Die Nachbarin aus dem ersten Stock schlägt die Hände zusammen, als sie mich am Nachmittag nach Hause kommen sieht. *Sie heiraten?*, ruft sie begeistert, lässt die Mülltüte fallen und rennt mir entgegen.

Ja.

Nein, wie wundervoll. Im Juli habe ich gehört. Ach, wie wundervoll. Wieso tragen Sie den Ring nicht?

Arbeit, sage ich.

Und? Das Kleid?

Es gibt noch keins.

Aber es ist schon Oktober, Liebes.

Es wird kein weißes Kleid, sage ich.

Oh nein, aber wieso denn nicht? Auch nicht Creme?

Wissen Sie, sage ich, während ich nach meinem Schlüssel suche. *Ganz vielleicht wird es doch Zehnagelweiß.*

Ach, sagt die Nachbarin verwundert, greift nach ihrer Restmülltüte und geht zu den Mülleimern.

Zieh doch Trudes Kleid an, sagt meine Tante am Telefon. Sie hat angerufen, um zu fragen, welches Thema unsere Hochzeit haben wird. Keines, habe ich verwundert gesagt. Da war sie kurz beleidigt, sie hatte Deko basteln wollen.

Trude würde sich freuen, wenn sie noch leben würde. Und das Kleid scheint dir ja nicht so wichtig zu sein.

Sicher, sage ich.

Denk doch mal darüber nach.

Mach ich.

Eine halbe Stunde später ruft sie wieder an. Ich bin dabei, die Wäsche zusammenzulegen. Ob mein Cousin eine Rede halten dürfe, will sie wissen. Sicher. Und ob mein Onkel mit dem Dackel Kunststücke aufführen dürfe. Ich will verneinen, aber sage, *ich frage mal Johannes.*

Gegen drei Uhr nachts wache ich auf, steige aus dem Bett und bücke mich neben die Kommode. Der Ring liegt im Staub, zwischen einer vergessenen Socke und einem Labello. Ich nehme den Ring zwischen Daumen und Zeigefinger, halte ihn mir vors Gesicht und drehe ihn hin und her. Dann stecke ich ihn an. Schnell lege ich mich zurück ins Bett. Gerade fällt mir auf, dass Johannes' Beine nackt sind, ich will nach der Decke greifen, doch da holt Johannes mit dem Fuß aus und stößt mich aus dem Bett. Dabei rutscht der Ring von meinem Finger. Zurück unter die Kommode.

Ich habe eben mit deiner Tante gesprochen. Ich suche mal nach Trudes Kleid und schicke es dir, schreibt meine Großmutter.

Ach, antworte ich.

Wir sind ja alle so aufgeregt, schreibt meine Großmutter und setzt mehrere Smileys dahinter.

Toll. Ich schicke ihr einen Daumen zurück.

Nachdem Johannes zur Arbeit aufgebrochen ist, gehe ich ins Schlafzimmer, hole den Ring unter der Kommode hervor und lege ihn in die Schatulle und diese in die Schublade.

Am Nachmittag gehe ich zum Wäsche waschen in den Keller und treffe meinen Nachbarn aus dem zweiten Stock. *Ich habe gehört, Sie heiraten,* sagt er und hält mir die Tür zum Wäschekeller auf.

Ja, sage ich und stelle den Korb auf den Boden. Eine Unterhose fällt heraus.

Wissen Sie, wenn Sie wollen, dann können Sie auch bei uns heiraten.

Bei Ihnen?

Ja, Kosten lägen bei neuntausend Euro.

Und da wäre alles inklusive?

Ja, also Buffet würden wir vorbereiten, da dachten wir an McDonald's, DJ kann mein Sohn übernehmen, essen können Sie im Wohnzimmer und tanzen im Schlafzimmer. Wir würden das Bett ans Fenster schieben. Die ganzen sechzig Quadratmeter würden einen Tag lang Ihnen zur Verfügung stehen.

Und der Balkon?

Auch inklusive.

Was ist mit Ihren Katzen?

Können Sie auch mieten. Dafür würden wir aber einen Aufpreis berechnen wegen Tierschutz, Sie verstehen sicher.

Natürlich.

Schlagen Sie das Ihrem Verlobten doch einfach mal vor. Es wäre nah und einfach und ohne großen Aufwand. Er hebt die Hand zum Abschied und ich stelle die Sechzig-Grad-Wäsche an.

Wieder kann ich nicht schlafen, starre die Decke an, hebe meine Hände und starre meine Finger an. Die Nägel sind lang geworden. Morgen muss ich sie schneiden. Johannes dreht sich hin und her, murmelt leise. Dann sagt er laut, *wieso? Wieso trägst du den Ring nicht?* Und erneut holt er aus und sein Fuß trifft mich an der Hüfte. Ich halte mich erschrocken an ihm fest, kralle meine Nägel in seinen Oberschenkel, aber ich rutsche ab und lande neben dem Bett. Im schwachen Licht schimmert das Blut auf meinen Nägeln. Ich ziehe um aufs Sofa.

Am nächsten Morgen weiß Johannes nicht, woher der Blutfleck auf dem Bett stammt, woher die Furchen in seinem Bein.

Als der Postbote am nächsten Tag klingelt, öffne ich im Handtuch die Tür. *Hier für Sie,* sagt er.

Ich nehme das Paket entgegen, sage, *danke,* doch er geht nicht. Ist noch was?

Ich habe gehört, Sie heiraten.

Das stimmt.

Kommen Sie mal mit.

Ich komme mit nach draußen. Es ist kalt im Handtuch. Er klopft gegen sein Postauto. *Wenn Sie wollen, können Sie hier Ihre Hochzeit feiern.*

Hier drin? Ich spähe in den Innenraum.

Die Pakete würden wir natürlich rausräumen.

Und da passen hundert Leute rein?

Sicher, wenn Sie ein wenig kuscheln.

Okay, sage ich. *Und sonst bleibe ich einfach draußen, ich muss ja nicht kommen.*

Schlagen Sie das Ihrem Verlobten einfach mal vor, sagt der Postbote.

Mach ich, sage ich. *Danke.*

Das Paket ist von meiner Großmutter. Auf der Karte steht: *Ich habe das Kleid leider nicht gefunden, dafür aber meine alten Schuhe. Küsschen. Deine Oma.* Es sind weiße Lackschuhe mit Trichterabsätzen. Eher klobig, denn schick. Man sieht ihnen an, dass Großmutters breite Füße darin getanzt haben. Ich ziehe sie an. Sie sind drei Nummern zu groß. Ich gehe den Rest des Tages vorsichtig durch die Wohnung, um mir keinen Knöchel zu brechen. Als Johannes nach Hause kommt, sagt er, *was machst du in den Schuhen anderer Leute?*

Die gehörten meiner Oma. Die trug sie bei ihrer Hochzeit, sage ich. Johannes hängt seinen Mantel an die Garderobe.

Trag lieber mal deinen Ring, sagt er und geht ins Bad.

Mein Vater kommt vorbei und zeigt mir ein Foto von einem schwarzen Pferd. *Darauf könnte ich doch einreiten.*

Aber du sollst mich ja hineinbegleiten. Ich gehe an deinem Arm, dachte ich.

Du kannst ja hinter mich aufs Pferd. Aber schau, das wäre doch was. Das hätte was.

Ich trinke einen Schluck Kaffee, zucke mit den Schultern. *Denk mal darüber nach, mein Schatz.* Dann fragt er nach Johannes, wie es ihm mit der neuen Stelle gehe.

Super, sage ich.

Und du? Kümmerst du dich gut um deinen Mann?

Sicher, sage ich.

Schön, sagt mein Vater. *Hast du Kekse im Haus?*

Nein.

Kekse sind was Gutes. Vielleicht backst du dem Johannes mal welche, der arbeitet doch so hart.

Ich denke mal darüber nach.

Wieso trägst du eigentlich deinen Ring nicht?

Der stört bei der Hausarbeit.

Ach, der wächst sich ein, erwidert mein Vater.

Nachdem er gegangen ist, räume ich den Tisch ab, stelle die Spülmaschine an, gehe in den Supermarkt und kaufe die billigsten Kekse, die ich finden kann.

Als ich am nächsten Tag meinen Rechner auf der Arbeit hochfahre, kommt der Abteilungsleiter in mein Büro.

Frau Hennecke, guten Morgen! Wie steht's mit den Hochzeitsvorbereitungen?

Gut, danke.

Darf man Sie denn bald noch Frau Hennecke nennen? Sie nehmen doch sicher den Namen Ihres Mannes an.

Eigentlich wollte ich meinen behalten, sage ich und öffne mein Postfach.

Das ist ja sehr fortschrittlich. Na, haben Sie denn gar keinen Ring bekommen zur Verlobung?

Ich überlege, *nein* zu sagen, aber dann sage ich, *doch, aber ich trage ihn selten.*

Ein gutes Stück, was? Jaja, passen Sie gut drauf auf. Meine Frau hat ihren doch tatsächlich verloren.

Ach, sage ich.

Der Abteilungsleiter lächelt und fragt dann, *wann kommen denn unsere Einladungen? Das ganze Büro fiebert schon mit Ihnen mit.*

Eigentlich wollte ich keine Arbeitskollegen einladen. Das würde sonst zu groß. Ich kratze mich an der Stirn. Und ich hätte dann jetzt ein Meeting.

Aber natürlich. Denken Sie einfach mal darüber nach.

Mach ich.

Er winkt mir fröhlich zu und verlässt mein Büro, wobei er vergisst, die Tür zu schließen.

Am Abend ruft meine Mutter an und fragt, was sie denn machen solle bei der Hochzeit.

Nichts, sage ich.

Aber die Mutter der Braut muss doch etwas tun. Soll ich was dekorieren? Soll ich was organisieren? Soll ich was kochen?

Nein, nein, sage ich, während ich mich übers Waschbecken beuge, um endlich meine Nägel zu kürzen.

Dein Vater darf dich zum Altar bringen. Ich will auch etwas tun.

Du kannst die Ringe tragen, schlage ich vor.

Damit du den Ring nicht anziehst, nein danke. Meine Mutter schnaubt.

Du kannst ein weißes Kleid anziehen, damit ich keins anziehen muss, sage ich, als ich den Nagel meines kleinen Fingers abknipse.

Ich denke darüber nach, sagt sie.

Mach das, sage ich.

Wir gehen ein Brautkleid suchen, Elsa und ich. Wir finden einige, aber ich ziehe sie nicht an. Wir bleiben vor der Scheibe stehen und deuten auf das mit dem weiten Rock, auf das danebenmit dem vielen Glitzer, auf das daneben mit der Spitze, auf das cremefarbene daneben, auf die Kneipe daneben und gehen in die Kneipe. Wir bestellen Sekt, aber es gibt keinen Sekt, also trinken wir schlechten Weißwein.

Der kommt Sekt am nächsten, sagt Elsa.

Ich traue mich nicht in so ein Kleid, sage ich. *Ich habe Angst, ich komme da nicht mehr raus.*

Ach, sagt Elsa, *da helfe ich dir doch bei.* Sie spielt am Bierdeckel herum. *Oder, nimm doch eins mit Korsett, das stützt dich.*

Gute Idee.

Und im Notfall haben die bestimmt 'ne Schere.

Haben Sie eine Schere?, frage ich die Bedienung. Er nickt, bringt mir eine Schere. Ich setze an und schneide mir den Ringfinger ab.

Besser jetzt?, fragt Elsa.

Ja, seufze ich. *Was nicht da ist, kann auch keinen Ring nicht tragen.*

Prima.

Wir stoßen darauf an.

Meine Schwiegermutter kommt am Sonntag vorbei. Ich koche Kaffee, stelle Kekse auf den Tisch und sage, *die habe ich gekauft.*

Kein Problem, sagt sie. Zeig mir doch nochmal den Ring.

Ich hole also Ring und Finger aus der Schublade und lege sie auf den Tisch. Meine Schwiegermutter hebt den beringten Finger hoch und dreht ihn hin und her. *Wunderschön.*

Ja, sage ich.

Die Nägel sind ein bisschen kurz, sagt sie, reicht mir meinen Ringfinger zurück und lächelt. Dann nimmt sie sich einen Keks. Nachdem sie gegangen ist, klingelt das Telefon. Meine Mutter bittet mich um meinen kleinen Finger.

Du kannst die ganze Hand haben, sage ich und gehe in die Küche.

PERCHÉ NON PORTI L'ANELLO?
LINA THIEDE
Traduzione di Flavia Di Mauro

Perché non porti l'anello? domanda mia madre alla festa di fidanzamento.

Mi dava fastidio, dico.

Ma è così bello, dice.

Mi gratto il polso e dico *sì*. Poi mi sposto due metri a destra per evitare il fumo che le esce dalla sigaretta. Ora me ne sto nel fumo che esce dal barbecue. Johannes sta facendo la grigliata, volta bistecche, gira salsicce, agita le pinze da barbecue verso di me. Mia suocera si avvicina, mi dà un bacio sulla guancia e mi chiede dell'*abito*.

Non l'ho ancora preso, dico, guardando Johannes, che non parla di abiti, parla della sua offerta di lavoro. Mio padre mi dà una pacca affettuosa sulla spalla. Porto alle labbra il mio calice di champagne e dico, anche se non dovrei, *probabilmente non ci sarà un abito bianco*.

Non porterai il bianco? Mia suocera solleva le sopracciglia sbigottita.

No.

Nemmeno il color crema? Anche mia madre alza le sopracciglia e prende un altro tiro di sigaretta.

Il bianco non mi sta bene, dico. *E non sono più vergine. Non lo sono da un bel po'.*

Mia suocera stringe le labbra. Perdono colore al punto che il rossetto quasi si sbriciola nel giardino.

Bè, noi ci siamo sposati solo per via delle tasse, dice mia madre a mia suocera.

Le ho mandato un SMS per domandarle se la data andava bene, dice mio padre, che è in piedi accanto a lei.

Noi ci siamo sposati a luglio, dice mia nonna due ore dopo. *Indossai l'abito di mia sorella.* Ha una coperta di pile attorno alle spalle e un bicchiere di vino rosso in una mano. Mi sorride.

Che bello, Trude dev'essere stata molto felice, dico.

È stato bello, dice, e *poi, Mi piacerebbe darti una sommetta per pagare il tuo abito.*

Anche se non sarà bianco? Domando, colpendo leggermente la sua spalla con la mia.

Sì, è meglio se puoi indossarlo di nuovo. Altrimenti, non vale la pena comprarlo.

Sono d'accordo, dico.

Qualche giorno dopo la festa di fidanzamento, Johannes e io decidiamo la data per il matrimonio. La famiglia ce l'ha chiesto troppe volte. Così ci mettiamo di fronte al pc e cerchiamo qualche posto per la festa.

Appena su una festa qualcuno scrive "matrimonio", diventa tutto più costoso, dico, e mi taglio l'unghia dell'alluce su un asciugamano.

Johannes dice che il mondo va così. Mi legge quello che ha trovato. Un vecchio fienile, un vecchio mulino, un bar con vista sulla città, un pub dove tutti i nostri ospiti non riusciranno mai a entrare.

È troppo piccolo per cento persone.

È così che fanno tutti. Danno l'annuncio e poi sperano che il numero di ospiti poi si riduca comunque. Mi dà un bacio prima di scrivere a una decina di posti. *Dobbiamo muoverci. Molte date sono già state prenotate.*

Annuisco e spingo le mie unghie insieme in un mucchietto.

Puoi festeggiare da me se vuoi, dice mia nonna al telefono. *C'è molto spazio in giardino e potrei anche cucinare.*

Johannes è andato a fare spese, sono sola a casa e siedo di fronte alla scatola dell'anello, chiusa. Ho pensato di indossarlo. Ma ora il mio anulare prude. Rimetto la scatola nel cassetto.

Non voglio niente in cambio, dice mia nonna. *Devi solo pagare per gli ingredienti.*

Lo farò presente a Johannes, dico.

Raccolgo le unghie dei piedi e delle mani in un barattolo che mi ha dato mia nonna l'anno scorso. Johannes mi chiede se mi servono ancora.

Chi lo sa, dico. Il barattolo è mezzo pieno. *Forse si possono usare per farci un abito. Bianco-unghie-dei-piedi. Così sarebbero tutti felici.*

Non esiste quel colore, dice Johannes, e lo googla per assicurarsi. *No, non esiste,* dice. Metto le ultime unghie nel barattolo, lo richiudo col coperchio e lo metto nel cassetto.

Johannes si muove molto nel sonno. Spesso perde il piumone. Quando mi sveglio la notte, lo copro di nuovo. A volte dice *grazie* e poi russa rumorosamente. A volte non si accorge di nulla e non lo scopre fino al mattino dopo. Non nota nemmeno il bacio che gli do sulla guancia.

Ogni settimana guardiamo due posti, chiediamo com'è il buffet? Dove si balla? Fino a che ora si può fare festa?

Le sera, la famiglia chiama e chiede com'erano i posti? Com'è il buffet? Dove si balla? Fino a che ora si può fare festa? A un certo punto getto il telefono nella credenza e chiudo la porta. Chiudo anche la porta della camera da letto e ritorno in soggiorno. Johannes batte sul divano accanto a lui e ci avvitiamo l'uno nell'altro. Mi dà un bacio sulla spalla perché è l'unico punto che riesce a raggiungere. *Perché non porti l'anello?* Chiede.

Due ore dopo esserci messi a letto sono ancora sveglia, sdraiata fisso l'anello che ho tirato fuori dal cassetto. Brilla nella luce leggera della sveglia. Sono quasi le due. Johannes grugnisce, si gira e mi fa cadere la scatola. L'anello guizza fuori dal velluto e con un rumore tintinnante rotola sotto l'armadio. Lo lascio lì e accarezzo delicatamente i capelli di Johannes. *Sei tanto freddo*, sussurro, e tiro via il lenzuolo dalle sue ginocchia. Lo copro, sto per baciarlo, ma lui respira rumorosamente e si gira dall'altro lato.

Il mattino dopo Johannes non ne sa niente, batte il piede sulla scatola e chiede, *perché non porti l'anello?* Faccio il caffè e ci aggiungo il latte, come piace a Johannes. Dice *grazie* ma non mi guarda. Guarda il telefono e dice, *possiamo avere il mulino per il matrimonio.* Poi si alza e mi dà un bacio. *Che bello!* annuisco, sorrido e bevo velocemente dalla mia tazza di caffè. *E il prezzo è ragionevole. Saremmo intorno ai tredicimila euro in totale. È quello che costa in genere un matrimonio in Germania.*

Fantastico, dico.

Perfetto, dice Johannes, mi saluta e va al lavoro.

Perfetto, dico.

La vicina del primo piano batte le mani quando mi vede arrivare a casa nel pomeriggio. *Ti sposi?* urla entusiasta, mette giù la spazzatura e mi viene incontro.

Sì.

No, che meraviglia. A luglio, ho sentito. Oh, magnifico. Perché non porti l'anello?

Lavoro, dico.

E l'abito?

Ancora non ce l'ho.

Ma siamo già a ottobre, tesoro.

169

Non sarà un abito bianco, dico.

Oh no, ma perché non bianco? Nemmeno crema?

Lo sai, dico cercando le chiavi. *Forse, solo forse, sarà bianco-unghie-dei-piedi.*

Oh, dice la vicina sbalordita, afferra la sua busta di plastica e se ne va verso i bidoni.

Perché non metti l'abito di Trude, dice mia zia al telefono. Ha chiamato per chiedere quale sarà il tema del matrimonio. *Nessuno,* le ho detto, sorpresa. Per un attimo si è offesa, voleva fare delle decorazioni.

Trude ne sarebbe felice se fosse ancora viva. E il vestito non sembra importante per te.

Certo, dico.

Perché non ci pensi?

Lo farò.

Mezz'ora dopo richiama. Sto piegando il bucato. Vuole sapere se mio cugino può fare un discorso. *Certo.* E se mio zio può fare qualche trucco col bassotto. Vorrei direi di no, ma dico, *Chiederò a Johannes.*

Mi sveglio intorno alle tre del mattino, esco dal letto e mi piego sotto l'armadio. L'anello sta lì nella polvere, tra un calzino dimenticato e un burrocacao. Prendo l'anello tra il pollice e l'indice, lo tengo di fronte a me e lo rigiro avanti e indietro. Poi lo indosso. Mi stendo velocemente a letto. Mi accorgo che le gambe di Johannes sono nude e provo a raggiungere il lenzuolo, ma Johannes agita il piede e mi spinge giù dal letto. L'anello mi scivola via dal dito. Di nuovo sotto all'armadio.

Ho appena parlato con tua zia. Cerco il vestito di Trude e te lo mando, scrive mia nonna.

Ah, rispondo.

Siamo tutti tanto emozionati, scrive mia nonna, aggiungendo tante faccine.

Fantastico. Le restituisco un pollice in su.

Quando Johannes va al lavoro vado in camera da letto, prendo l'anello da sotto all'armadio e lo metto nella scatola, poi metto la scatola nel cassetto.

Nel pomeriggio vado in cantina a fare il bucato e incontro il mio vicino del secondo piano. *Ho saputo che ti sposi,* dice, e tiene la porta della lavanderia aperta per me.

Sì, dico, e metto il cesto sul pavimento. Cadono un paio di mutande.

Sai, se vuoi, ti puoi sposare da noi.

Da voi?

Sì, sarebbero novemila euro.

Tutto incluso?

Sì, ci occuperemmo del buffet, pensavamo a McDonald's, mio figlio può mettere la musica, potreste mangiare in soggiorno e ballare in camera da letto. Sposteremmo il letto accanto alla finestra. Tutti e sessanta i metri quadri a tua disposizione.

E il balcone? Incluso.

E i tuoi gatti?

Puoi affittare anche loro. Ma ci sarebbe un costo extra per la tutela degli animali, sono sicuro che capirai.

Certo.

Perché non lo suggerisci al tuo fidanzato? Sarebbe facile e vicino e senza stress.

Alza la mano per salutare e faccio partire il lavaggio a sessanta gradi.

Di nuovo non riesco a dormire, fisso il soffitto, alzo le mani e mi fisso le dita. Le unghie sono diventate lunghe. Domani le dovrò tagliare. Johannes si gira e rigira, borbotta quieto. Poi urla ad alta voce, *perché? Perché non porti l'anello?* Si rivolta di nuovo e mi colpisce il fianco con il piede. Atterrita mi aggrappo a lui, gli infilo le unghie nella coscia, ma cado giù e finisco accanto al letto. Il sangue sulle mie unghie luccica nella semioscurità. Vado sul divano.

Il mattino dopo, Johannes non sa da dove arrivino le macchie di sangue sul letto e i solchi sulla sua gamba.

Quando il giorno dopo il postino bussa alla porta, apro avvolta nel mio asciugamano.

Per te, dice.

Prendo il pacco, dico grazie, ma non se ne va. *C'è altro?*

Ho saputo che ti sposi.

È così.

Vieni con me.

Lo seguo fuori. Fa freddo nell'asciugamano. Batte sul suo furgoncino. *Se vuoi, puoi sposarti qui.*

Qui? Guardo dentro.

Metteremmo via i pacchi, ovviamente.

E c'entrano cento persone?

Sicuro, se vi stringete un po'.

Ok, dico. *Sennò semplicemente starò fuori. Non è così importante che venga.*

Parlane col tuo fidanzato, dice il postino.

Lo farò, dico. *Grazie.*

Il pacco è di mia nonna. Sul biglietto c'è scritto: *Purtroppo non ho trovato l'abito, ma ho trovato le mie vecchie scarpe. Baci. Tua nonna.* Sono scarpe bianche laccate con tacchi a imbuto. Più goffe che eleganti. Si vede che i piedi larghi della nonna ci hanno ballato dentro. Le indosso. Sono tre misure troppo grandi. Per il resto della giornata, cammino con attenzione per l'appartamento per evitare di rompermi un'anca. Quando Johannes viene a casa dice, *perché ti metti nelle scarpe degli altri?*

Sono della nonna. Le ha messe al suo matrimonio, dico. Johannes appende il cappotto all'appendiabiti.

Dovresti indossare l'anello, dice, e va in bagno.

Viene mio padre e mi mostra una foto di un cavallo nero. *Potrei cavalcarlo fin dentro alla chiesa.*

Ma tu dovresti accompagnarmi. Pensavo che tu mi avresti accompagnata.

Puoi venire in groppa dietro di me. Ma ci pensi, sarebbe una cosa grossa. Sarebbe proprio una cosa grossa.

Prendo un sorso di caffè e scuoto le spalle. *Pensaci, tesoro.* Poi chiede di Johannes e come va con il nuovo lavoro.

Alla grande, dico.

E tu? Ti stai prendendo cura di tuo marito?

Certo, dico.

Bene, dice mio padre. Hai dei biscotti qui in casa?

No.

I biscotti sono una cosa buona. Potresti farne un po' per Johannes, lui lavora duro.

Ci penserò.

Perché non porti l'anello?

Non aiuta nelle faccende di casa.

Oh, negli anni ti andrà meglio, risponde mio padre.

Quando va via, pulisco il tavolo, faccio partire la lavastoviglie, vado al supermercato e compro i biscotti più economici che trovo.

Quando il giorno dopo avvio il mio computer al lavoro, il capo dipartimento viene nel mio ufficio.

Signora Hennecke, buongiorno! Come va l'organizzazione del matrimonio?

Bene, grazie.

Continueremo a poterla chiamare Signora Hennecke? Sicuramente prenderà il cognome di suo marito.

A dire il vero, volevo tenere il mio, dico e apro le e-mail.

Molto progressista. E non ha avuto un anello per il fidanzamento?

Penso di dire no, ma poi dico, *sì, ma lo porto raramente*

Un pezzo importante, non è così? Fa bene, se ne prenda cura. Mia moglie il suo l'ha perso.

Ah, dico.

Il capo dipartimento sorride e chiede, *quando arrivano i nostri inviti? Tutto l'ufficio non vede l'ora.*

A dire il vero non volevo invitare colleghi. Diventerebbe una cosa troppo grande. Mi gratto la fronte. *E ho un meeting ora.*

Ma certo. Solo, ci pensi.

Lo farò.

Sventola allegramente la mano e lascia l'ufficio, dimenticando di chiudere la porta.

La sera, mamma chiama e chiede cosa deve fare per il matrimonio.

Niente, dico.

Ma la madre della sposa deve fare qualcosa. Decoro qualcosa? Organizzo qualcosa? Cucino qualcosa?

No, no, dico, e mi piego sul lavandino per tagliarmi finalmente le unghie.

Tuo padre può accompagnarti all'altare. Voglio fare qualcosa anch'io.

Puoi portare gli anelli, suggerisco.

Così non indosserai l'anello, no grazie. Sbuffa mamma.

Puoi indossare un abito bianco, così non devo farlo io, dico, tagliandomi l'unghia del mignolo.

Ci penserò, dice.

Fallo, dico.

Andiamo a cercare l'abito da sposa, la mia amica Elsa e io. Ne troviamo diversi, ma non li metto. Ci fermiamo di fronte alla vetrina e indichiamo quello con la gonna larga, quello accanto tutto glitter, quello accanto con il pizzo, quello accanto color crema, poi indichiamo il pub accanto e andiamo lì. Ordiniamo lo spumante, ma lo spumante non c'è e così beviamo un vino bianco cattivo.

È la cosa più simile allo spumante, dice Elsa.

Non oso indossare un abito del genere, dico. *Ho paura di non poterne uscire.*

Ah, dice Elsa, *Se è per quello ti aiuto io.* Giocherella con il poggiabicchieri. *Oppure perché non ne metti uno col corsetto, per sostenerti?*

È una buona idea.

E in caso di emergenza, sono sicura che avranno delle forbici.

Avete forbici? Chiedo al cameriere. Annuisce e me ne porta un paio. Le prendo e mi taglio l'anulare.

Meglio? domanda Elsa.

Sì, sospiro. *Se non ce l'ho, non posso indossare l'anello.*

Perfetto.
Brindiamo.

Mia suocera passa da me la domenica. Faccio il caffè, metto i biscotti a tavola e dico, *li ho comprati.*

Nessun problema, dice. *Perché non mi mostri di nuovo l'anello?*

Così tiro l'anello e il dito fuori dal cassetto e li metto sul tavolo. Mia suocera solleva il dito con l'anello e lo gira avanti e indietro. *Bellissimo.*

Sì, dico.

Le unghie sono un po' corte, dice, mi restituisce il dito e sorride. Poi prende un biscotto. Quando va via, il telefono squilla. Mamma vuole il mio mignolo.

Puoi avere tutta la mano, dico, e vado in cucina.

TANDEM
FRANCESCA MARUCCIA
AMELIE BEFELDT

Commento di Francesca Maruccia

Questo Tandem letterario è stato una sfida, con me stessa e con la scrittura. Nell'approccio alla traduzione del testo della mia partner ho dovuto superare alcune piccole difficoltà: giochi di parole, modi di dire, intenzioni e sfumature di un gesto o di un'espressione che diamo per scontati quando usiamo la nostra lingua madre, ma che diventano stimolanti rompicapi se dobbiamo renderli in un'altra lingua.

Lavorare sul testo di Amelie e seguire il lavoro di lei sul mio racconto mi ha insegnato una volta di più la magia della lingua, che è uno specchio imperfetto e cangiante. Un filtro che non ricalca la realtà ma la plasma attraverso le parole della cultura in cui siamo immersi. Con questo specchio io e Amelie abbiamo giocato, guardandoci dentro e ritrovandoci poi dall'altra parte: nelle parole, nello stile, nell'immaginario di un'altra autrice, e in una versione nuova del nostro stesso racconto, tradotto in una lingua diversa.

Ringrazio Amelie per il suo lavoro sul mio testo. E ringrazio in primis la Fondazione Heimann per questa meravigliosa opportunità. Il Tandem letterario è un'esperienza che insegna moltissimo, una straordinaria avventura per chi ama viaggiare attraverso la scrittura, le parole, le culture. Sono felice di farne parte.

Kommentar von Amelie Befeldt

In Francesca Maruccias „Sul parallelo degli opposti" geht es um eine Frau, die in einer Art persönlichem Urknall erkennt, etwas anderes vom Leben zu wollen als ihr langjähriger Partner, L. genannt. Die Protagonistin, die im Text nur M. heißt, beendet daraufhin die Beziehung. Auslöser für M.'s Erkenntnis ist ihr 32. Geburtstag. Plötzlich erinnert sie sich daran, besonders gern gepunktete Socken zu tragen – etwas, das sie nicht mehr tut, seit sie mit L. zusammen ist, um ihn nicht zu verärgern. Schließlich bevorzugt L. schlichte, nicht gemusterte Socken.

Maruccias Text beginnt, als die Trennung schon vollzogen ist. M. ist in eine neue Wohnung gezogen, die, wie wir später erfahren, nicht nur einer anderen Stadt, sondern in einer völlig anderen Galaxie liegt. Auf ihrem Balkon stehend, erinnert sie sich zurück an ein Mittagessen mit L. In langen, verschachtelten Sätzen beschreibt Maruccia L.s pedantische Routine, die M. fast schon halluzinieren lässt: Sie glaubt zu sehen, wie L. streng auf seine Uhr schaut, sie spricht von einem Hologramm des Kaffees, den L. wie immer nach seiner Mahlzeit bestellt hat und der jederzeit eintreffen dürfte. In dieser Situation reift M.s Erkenntnis zu ihrem ganz persönlichen Urknall. Sie begreift, dass sie so ganz anders ist als der Mann vor ihr und ganz andere Dinge will. Eine Sehnsucht nach dem Gegenteil setzt in ihr ein: M. will nicht nur in eine neue Stadt ziehen, sie will gleich eine neue Galaxie für sich finden, eine Galaxie des Gegenteils. Doch wie stellt sie das an? Indem sie sich selbst anders verhält als sonst.

Maruccia unternimmt einen kleinen Exkurs zu Einstein und seiner Theorie, dass sich auch die Ereignisse auf einer Ebene ändern, wenn sich ihr Bezugspunkt ändert. Auch Ausführungen zum Ablauf eines Urknalls finden Platz in diesem Text – passend zur Galaxie-Metapher, die für M.s neues Leben steht und die Maruccia konsequent durchzieht. Und noch ein Bezug wird hergestellt, wenn auch subtiler, weniger eindeutig: wenn M. endlich in ihrem eigenen Zimmer in einer kleinen WG im 7. Stock lebt, erinnert der Text kurz an Virginia Woolfs „A Room of One's Own". In diesem Essay beschreibt Woolf die Wichtigkeit eines eigenen Zimmers für die eigene (schriftstellerische) Entwicklung. Etwas, das Frauen aufgrund ihres Geschlechts bis spät ins 19. Jahrhundert von Männern abgesprochen wurde.

Wenn Maruccia nun beschreibt, wie wichtig M. ihr Zimmer in der entgegengesetzten Galaxie ist und dass sie plötzlich wieder gepunktete Socken tragen kann (und auch möchte!), wie es ihr gefällt, beschreibt

Maruccia womöglich eine ähnliche Freiheit, wie sie Woolf beschreibt, wenn Woolf von einem Zimmer nur für sich allein spricht.

Francesca Maruccias „Sul parallelo degli opposti" ist ein sehr dichter Text, sprachlich wie inhaltlich. Ihn zu übersetzen war eine Herausforderung und nur im Dialog mit der Autorin möglich. Insbesondere die Metapher der Gegensätze und der Galaxie waren nicht ohne vorherige Rücksprache ins Deutsche zu übertragen. Das Sprechen über einzelne Wörter und Redewendungen hat noch einmal ganz neue Einsichten in den Text gegeben, als es ein bloßes Lesen geben könnte.

SUL PARALLELO DEGLI OPPOSTI
FRANCESCA MARUCCIA

Fuori dalla casa di M. sventolano calzettoni colorati, a pois grossi e tondi quanto un soldo. Si allungano giù dal balcone di un appartamento al settimo piano dove c'è spesso odore di fritto e di notte la luce è sempre accesa. Da qualche mese M. ha compiuto 32 anni e si è ricordata che le piace andare in giro con i jeans risvoltati e i calzini a pois in vista. Certi tipi di calzini che per asciugare hanno bisogno del sole dei piani alti, altissimi, e allora da qualche mese M. ha anche cambiato casa, sta imparando ad affacciarsi su un vuoto profondo sette appartamenti e quando perde il senso della prospettiva e le sembra che il rettangolo del suo balcone si restringa, mentre lo spazio sotto di lei si allarga come un buco nero e rende sfuocate tutte le cose – i panni protesi nel vuoto, le mollette, le linee ordinate delle inferriate, il verde a macchie di piante indistinte, le mattonelle del cortile in comune –, per combattere la nausea delle vertigini M. concentra lo sguardo sulle pastiglie colorate sparse sulle sue calze.

Prima di prendere in affitto l'appartamento dei calzettoni a pois, anche L. le aveva proposto di trovare casa, di prenderne una insieme, per costruirci qualcosa, una famiglia, magari.

"Che ne dici, ci sposiamo? Che ne dici, facciamo un figlio? Stiamo insieme da cinque anni, forse dovremmo, forse è il momento".

L. gliene aveva parlato un mezzogiorno di marzo, nella pausa pranzo alla tavola calda sotto la scuola privata dove lavoravano entrambi, lei insegnante di inglese, lui segretario. Le aveva fatto quelle domande sul finire di un piatto di spaghetti al sugo, una decina di minuti prima del caffè senza zucchero delle 14:27 che lui prendeva sempre dal lunedì al venerdì, e salvo cambi di programma anche nei festivi e prefestivi. Gliel'aveva chiesto con lo stesso tono neutro, naturale – piatto, pensò quel giorno M. – con cui sempre chiedeva alla cameriera di farsi portare il caffè e poi – intorno alle 14:36, o giù di lì – il conto.

"Signorina, mi porta un caffè?"

Gli occhi di M. si mossero pianissimo dalla faccia di L. al piatto di spaghetti quasi vuoto e macchiato di rosso, cucendo un filo che teneva insieme quelle due immagini, la posizione delle lancette sull'orologio e l'ologramma del caffè che ancora esisteva solo nel futuro, ma in un futuro prossimo e di una certezza calcolabile.

"Forse dovrei essere felice", pensò M. "sono cinque anni che stiamo insieme e lui mi ama". "Forse è il momento giusto", pensò ancora, lo pensò in tono neutro, secondo una logica lineare, usando parole semplici. Lo pensò come una cosa non sua, come la ripetizione di una frase detta da qualcun altro.

Constatò che il caffè di L. stava per arrivare, mentre lei era appena a metà del suo piatto di verdure grigliate. Quel caffè sarebbe arrivato e l'avrebbe trovata impreparata, fuori posto, fuori tempo, sempre un passo indietro, ferma alla portata precedente.

Lui non lo fece, non in quel momento, almeno, ma a lei sembrò di sì: vide un riflesso di lui che lanciava uno sguardo fugace all'orologio, uno sguardo impercettibile, buttato lì probabilmente senza motivo, per un gesto meccanico, per un'abitudine neutra che non significava niente.

"Non c'è motivo perché non accada", si disse M., notando che quel pensiero poteva riferirsi senza distinzione sia all'arrivo del caffè e del conto, sia al suo andare a vivere insieme a L. e al diventare madre. Le sembrò tutto programmato e inevitabile, naturale, eppure di una naturalezza in qualche modo soverchiante e feroce, che andava avanti per conto proprio e nel suo fluire si trascinava dietro anche loro come si trascinava dietro tutti, eccetto i pesci fuor d'acqua. Guardò attraverso gli occhiali senza montatura di L. e cercò un segno che le facesse capire se anche lui si era accorto che lì, fra loro, fra le parole che si stavano dicendo, fra i gesti che ripetevano ogni giorno senza farci caso, si era nascosto qualcosa di sbagliato – non avrebbe saputo dire cosa, non sapeva dargli una forma né un nome.

"Che c'è?" si limitò a dire lui, e tirò su il caffè, in perfetto orario rispetto al momento in cui il caffè doveva essere tirato su.

M. si affrettò a finire le sue verdure, mentre tra una forchettata e l'altra la pizzicava un senso di fastidio che non riusciva a spiegarsi e non sapeva da dove fosse saltato fuori. Forse erano i capelli di L.: rifletté sul fatto che gli uomini con i capelli rasati non le erano mai piaciuti, ma del resto lui li aveva sempre portati così, e poi – che bambinata – le persone adulte non s'infastidiscono per un taglio di capelli sbagliato. Forse allora erano i suoi occhiali senza montatura, il caffè amaro o quella monotona pasta al sugo che ordinava senza alternative, "Per me la pasta è solo al pomodoro. Semplice", ripeteva con un'ostinazione sorridente quando lei o gli amici gli proponevano di assaggiare qualcosa di diverso. In una frazione di secondo, come in un big bang che concentra l'origine e la fine dell'universo nello spazio di un punto, M. fu agguantata dalla sensazione fugace e irreversibile che quella situazione, quello stare a tavola con L., quel progetto di dividere la vita con L., la persona stessa di L., quello che faceva, le cose che mangiava, il tono neutro che usava nel chiedere il conto e nel proporle di andare a vivere insieme, tutto era per lei intollerabile. "Quant'è stupido, quest'uomo", le scappò di pensare in un livello al di sotto della coscienza, dove la cattiveria vive senza giustificazioni. Sgranò gli occhi come se le fosse scappato un rutto davanti a un ospite. Non era un pensiero razionalmente argomentato quello che fece, era appena una sensazione, una sensazione che si appigliava a pretesti infantili, per giunta. La stupida era lei (si corresse subito), che faceva quei pensieri da bambina davanti a un uomo con il quale stava da cinque anni e che le aveva chiesto di andare a vivere insieme.

* * *

I big bang esplodono in un istante, ma hanno bisogno di più tempo – spesso di anni luce – per srotolare le loro conseguenze sull'universo. Nel caso di M., il suo personale big bang impiegò circa un anno per mostrare – con un'evidenza che non poté più essere negata – il risultato ultimo del proprio verificarsi: la fine della storia con L. e più in generale il collasso di un'intera galassia in cui M. aveva smesso di sentirsi a casa. Intuitivamente M. lo sapeva, L. e quella galassia diventata soffocante erano strettamente connessi, due parti dello stesso mondo, per questo lasciarne una equivaleva a tagliare i ponti con entrambe. Ma uscire da una galassia e costruire casa in un'altra non è così facile.

"Bisognerebbe andare a vivere su un parallelo opposto", si disse una sera prima di addormentarsi, e iniziò a pensare a come avrebbe potuto, lei, raggiungere quel parallelo, a come avrebbe vissuto da quelle parti, nella terra della gente al contrario – al suo contrario, almeno, che era quanto le interessava.

Il problema poteva avere una soluzione semplice: "Per vivere su un parallelo diverso dobbiamo fare cose diverse, comportarci in modo diverso", pensò. Einstein disse che se cambiamo il piano di riferimento cambiano anche gli eventi che succedono su quel piano, così qualcuno dopo di lui dimostrò che se il piano non è piatto come l'abbiamo sempre pensato, ma curvo come lo spaziotempo, anche la geometria va fuori dalle regole tradizionali, euclidee, e allora può succedere che l'evidenza non sia più evidenza e che da due punti non passi una e una sola retta, ma infinite rette. M. si disse che lasciare una galassia che le stava stretta e cambiare vita non poteva essere una rivoluzione più difficile di quella che aveva fatto la geometria quando decise di mandare all'aria le sue regole secolari.

Una galassia può sembrare una cosa complicata e ingestibile, rifletté M., ma in fin dei conti ogni sistema, anche un massimo sistema – come la geometria, come lo spaziotempo di Einstein o la via lattea, come i suoi cinque anni con L., durante i quali aveva dimenticato che le piaceva portare calzettoni a pois in vista – si è formato dall'aggregazione di sistemi più piccoli, addirittura insignificanti. Grovigli di sistemi fatti di piccole cose, non è così che si formano i ghiacciai, mettendo insieme microscopici fiocchi di neve sedimentati in un blocco duro come la roccia?

Dopo il big bang, M. doveva trovare per sé una nuova galassia, e se non era possibile trovarla ("Non esiste una realtà come dici tu", l'aveva rimproverata L. "cresci un po'. La realtà è questa"), allora avrebbe dovuto costruirla da zero. Una costellazione in cui non si sarebbe più sentita in ritardo e fuori posto, un mondo senza la noiosa routine alimentare di L., senza la sua rigorosa pasta al sugo di pomodoro e il caffè amaro dopo pranzo, senza i suoi scialbi capelli rasati, gli occhiali privi di carattere e quelle declinazioni al condizionale del verbo dovere ("Forse dovremmo, forse è il momento"), così apparentemente gentili eppure sempre nate dalla radice di un obbligo. "Se vuoi possiamo aspettare un po'", aveva provato a rassicurarla L., come per venirle incontro, concedendole una proroga sulla tabella di marcia che non avrebbero potuto ignorare ancora a lungo. L. era accomodante e innamorato, era una persona razionale e risolta, ma M. era già passata attraverso un big bang e nessuna galassia può uscire indenne da un big bang. Pur con tutte le proroghe del caso, M. sentiva che non sarebbe mai riuscita a raggiungere il traguardo che le prospettava L. "Non ti senti pronta?", le aveva chiesto lui e se l'era chiesto anche lei, fino a quando le bolle del big bang salirono in superficie ed esplosero tutte insieme, e in quel marasma da ultimo giorno finalmente M. trovò il coraggio per vedere le cose come stavano, per accettare che non era questione di tempo, di ritardi o di attese: semplicemente i traguardi di cui le parlava L. – sposarsi, fare un figlio – lei non li vedeva e non le interessavano. Non erano i suoi traguardi e non avrebbe alzato il passo nel tentativo di raggiungerli, perché non si possono raggiungere i pianeti che stanno fuori dalla galassia che ci appartiene.

Il parallelo dove M. avrebbe traslocato dopo il big bang si trovava in una città qualche chilometro più a sud di quella che l'aveva ospitata nella sua vecchia galassia. Ingrandendo sulla mappa, si sarebbe visto che quel parallelo passava esattamente da un appartamento al settimo piano di un condominio in zona periferica ma "ben servita", come sottolineava l'annuncio e come rimarcò il proprietario di casa, facendo notare che trecento euro mensili per una singola in bilocale erano un prezzo onesto. Zoomando ancora, infatti, si poteva osservare che quello dove M. stava portando la sua roba era un parallelo a una sola piazza, grande quanto una stanza che confinava poco più a est con il parallelo dove dormiva la sua coinquilina di galassia, S., una ragazza lituana che aveva studiato all'accademia di Belle Arti e di lavoro faceva l'artista, esponendo su piedistalli spogli ma adeguatamente illuminati calchi di lingue, braccia, costati e altre parti anatomiche umane.

Quel parallelo al settimo piano non era una casa vera, indipendente e a piano terra, come quella dove L. le aveva proposto di andare a vivere con lui. Era appena una stanza, con il bagno in comune e la cucina in comune, e con una fortissima nausea da vertigini che M. doveva combattere ogni volta che apriva la finestra, se voleva che il bucato asciugasse. A quella latitudine, però, poteva stendere calzettoni a pois che nella sua vecchia galassia aveva smesso di indossare perché L. le aveva fatto notare che la tinta unita è più sobria, più bella, e perché aveva sentito da qualche parte che i pois in vista non si addicono a un'insegnante di inglese in una scuola privata. Ma adesso il big bang aveva cancellato anche la scuola privata e su questo nuovo parallelo M. aveva cambiato lavoro, si era messa a fare traduzioni dall'italiano all'inglese per una casa editrice americana, incontrava capo e colleghi via Skype, lavorava dal soggiorno o dalla scrivania a due metri dal letto, anche in pigiama, anche di notte – soprattutto di notte –, e alla consegna dei testi nessuno si sarebbe accorto né le avrebbe chiesto se mentre traduceva indossava calzettoni a pois grossi quanto un soldo.

Da una galassia al polo opposto di questa, per convincerla a tornare L. le avrebbe detto che il suo non era un vero lavoro e quella non era una vera casa, che aveva fatto un passo indietro e adesso poteva permettersi appena un parallelo da dove per portare su la spesa avrebbe dovuto fare sette piani in ascensore, e lei aveva sempre avuto paura degli ascensori. A volte M. ci pensava, al precipizio su cui si affacciavano i suoi calzini, all'ascensore claustrofobico, alle trentasei ore di lezioni settimanali sicure che aveva buttato nel cesso in favore di un lavoro editoriale precario, alle cancellature sulle bozze che avevano preso il posto delle frasi scritte alla lavagna, alla sua coinquilina lituana che si metteva in bocca polvere di gesso per prendere il calco della propria lingua e un po' le faceva paura.

Il fatto era, però, che col passare del tempo intorno al cratere post big bang stava nascendo una nuova forma di vita, la nuova vita di M. sul parallelo degli opposti. Lei adesso viveva secondo un altro fuso orario, dormiva mentre L. riceveva telefonate alla scuola privata, e parlava con l'America quando L. era nel pieno della fase REM. Per di più, mangiava pochissima pasta al sugo di pomodoro (perché in fondo non l'aveva mai saputa fare e perché le sembrava un piatto da gente con la puzza sotto il naso), ma in compenso aveva ridato dignità alle fritture, quelle in olio extravergine d'oliva, di cui L. non aveva mai sopportato l'odore. Adesso le fritture le mangiava insieme alla sua coinquilina lituana che faceva calchi della lingua e che le aveva insegnato a mettere lo zucchero a velo nel caffè.

Affacciandosi al balcone per ritirare i suoi calzini, un giorno M. notò che il mondo visto da quel precipizio profondo sette piani era diverso dal mondo al piano terra, senza ascensori, dov'era sempre vissuta fino a qualche mese prima. "Certo", glielo confermò S. "a quest'altezza la gente si assottiglia come le foglie e diventa piccola come una testa di spillo", disse mostrandole una foto che aveva scattato dalla finestra di camera sua: inquadrava un marciapiede popolato da figure umane filiformi, le cui ombre sull'asfalto erano molto più alte dei loro proprietari, più imponenti, una razza aliena sconosciuta, che a quella latitudine poteva sembrare (e forse era) più reale degli umani.

Da quel parallelo sarebbe stato impossibile comunicare con L. e con la sua vecchia galassia, non c'era un sistema di segni che potesse tradurre l'uno nell'altro i loro alfabeti. M. lo sapeva e se lo disse senza nostalgia. Avrebbe voluto dirlo anche a L., se non ci fosse stato di mezzo uno spazio grande anni luce a dividerli e a distorcere il suono delle loro parole: gli avrebbe detto che adesso, lì sul parallelo degli opposti, l'aveva capito, lei era un pesce fuor d'acqua e aspettare tutto il tempo del mondo non sarebbe servito a cambiarla, né a renderla pronta per L. e per la sua galassia.

EIN ZIMMER IN DER GALAXIE
DER GEGENSÄTZE
FRANCESCA MARUCCIA
Aus dem Italienischen von Amelie Befeldt

Vor dem Haus von M. wehen bunte Socken mit münzgroßen, runden Punkten. Sie hängen vom Balkon einer Wohnung im siebten Stock, wo oft der Geruch von frittiertem Essen in der Luft liegt und nachts immer Licht brennt. Vor ein paar Monaten wurde M. 32 Jahre alt. Ihr Geburtstag erinnerte sie daran, dass sie es liebt, mit hochgekrempelten Jeans und gepunkteten Socken herumzulaufen. Die Art Socken, die nur direkt unter der Sonne in den höchsten, obersten Stockwerken trocknen. Und so ist M. vor einigen Monaten in eine andere Wohnung gezogen. Noch lernt sie, in die Tiefe der sieben Stockwerken zu blicken, und sich, sobald sie sich in dieser Perspektive verliert und es scheint, als würde der rechteckige Balkon kleiner werden auf dem sie steht, während zur gleichen Zeit der Raum unter ihr sich wie ein schwarzes Loch ausdehnt und alles verschwommen wird – die im Nichts schwebende Wäsche, die Wäscheklammern, die geordneten Linien der Gitter, die grünen Flecken nicht näher bestimmbarer Pflanzen, die Fliesen im gemeinsamen Hof – wenn das also passiert, so lernt sie, muss sie sich auf die bunten Punkte konzentrieren, die auf ihren Socken verstreut sind.

Bevor sie in die Wohnung mit den gepunkteten Socken zog, hatte L. ihr vorgeschlagen, zusammenzuziehen um etwas aufzubauen, eine Familie vielleicht. „Was hältst du davon, wenn wir heiraten? Was hältst du davon, wenn wir ein Kind bekommen? Wir sind jetzt seit fünf Jahren zusammen, vielleicht sollten wir das tun, vielleicht ist es an der Zeit."

L. hatte sie an einem Märztag darauf angesprochen, zur Mittagszeit, in der Kantine der Privatschule, in der sie beide arbeiteten – sie als Englischlehrerin, er als Sekretär. Er hatte ihr diese Fragen gestellt, als er gerade dabei war, seinen Teller Spaghetti mit Tomatensauce zu beenden, etwa zehn Minuten vor dem zuckerfreien Kaffee um 14:27 Uhr, den er immer von Montag bis Freitag trank – und, sofern nichts dazwischenkam, auch an Feiertagen und Vorfeiertagen. Er hatte es in dem gleichen neutralen Tonfall gefragt, flach, dachte M., mit dem er immer die Kellnerin bat, ihm den Kaffee zu bringen, und dann, gegen 14:36 Uhr, die Rechnung.

„Fräulein, bringen Sie mir einen Kaffee?"

M.s Augen bewegten sich nach der Frage ganz langsam über L.s Gesicht zu seinem fast leeren Teller Spaghetti, der mit roten Flecken übersät war, und knüpften einen Faden, der diese beiden Bilder miteinander verband, der sie ebenso verband, wie die Position der Uhrzeiger mit dem Hologramm des Kaffees verbunden war, welcher bisher zwar nur in der Zukunft existierte, aber dafür in einer nahen und berechenbaren Zukunft.

„Vielleicht sollte ich glücklich sein", dachte M., „wir sind seit fünf Jahren zusammen und er liebt mich." „Vielleicht ist jetzt der richtige Moment", dachte sie weiter – ganz neutral, linear, in einfachen Worten. Es fühlte sich an wie ein Gedanke, der nicht ihr gehörte, wie das Wiederholen eines Satzes, den jemand anderes gesagt hatte. Dann stellte sie fest, dass L.s Kaffee bald kommen würde, sie aber noch die Hälfte ihres gegrillten Gemüses vor sich hatte. Der Kaffee würde ankommen und sie unvorbereitet, fehl am Platz, außerhalb der Zeit finden, während sie immer einen Schritt hinterher hinkte, beim vorherigen Gang stehen geblieben war.

Währenddessen schaute L. nicht auf die Uhr. M. sah es trotzdem. Sie sah L.s Spiegelbild, welches einen flüchtigen Blick auf die Uhr warf, einen kaum wahrnehmbaren Blick, den es wahrscheinlich ohne Grund gemacht hatte, aus einem mechanischen Reflex, einer Gewohnheit, die nichts bedeutete. „Schließlich wäre das durchaus möglich", sagte sich M, „es gibt keinen Grund, warum es nicht passieren sollte." Ihr fiel auf, dass sich dieser Gedanke gleichermaßen auf den Blick auf die Uhr als auch auf das Eintreffen des Kaffees sowie außerdem auf das Zusammenziehen mit L. und das Mutterwerden beziehen konnte. Es schien ihr alles bereits geplant und im Grunde unvermeidlich, natürlich, und doch von einer Natur, die irgendwie überwältigend und erbarmungslos war, die eigenständig voranschritt und M. mit sich zog, wie sie alle mitzog, außer diejenigen, die sich wie Fische auf dem Trockenen fühlen.

Sie schaute durch L.s randlose Brille und suchte nach einem Zeichen, das ihr zeigte, ob auch er bemerkt hatte, dass sich da zwischen ihnen, zwischen den Worten, die sie sagten, zwischen den Gesten, die sie täglich wiederholten, ohne darauf zu achten, etwas Falsches eingeschlichen hatte – sie hätte nicht benennen können, was es war, sie konnte ihm weder eine Form noch einen Namen geben.

„Was?", sagte L. nur, und hob den Kaffee zur richtigen Zeit, zu welcher der Kaffee gehoben werden musste. M. beeilte sich, ihr Gemüse aufzuessen. Dabei wurde sie von einem Gefühl des Unbehagens geplagt, das sie nicht erklären konnte. Sie wusste nicht, woher es kam. Vielleicht lag es an L.s Haaren: sie dachte darüber nach, dass sie Männer mit rasiertem Kopf noch nie gemocht hat. Andererseits, L. hatte seine Haare immer schon so getragen, und außerdem – wie kindisch –, erwachsene Menschen stören sich nicht an einem falschen Haarschnitt. Vielleicht waren es eher L.s randlose Brillen, der bittere Kaffee oder die immer gleiche Pasta mit Tomatensoße, die er ohne Alternativen bestellte. „Für mich gibt es eben Pasta mit Tomatensoße. Ganz einfach", sagte er mit einem beharrlichen Lächeln, wenn sie oder Freunde ihm vorschlugen, etwas anderes zu probieren.

In dem Bruchteil einer Sekunde, wie in einem Urknall, der den Ursprung und das Ende des Universums in einem Punkt konzentriert, wurde M. von dem flüchtigen und unwiderruflichen Gefühl ergriffen, dass diese Situation, dieses Zusammensitzen mit L., dieses Vorhaben, mit L. das Leben zu teilen, die Person L. selbst, das, was er tat, die Dinge, die er aß, der neutrale Ton, den er beim Fragen nach der Rechnung und beim Vorschlagen, zusammenzuziehen, benutzte, dass all das für sie unerträglich war. „Wie dumm ist dieser Kerl", dachte sie ohne Absicht, in einem Bereich ihres Bewusstseins, in dem Gedanken ungefiltert gedacht werden können.

M. riss die Augen auf, als hätte sie vor einem Gast einen Rülpser rausgelassen. Es war kein rationaler Gedanke, den sie da hatte, es war kaum eine Empfindung, und wenn, dann eine Empfindung, die sich an kindische Vorwände klammerte. Die Dumme war sie (korrigierte sie sich sofort), wenn sie solche kindischen Gedanken von einem Mann hatte, mit dem sie seit fünf Jahren zusammen war und der sie gebeten hatte, mit ihm zusammenzuziehen.

***

Urknalle bestehen nur in einem kurzen Moment, aber es brauchte Jahrhunderte, bis sie ihre Wirkung entfalten und sich die Universen vollständig ausgebildet haben. Auch M.s persönlicher Urknall ließ sich Zeit mit einem Ergebnis. Es dauerte etwa ein Jahr, bis sie es nicht mehr leugnen konnte: ihre Beziehung mit L. war zu Ende und die Galaxie, in der sie sich bisher zuhause gefühlt hatte, war zerbrochen. Intuitiv wusste M., dass L. und die ihr zu klein gewordene Galaxie eng miteinander verbunden waren. Sie gehörten zur selben Welt, weshalb L. zu verlassen bedeutete, die Galaxie zu verlassen und umgekehrt. Aber eine Galaxie zu verlassen und in einer anderen ein Zuhause zu finden, ist nicht so einfach. „Man müsste auf einen entgegengesetzten Breitengrad ziehen", sagte sich M. eines Abends vor dem Einschlafen und begann darüber nachzudenken, wie sie diesen Breitengrad erreichen könnte, wie sie dort leben würde, im Land der Menschen, die im Gegensatz zu ihr standen und sie genau deswegen interessierten.

Das Problem könnte eine einfache Lösung haben: „Um auf einem anderen Breitengrad zu leben, müssen wir andere Dinge tun, uns anders verhalten", dachte M. Einstein sagte, dass sich auch die Ereignisse auf einer Ebene ändern, wenn wir den Bezugspunkt ändern. Er sollte recht behalten. So bewies jemand nach ihm, dass, wenn die Ebene nicht flach ist, wie wir sie immer gedacht haben, sondern gekrümmt wie die Raumzeit, auch die Geometrie aus den traditionellen, euklidischen Regeln herausfällt, und es dann passieren könnte, dass die Evidenz nicht mehr Evidenz ist und dass durch zwei Punkte nicht eine und *nur eine* Gerade geht, sondern unendlich viele Geraden.

M. sagte sich, dass es nicht schwieriger sein konnte, eine Galaxie zu verlassen, die ihr zu eng geworden war, und ein neues Leben zu beginnen, als die Revolution, die von der Geometrie gestartet wurde, als sie beschloss, ihre jahrhundertealten Regeln über den Haufen zu werfen. Eine Galaxie mag kompliziert und unhandlich erscheinen, überlegte M., aber letztlich bildet sich jedes System – auch so große Systeme wie die Geometrie, Einsteins Raumzeit oder ihre fünf Jahre mit L., in denen sie vergessen hatte, dass sie es liebt, gepunktete Socken zu tragen – aus der Aggregation kleinerer, fast unbedeutender Systeme. Aus Bündeln von Systemen kleiner Dinge. Und war das nicht auch die Art, wie Gletscher entstehen? Indem sie winzige Schneeflocken zu einem harten Block wie Felsgestein zusammenfügen?

Nach dem Urknall musste M. für sich selbst eine neue Galaxie finden, und wenn es nicht möglich war, sie zu finden („Es gibt keine Realität, wie du sie beschreibst", hatte L. sie gerügt. „Wach mal auf. Die Realität ist das hier"), dann würde sie sie von Grund auf neu bauen müssen. Ein Sternbild, in dem sie sich nicht mehr zu spät und fehl am Platz fühlen würde, eine Welt ohne die langweilige Essensroutine von L., ohne seine strenge Pasta mit Tomatensoße und den bitteren Kaffee nach dem Essen, ohne seine abrasierten Haare, die randlose Brille und die „Vielleicht sollten wir"-Sätze, die nur scheinbar nett waren, entsprangen sie doch in Wirklichkeit einem Ort des Zwanges. Sätze, die ihr, sogar für ihn sichtbar, die Luft nahmen.

„Wenn du willst, können wir noch etwas warten", hatte L. einmal versucht sie zu beruhigen, als wolle er ihr entgegenkommen, ihr eine Fristverlängerung für seinen Fahrplan gewähren. L. war zuvorkommend und verliebt, er war eine rationale und entschlossene Person, M. aber war bereits durch einen Urknall gegangen, und nichts kann unbeschadet aus einem Urknall hervorgehen. Selbst mit allen Fristverlängerungen spürte M., dass sie niemals das Ziel erreichen würde, das L. vorschwebte. „Fühlst du dich nicht bereit?", hatte er sie einmal gefragt, und sie hatte sich das auch gefragt, solange, bis die Blasen des Urknalls an die Oberfläche stiegen und alle zusammen explodierten, und erst in diesem Chaos des letzten Tages fand M. endlich den Mut, die Dinge so zu sehen, wie sie waren. Endlich konnte sie akzeptieren, dass es keine Frage der Zeit, der Verspätungen oder des Wartens war: die Ziele, von denen L. sprach – heiraten, ein Kind bekommen – diese Ziele interessierten sie nicht. Es waren nicht ihre Ziele, und M. würde nicht versuchen, sie zu erreichen, weil man die Planeten, die außerhalb der eigenen, ganz persönlichen Galaxie liegen, nicht erreichen kann.

Die neue Galaxie, in die M. nach dem Urknall gezogen war, befand sich in einer Stadt, die einige Kilometer südlicher lag als die, die sie in ihrer alten Galaxie bewohnt hatte. Vergrößert man die Karte, sieht man, dass diese Parallelwelt genau ein Apartment im siebten Stock eines Mehrfamilienhauses in einem Randbezirk umfasste, der aber „gut angebunden" war, wie die Anzeige hervorhob und wie der Vermieter betonte, der außerdem darauf hinwies, dass dreihundert Euro monatlich für ein Einzelzimmer in einer Zwei-Zimmer-Wohnung ein fairer Preis seien. Wenn man noch weiter zoomt, kann man erkennen, dass die Parallelwelt, in die M. ihre Sachen brachte, tatsächlich aus zwei Welten bestand, nämlich aus zwei Räumen, wobei in dem zweiten Raum S. schlief, eine litauische Studentin der Kunstakademie, die als Künstlerin arbeitete und Abgüsse von Zungen, Armen, Rippen und anderen menschlichen Körperteilen ausstellte.

M.s Parallelwelt im siebten Stock war kein echtes, freistehendes und ihr ganz allein gehörendes Haus. Ein Haus, wie L. es ihr vorgeschlagen hatte mit ihm zu beziehen. M.s Parallelwelt war nur ein Raum, zu dem ebenso ein gemeinsames Bad und eine gemeinsame Küche gehörte wie auch das Gefühl starker Übelkeit, welches M. jedes Mal überkam, wenn sie das Fenster öffnete, um die Wäsche zu trocknen. Die Höhe behagte ihr nicht. In dieser Höhe konnte sie jedoch ihre gepunkteten Socken aufhängen, die sie in ihrer alten Galaxie nicht mehr getragen hatte, seit L. ihr gesagt hatte, dass einfarbige Socken eleganter und schöner seien und weil sie gehört hatte, dass Socken mit Punkten nicht zu einer Englischlehrerin an einer Privatschule passten. Aber jetzt, nach dem Urknall, war auch die Privatschule verschwunden. M. hatte ebenso den Job gewechselt; sie begann, Übersetzungen aus dem Italienischen ins Englische für einen amerikanischen Verlag zu machen, traf ihren Chef und Kollegen per Skype, arbeitete vom Wohnzimmer oder vom Schreibtisch nur zwei Meter vom Bett entfernt, auch im Schlafanzug, sogar nachts – vor allem nachts – und bei der Abgabe der Texte würde niemand bemerken oder sie gar danach fragen, ob sie dabei gepunktete Socken trug, die so groß wie eine Münze waren.

Um sie zur Rückkehr zu bewegen, erzählte L. ihr aus seiner anderen Galaxie, dass dies keine echte Arbeit und kein echtes Zuhause sei, dass sie einen Schritt zurück gemacht hatte und nun gerade mal ein Zimmer statt eines Hauses hatte, dazu noch ein Zimmer, zu dem sie sieben Stockwerke im Aufzug hochfahren musste, um den Einkauf hinaufzubringen, und das, obwohl sie immer schon Angst vor Aufzügen gehabt hatte. Manchmal dachte M. darüber nach. Über den Abgrund, über dem ihre Socken hingen, über den klaustrophobischen Fahrstuhl, über ihre sicheren sechsunddreißig Wochenstunden, die sie aufgegeben hat zugunsten eines unsicheren Redaktionsjobs, über die Korrekturen auf den Manuskripten, die ihre Sätze auf der Tafel ersetzten und über ihre litauische Mitbewohnerin, die Gipsstaub in den Mund nahm, um den Abdruck ihrer eigenen Zunge zu machen, was M. ein wenig beängstigte.

Doch der eigentliche Punkt war, dass mit der Zeit um den Krater nach dem Urknall ein neues Leben erwachte: M.s neues Leben in der Welt der Gegensätze. Sie lebte jetzt in einer anderen Zeitzone, schlief, während L. Anrufe in der Privatschule entgegennahm, und sprach mit Amerika, während L. im Tiefschlaf war. Außerdem aß sie nur wenig Spaghetti mit Tomatensauce (sie hatte sie ohnehin nie richtig gemocht, zudem erschienen Spaghetti ihr wie ein Gericht für Menschen, die sich wie etwas Besseres vorkommen), aber sie hatte die Frittieren, die in extra nativem Olivenöl zubereitet wurden und von denen L. nie den Geruch ertragen konnte, wieder zu schätzen gelernt. Diese Frittieren aß sie jetzt zusammen mit ihrer litauischen Mitbewohnerin, die Zungenabdrücke machte und ihr beigebracht hatte, Zucker in den Kaffee zu streuen.

Als sie eines Tages zum Balkon ging, um ihre Socken zu holen, bemerkte M., dass die Welt aus dem Blickwinkel des Abgrunds, sieben Stockwerke tief, anders war als die Welt im Erdgeschoss, in der sie bis vor einigen Monaten gelebt hatte. „Natürlich", bestätigte ihr S., „in dieser Höhe wird eine Menschenmenge dünn wie Blätter und so klein wie der Kopf einer Stecknadel", sagte sie und zeigte ihr ein Foto, das sie von ihrem Fenster aus gemacht hatte, auf dem ein Bürgersteig zu sehen war, auf dem dünne, menschliche Figuren gingen, deren Schatten auf dem Asphalt viel größer waren als ihre Besitzer, imposanter, eine unbekannte, fremde Rasse, die in dieser Höhe (und vielleicht waren sie das auch tatsächlich) realistischer erschien als die Menschen.

In dieser Parallelwelt wäre es unmöglich gewesen, mit L. und ihrer alten Galaxie zu kommunizieren. Es gab kein Zeichensystem, das ihre beiden Alphabete ineinander übersetzen konnte. M. wusste das, ohne Bedauern oder Sehnsucht dabei zu empfinden. Nur eins hätte sie L. gern gesagt, wenn nicht ein Raum von Lichtjahren zwischen ihnen gewesen wäre, der den Klang ihrer Worte verzerrte: Sie hätte ihm gesagt, dass sie jetzt, hier in der Parallelwelt der Gegensätze, verstanden hatte, dass sie zuvor ein Fisch auf dem Trockenen gewesen war und dass es nichts gebracht hätte, noch länger zu warten, dass sie sich nicht verändern wollte und daher niemals bereit für L. und seine Galaxie werden würde.

SCHÄFERHUND
AMELIE BEFELDT

Es gibt ein paar Regeln, sie lauten: an Volksfest scheint die Sonne, der Bäcker macht vor dem Schlachter auf, Zöllner und Rieke sind ein Paar. Ich habe mir diese Regeln nicht ausgedacht, das war ein kollektiver Prozess. Einer, an dem niemand aktiv teilnahm, auf dessen Ergebnis sich am Ende aber doch alle einigen können.

//

Zöllner und Rieke sind zusammen, seit sie sechzehn sind. Sie haben sich in der Schule kennengelernt, auf einem Fest in der Turnhalle. Ich war dabei, natürlich war ich dabei, ich war Riekes beste Freundin zu der Zeit. Wir haben uns oft über Zöllner lustig gemacht. Immer so, dass er es nicht merkt, immer so, dass es sonst keiner mitbekommt. Alles andere wäre nicht klug gewesen: wir waren damals Durchschnitt, Zöllner dagegen Maßstab. Er war der Stärkste, der Größte, der Lauteste des Jahrgangs. Viele Jungen wollten so sein wie er. Viele Mädchen ebenso. Sowohl als auch waren in ihn verliebt, einige mehr, andere weniger offensichtlich. Nur Rieke und ich waren es nicht. Wir waren es nicht und wollten es auch nicht sein. Trotzdem hat Rieke nicht Nein gesagt, als Zöllner auf dem Fest plötzlich vor ihr stand. Hat mit ihm getanzt, ist mit ihm an die Bar, später sogar vor die Tür. Sie erzählte mir am nächsten Tag, wie Zöllner sie jeweils danach gefragt, fast schon darum gebeten hatte. Rieke meinte, dadurch etwas Neues in ihm gesehen zu haben. Eine andere Seite, etwas sehr liebenswertes. Ich meinte, er wäre immer noch Zöllner und sie solle sich gut überlegen, für was das steht. Wir stritten daraufhin heftig. Rieke und Zöllner wurden ein Paar, Rieke und ich gingen auseinander.

Jetzt, dreizehn Jahre später, bin ich auf dem Weg zu ihr. Der Besuch erfolgt auf Riekes Initiative. Seit dem Abi hatten wir keinen Kontakt, dann schickt sie eine Mail. Sie beginnt so: „Liebe Kra, du bist nicht auf Facebook, ich hoffe, es ist okay, dass ich dir an deine berufliche Adresse schreibe." Es folgen einige Sätze darüber, dass sie in letzter Zeit öfter an mich dachte, sich wunderte, was ich so machte und ob ich denn glücklich sei. Anschließend erzählt sie von sich. Ich erfahre, dass sie jetzt verheiratet ist, dass sie mit Mann und Hund bald ins neugebaute Haus zieht und, ja und, dass es auch gut läuft im Job, ihrem absoluten Traumjob. Dabei sagt sie weder, wie ihr Mann heißt, noch, was sie denn arbeitet. Es ist nicht notwendig. Sie weiß, dass ich weiß, dass sie Physiotherapeutin geworden ist. So, wie sie sich das vorgenommen hat. Und sie weiß, dass ich weiß, dass ihr Partner nur Zöllner sein kann. So, wie er sich das vorgenommen hat. Was sie nicht wissen kann, ist, ob ich antworten würde. Tatsächlich ist es schwer, es nicht zu tun. Kra wurde ich lange nicht genannt. An Rieke und Kra habe ich lange nicht gedacht.

Wir wechseln zu WhatsApp. Ich stelle mir vor, dass sie mir sagt, was sie mir schreibt, wie ihre Stimme dabei klingt. Für eine Weile klang ich selbst wie sie. Wir haben geredet wie Menschen, die einen Großteil ihres Lebens miteinander verbringen. Ich denke an unsere eilige Art zu sprechen, durch die Sätze zu rennen wie in einem Sprint. Der Atem ist uns dabei nie ausgegangen. Ebenso wenig die Wörter. Es gab immer was zu sagen. Auch jetzt hat Rieke mir etwas mitzuteilen. Anders als früher lässt sie sich dafür fast quälend viel Zeit. Ich habe keine Ahnung, worauf sie hinaus will. Schließlich schlägt sie ein Treffen vor. Bei sich zuhause, in ihrem Dorf, das auch meins war, bevor ich weg zog und dann auch meine Eltern. Rieke hingegen ist geblieben, sie bleibt auch jetzt. Sie sagt, sie kann so schlecht weg, der Hund braucht Betreuung und Zöllner hat keine Zeit mal aufzupassen. Ich schürze die Lippen, als ich das lese. Dann sage ich ihr zu.

Jetzt sitze ich also in meinem Auto. Es ist früher Vormittag. Rieke würde mich in ihrer und Zöllners gemeinsamer Wohnung erwarten. Zöllner wäre, wie jeden Samstag, zuerst Frühstücken bei seinen Eltern und danach Handball spielen mit seinen Kumpels. Wir hätten ein paar Stunden ohne ihn, wie Rieke es ausdrückt, „einfach Zeit für uns". Ich fahre schnell. Ich denke, je früher ich ankomme, desto mehr Zeit haben wir. Zwei Stunden später halte ich vor einem gelben Mehrfamilienhaus mit kleinem Vorgarten. Die Haustür geht auf, ein Hund kommt raus, danach eine Frau. Sie trägt eine enge Jeans, ein schlichtes Top und darüber einen wollenen Cardigan. Ihre Füße stecken in Crocs. Die Frau pfeift den Hund zurück, der nur widerwillig gehorcht. Die Frau ist Rieke. Sie hat sich kaum verändert, ich hätte sie fast nicht erkannt.

Ich steige aus dem Auto und gehe auf sie zu. Meine Hände werden schwitz und kalt, mein Gesicht rot und ganz warm. Ich gehe schneller, aber der Abstand zwischen uns will nicht kleiner werden. Es scheint ewig zu dauern, bis ich sie erreiche. Als ich endlich vor ihr stehe, weiß ich nicht, wie ich sie begrüßen soll. Ich sage förmlich „Hallo". Wie aus Reflex strecke ich die Hand aus. Rieke schiebt sie lachend aus dem Weg, dann umarmt sie mich fest. Fast sofort werden wir unterbrochen. Der Hund drängt sich zwischen uns und drückt sich an Riekes Beine. Sie klopft ihm die Flanken. Danach bittet sie mich ins Haus.

Die Küche ist hell und sauber. An den Wänden hängen Bilder von Meer und Küste, in den Fenstern stehen Pflanzen und Dekoelemente. Passend zur Jahreszeit winzige Tulpen aus Holz, dazu eine Keramikfroschfamilie. Rieke sieht, was ich sehe. „Der Kleinkram kommt von seiner Mutter. Kann ich schlecht wegwerfen. Und ihm gefällt es außerdem." Ihre Stimme klingt anders als eben noch draußen, ganz anders als in den Mails. Ich nicke und schaue weiter. Rieke überlegt derweil, wo wir sitzen sollen. „Ich dachte eigentlich, wir bleiben in der Küche, aber jetzt, wo du da bist, kommt mir das kaum passend vor." Angespannt sieht sie mich an. „Wir können auch ins Wohnzimmer", sagt sie. „In die gute Stube. Da sitzen die Männer auch immer und wir haben dort erst kürzlich renoviert." Ich will lachen, aber sie macht keinen Witz. Also mache ich einen Vorschlag. „Lass uns vielleicht spazieren gehen?" Rieke stimmt zu. Fast wirkt sie erleichtert.

Wir verlassen die Wohnung. Die Anspannung nehmen wir mit. Auch der Hund darf dabei sein. Schweigend laufen wir hinter ihm her. Manchmal sagt Rieke „Aus" oder „Fuß". Zueinander sagen wir nichts. Nach zehn Minuten erreichen wir die Feldmark. Hier hat sich nichts verändert. Die Landschaft scheint unendlich und der Himmel überwältigend. Rieke leint den Hund ab. Er schießt davon und verschwindet in einem Feld. Ich werde unruhig. „Was, wenn der ein Kaninchen sieht?", frage ich. Ich habe keine Lust, den Tag damit zu verbringen, nach ihm zu suchen. „Dann pfeife ich und er kommt zurück", antwortet Rieke. „Nicht schlecht", sage ich, „Nichts besonderes", sagt sie. Wir gehen ein paar Schritte. Aus den Schritten werden mehrere Meter. Ich werde ärgerlich. Ich habe keine Lust, den Tag damit zu verbringen, nicht zu wissen, warum ich eigentlich hier bin. Rieke derweil beginnt ein Gespräch über das Wetter. Es ist frisch, aber nicht mehr kalt. Sie sagt, dass sie findet, dass es nach Frühling riecht. „Sieh mal, dahinten kommt sogar die Sonne raus." Ich folge ihrem Blick, danach schaue ich sie an. Das vermeintlich Fröhliche fällt aus ihrem Gesicht. Sie bleibt stehen. „Was." Es ist keine Frage, es ist eine Aufforderung. Ich soll darauf reagieren. Und ich bin hergefahren, also tue ich ihr auch diesen Gefallen. „Rieke, willst du das hier wirklich? Das alles? Die Keramikfrösche?" Sie lächelt spöttisch. Ich sehe, sie hatte gehofft, dass ich das frage. Dann sehe ich, dass sich etwas in ihr verändert. Ich ahne, was gleich kommt. Rieke wird laut. „Du bist nur neidisch, weißt du das?! Du warst von Anfang an gegen uns, du hast mich nie verstanden, wenn es um ihn ging!" Ich hatte mit so was gerechnet. Mir wird trotzdem warm. Ich gehe weiter. Der Hund kommt angerannt. Er läuft geradewegs zu Rieke, wie um zu sehen, ob es ihr gut geht. Ich halte nicht an. Eine Weile folgen mir beide mit einigem Abstand. Ich kann sie hören, das Tapsen des Hundes und Riekes praktische Schuhe. „Warte", ruft sie irgendwann, „warte." Ich verlangsame mein Tempo. Rieke schließt zu mir auf. Wir sehen uns nicht an. „Weißt du", sagt sie endlich, „weißt du. Vor einer kleinen Weile. Da hat Zöllner meine Pille versteckt. Und bevor du jetzt was sagst, es hatte einen Hintergrund." Ich nicke. „Natürlich hatte es das." Rieke reagiert mit einem Schlag gegen meine Schulter. „Jetzt hör erst mal zu." Ich rolle mit den Augen. Sie fährt fort.

„Es ging damit los, dass Zöllner befördert wurde. Zuerst habe ich mich für ihn gefreut. Ist doch super, mein Mann macht Karriere. Und ich habe ja auch einen Job, was will ich denn mehr. Dachte ich so. Fragte ich mich irgendwann leider. Zöllner fand, ich dürfte mich nicht beschweren. Ich hätte von vornherein gewusst, was mich auf Arbeit erwartet, dass ich mir anderweitig Abwechslung suchen soll. Ich sagte, dass man seine Meinung ja wohl ändern dürfte. Dann schrien wir uns an. Später war meine Pille weg."

Sie zieht ihr Handy aus der Jackentasche und scrollt sich durch einen WhatsApp-Chat. Als sie gefunden hat, was sie sucht, dreht sie das Display um und hält es mir vors Gesicht. „Wo ist meine Pille????????", lese ich da, „Überraschung", lese ich weiter. Dazu ein freundlich zwinkerndes Emoji, gefolgt von: „Du wolltest doch Veränderung. Das hast du selbst gesagt." Dazu kein weiteres Emoji, stattdessen ein neues Datum. Rieke schreibt „Kannst du noch Lauch mitbringen". Ich verziehe das Gesicht. „Wieso soll er Lauch kaufen, du hast doch immer einen Zuhause." Rieke sieht mich verständnislos an. „Du bist so ein Arsch", sagt sie schließlich. „Nein, Rieke", sage ich. „Das ist er. Das ist dein Mann. Du willst Veränderung und das Einzige, was ihm dazu für dich einfällt, ist eine Schwangerschaft?" Rieke atmet tief ein. „Ich bin noch nicht fertig." Rieke atmet tief aus.

„Also" sagt sie, „die Pille war weg, ich hab mir eine neue besorgt. Dann war ich arbeiten. Länger als sonst, ich hab mich noch beschäftigt. Zöllner war entsprechend vor mir zuhause. Hat eine Serie geschaut, das auch nicht unterbrochen. Wir haben kaum geredet. Hallo, du bist aber spät heute, ja, ich bin müde. Mehr nicht. Am nächsten Morgen lag meine Pille, wo sie hingehört. Und damit hat sich das Thema erledigt. Also, für mich hat es sich damit erledigt."

Rieke sagt den letzten Satz mit Nachdruck, sie hat das von ihren Vater, der Tonfall bedeutet „Ich will jetzt nichts hören." Still gehen wir nebeneinander. Der Hund übernimmt die Unterhaltung für uns. Er macht einen Satz ins Feld, er hat etwas entdeckt. Rieke ruft ihn nicht zurück. „Frisst der eigentlich, was er so fängt?", frage ich und blicke zum Hund. „Nein, er bringt mir alles als Geschenk. Wie eine Katze. Aber er fängt nur selten was." Ich nicke. Rieke sieht in meine Richtung, aber sie sieht mich nicht an. „Er ist ein Guter, weißt du", sagt sie leise und ihre Stimme wird weich. „Ich bin sehr dankbar, dass ich ihn habe. Ich freue mich auf den Umzug. Sobald wir umgezogen sind, lasse ich auch die Pille weg. Und später gehe ich Teilzeit, ist ja auch was Neues."

Diesmal klingt sie nicht wie ihr Vater. Diesmal klingt sie klein. Ich möchte sie in den Arm nehmen, ich möchte ihr sagen „Ich habe dich doch gewarnt." Wovor genau, weiß ich selbst nicht. Vielleicht vor den mir und ihr und allen bekannten Regeln. Davor, dass die Sonne an Volksfest scheinen und der Bäcker vor dem Schlachter öffnen muss. Davor, dass man zusammenbleibt, wenn man sich das versprochen hat, egal was ist und was sein wird. Und schließlich davor, dass man sich nicht einmischt, erst recht nicht, wenn's einen nichts angeht. Letzteres hatte ich ganz vergessen. Jetzt fällt es mir wieder ein. Ich schaue zum Hund. Sicher gibt es etwas, das sich noch zu ihm fragen lässt. „Ähm, welche Rasse ist das denn", will ich nicht wissen und nicke nach unten. Wir müssen lachen. Rieke hakt sich bei mir unter. „Muss gerade daran denken, dass du früher immer einen Dackel wolltest", sagt sie. Ich lege eine Hand auf ihren Arm. „Stimmt", sage ich. „Und du wolltest ihn Pølser nennen. Wie Hot Dog auf Dänisch. Und wir fanden es so lustig." „Ist es auch." „Ist es nicht." „Früher wars das." „Ja. Früher wars das. Sehr." Eingehakt gehen wir zurück. Auf dem Heimweg fängt der Hund eine Ratte. Er präsentiert sie uns stolz. Wir loben ihn gemeinsam.

Als wir an meinem Auto ankommen, lässt Rieke meinen Arm plötzlich los. Zöllner ist wieder da. Er steht sofort zwischen uns, dabei eigentlich noch im Wohnzimmer. Wir können ihn durchs Fenster sehen. Fast entschuldigend sieht Rieke mich an. „Wenn du los musst, ist das voll in Ordnung", sagt sie. Ich zögere. „Sicher?" Rieke nickt. „Ok. Ich glaub, ich muss los." Wir umarmen uns. Ironisch streckt mir

Rieke danach die Hand hin. „Auf Wiedersehen, Kra." Ich schlage ein. Einen Augenblick später starte ich den Motor. Im Rückspiegel sehe ich, wie Rieke ins Haus geht. Ich frage mich, was sie Zöllner sagen wird. Was sie ihm erzählt von meinem Besuch. Vielleicht sagt sie, dass ich plötzlich Heimweh hatte, dass ich mal wissen wollte, wie jetzt alles aussieht. Vielleicht sagt sie ihm auch nichts. Weil er nicht fragt, weil sie nichts sagen muss. Weil er gar nicht so schlimm ist, wie ich mir immer denke. Weil die beiden eine Beziehung führen, die für sie trotz allem funktioniert.

//

Ein paar Monate später schreibt mir Rieke eine weitere Mail. Sie bedankt sich darin, dass ich da war. Und sie teilt mir mit, dass sie sich kurz nach meinem Besuch auf eine neue Stelle beworben hat. Eine Stelle in der Stadt. Die Zusage hat sie schon bekommen. Jetzt muss sie entscheiden, ob sie sie wirklich antritt. Zöllner war erst mal dagegen. Er konnte sich das nicht vorstellen. Wenn sie pendelt, würde sie ja nicht mehr mit ihm aufstehen. Und sie wäre auch viel weniger da. Das wäre schon ein Problem, hatte er gesagt, besonders später, mit Kindern. Sie schreibt nichts darüber, wie sie darauf reagierte. Stattdessen erzählt sie, dass sie viel geredet haben. Viel mehr als sonst. Rieke freut sich darüber. Sie meint, dadurch etwas Neues in ihm zu entdecken. Eine andere Seite, etwas sehr liebenswertes. Dabei ist Zöllner immer noch dagegen. Immerhin etwas weniger jetzt, versichert Rieke. Vielleicht braucht er einfach noch etwas Zeit. Vielleicht muss sie es nächstes Jahr noch mal versuchen. Veränderung wäre nicht für jeden, sie möchte da diplomatisch vorgehen. Zum Abschied wünscht sie mir eine schöne Zeit, sie könnte genauso gut schreiben, ein schönes Leben. Ich klicke auf ‚Antworten', dann Klappe ich den Laptop zu. Sie würde sich wieder melden, wenn sie soweit ist. Veränderung ist nicht für jeden. Auch ich würde diplomatisch sein.

CANE DA PASTORE
AMELIE BEFELDT
Traduzione di Francesca Maruccia

Ci sono regole che dicono: durante la festa popolare splende il sole, il fornaio apre prima del macellaio, Zöllner e Rieke stanno insieme. Non ho inventato io queste regole, fanno parte del senso comune. Non le ha scritte nessuno in particolare, ma tutti le accettano.

***

Zöllner e Rieke stanno insieme da quando avevano sedici anni. Si sono conosciuti a scuola, durante una festa in palestra. Io c'ero, ovvio che c'ero, all'epoca ero la migliore amica di Rieke. Spesso noi due prendevamo in giro Zöllner. Ma stavamo attente affinché né lui né nessun altro se ne accorgessero. Il contrario non sarebbe stato saggio: noi eravamo nella media, mentre Zöllner alzava la media. Era il più forte, il più alto, il più chiacchierato della nostra classe. Molti ragazzi volevano essere come lui. E anche molte ragazze. Sia i maschi sia le femmine ne erano innamorati, più o meno dichiaratamente. A parte me e Rieke. Noi non lo eravamo e non volevamo esserlo. Eppure Rieke non disse di no quando, alla festa, Zöllner le si presentò davanti. Ballarono insieme, andarono al bar, uscirono. Il giorno dopo Rieke mi raccontò che era stato lui a chiederglielo, l'aveva quasi pregata. Rieke disse di aver visto qualcosa di nuovo in lui. Un lato diverso, molto dolce. Io le risposi che era pur sempre Zöllner e doveva pensarci bene, capire cosa avrebbe significato. Litigammo furiosamente. Rieke e Zöllner diventarono una coppia, Rieke ed io ci allontanammo.

Adesso, tredici anni dopo, sono in viaggio per andare a trovarla. È stata un'idea di Rieke. Dopo il diploma non abbiamo più avuto contatti, finché lei mi ha mandato un'email. Iniziava così: «Cara Kra, non ci sei su Facebook. Spero non sia un problema se ti contatto alla tua email di lavoro». Seguivano alcune frasi in cui diceva che ultimamente aveva pensato spesso a me, si chiedeva cosa facessi e se fossi felice. Poi parlava di sé. Così scopro che è sposata, che presto si trasferirà con il marito e il cane nella casa che hanno appena costruito e, sì, anche sul lavoro è tutto okay, ha il lavoro dei suoi sogni. Ma non dice qual è questo lavoro, né come si chiama suo marito. Non è necessario. Sa che io so che è diventata fisioterapista. Proprio come aveva pianificato. E sa che io so che suo marito non può essere altri che Zöllner. Proprio come aveva pianificato. Quello che non può sapere è se le risponderò. In realtà, è difficile non farlo. Non mi chiamano Kra da tanto tempo. Non pensavo a Rieke e Kra da tanto tempo.

Ci scriviamo su WhatsApp. Mentre leggo i suoi messaggi, immagino di sentire il suono della sua voce. C'è stato un periodo in cui anch'io parlavo come lei. Parlavamo come due persone che hanno trascorso la maggior parte della loro vita insieme. I nostri discorsi fluivano veloci, era come correre attraverso le frasi. Il fiato non ci mancava mai. Nemmeno le parole. C'era sempre qualcosa da dire. Anche adesso Rieke ha qualcosa da dirmi. Ma, al contrario di prima, ci mette un tempo quasi angosciante. Non ho idea di dove voglia arrivare.

Alla fine, propone un incontro. A casa sua, nel suo paese, che era anche il mio, prima che io me ne andassi e che se ne andassero i miei genitori. Rieke, invece, è rimasta, è ancora lì. Dice che non può allontanarsi, il cane ha bisogno di attenzioni e Zöllner non ha tempo per occuparsene. Arriccio le labbra quando leggo il messaggio. Poi accetto.

Ed eccomi qui, in macchina. È mattina presto. Rieke mi aspetta nel suo appartamento, quello che condivide con Zöllner. Lui, come ogni sabato, prima farà colazione dai suoi, poi giocherà a pallamano con gli amici. Così avremo un po' di tempo solo per noi, dice Rieke. Guido veloce. Penso che prima arrivo, più tempo avremo.

Due ore dopo, mi fermo davanti a un palazzo giallo con un piccolo giardino. La porta si apre, esce un cane, poi una donna. Indossa jeans attillati, un top semplice e un cardigan di lana. Ai piedi ha delle Crocs. Fischia al cane per farlo tornare indietro, lui obbedisce a malincuore. La donna è Rieke. Non è cambiata molto, eppure quasi non l'avrei riconosciuta.

Scendo dall'auto e vado verso di lei. Ho le mani sudate e fredde, il viso accaldato. Accelero il passo, ma la distanza tra noi non si riduce. Sembra passare un'eternità prima che io la raggiunga. Quando finalmente ce l'ho davanti, non so come salutarla. Mi limito a un «Ciao». Di riflesso, le tendo la mano. Rieke ride e la spinge via, poi mi abbraccia forte. Quasi subito veniamo interrotte. Il cane si mette tra noi e si stringe alle gambe di Rieke. Lei gli dà una pacca sui fianchi. Mi invita a entrare in casa.

La cucina è luminosa e pulita. Alle pareti ci sono immagini del mare e della costa, sui davanzali piante e qualche soprammobile. In sintonia con la stagione, minuscoli tulipani di legno e una famiglia di rane di ceramica. Rieke si accorge che mi guardo intorno.

«Quella roba l'ha portata sua madre. Non posso buttarla. E poi a lui piace.»

La sua voce suona diversa da un attimo prima, là fuori, molto diversa anche da com'era nelle email. Annuisco e continuo a osservare.

Intanto, Rieke riflette su dove potremmo metterci a parlare. «Pensavo di restare in cucina, ma ora che sei qui non mi sembra il caso.»

Mi guarda e ha l'aria tesa.

«Possiamo anche andare in soggiorno» dice. «Nel salotto buono. È lì che si mettono sempre gli uomini, l'abbiamo appena ristrutturato.»

Vorrei ridere, ma lei non sta scherzando. Allora le propongo: «E se facessimo una passeggiata?».

Accetta. Sembra quasi sollevata.

Usciamo. La tensione viene con noi. E anche il cane. Camminiamo in silenzio, dietro di lui. A volte Rieke dice «lascia» o «vicino». Tra noi, però, non ci diciamo niente.

Dieci minuti dopo siamo in campagna. Qui non è cambiato nulla. Il paesaggio è sconfinato e il cielo sembra travolgerci. Rieke sgancia il guinzaglio. Il cane si mette a correre e scompare in un campo.

Mi innervosisco. «E se vede un coniglio?» chiedo. Non ho voglia di passare la giornata a cercarlo.

«Nel caso, fischio e torna indietro» risponde Rieke.

«Niente male.»

«Niente di speciale» dice lei.

Facciamo qualche passo. I passi diventano metri. Mi irrito. Non ho voglia di passare la giornata senza sapere perché sono qui. Rieke, invece, inizia a parlare del tempo. Fa fresco, ma non più freddo. Dice che secondo lei l'aria sa di primavera.

«Guarda, sta uscendo anche il sole.»

Seguo il suo sguardo, poi guardo lei. La sua espressione si svuota di quella finta allegria. Si ferma.

«Cosa.»

Non è una domanda, è un ordine. Vuole che io risponda. E visto che sono venuta fin qui, l'accontento.

«Rieke, lo vuoi davvero tutto questo? La casa, le rane di ceramica.»

Sorride ironica. Sperava che glielo chiedessi. Poi mi accorgo che qualcosa in lei cambia. Intuisco ciò che sta per succedere. Rieke alza la voce.

«Sei solo invidiosa, lo sai? Sei sempre stata contro di noi, non mi hai mai capita quando si trattava di lui!»

Me lo aspettavo. Ma mi sento avvampare. E continuo a camminare. Il cane torna di corsa. Va dritto da Rieke, come per controllare che stia bene. Non mi fermo. Per un po', entrambi mi seguono, a distanza. Li sento, lo scalpiccio delle zampe del cane e delle scarpe di Rieke.

«Aspetta» chiama lei a un certo punto. «Aspetta.»

Rallento. Rieke mi raggiunge. Non ci guardiamo.

«Sai» dice alla fine, «tempo fa Zöllner mi ha nascosto la pillola. Ma, prima che tu dica qualcosa, aveva un motivo.»

Annuisco. «Certo che ce l'aveva.»

Rieke mi colpisce con un pugno sulla spalla. «Smettila di interrompermi.»

Alzo gli occhi al cielo. Lei continua.

«Tutto è partito quando Zöllner ha avuto una promozione. All'inizio ero felice per lui. È fantastico, mio marito fa carriera. E io ho un lavoro, cos'altro potrei volere? Così pensavo. Ma poi ho cominciato a farmi delle domande. Zöllner diceva che non avevo motivo di lamentarmi. Sapevo fin dall'inizio com'era il mio lavoro, avrei dovuto cercare nuovi stimoli altrove. Io ho detto che le persone hanno il diritto di cambiare idea. Poi ci siamo urlati contro. E più tardi la mia pillola è sparita.»

Tira fuori il telefono dalla tasca della giacca e scorre su WhatsApp. Quando trova quello che cerca, mi mostra lo schermo.

Dov'è la mia pillola??????

Sorpresa.

Segue un'emoji ammiccante, poi: *Volevi un cambiamento. L'hai detto tu stessa.*

La chat riprende un altro giorno, come se nulla fosse. Rieke scrive: *Puoi comprare i broccoli?*

Faccio una smorfia. «Perché dovrebbe comprarli? Hai già un broccolo in casa.»

Lei mi guarda confusa. «Sei un'idiota» dice alla fine.

«No» faccio io. «L'idiota è lui. Ecco cos'è tuo marito. Tu vuoi un cambiamento e l'unica cosa che gli viene in mente per te è una gravidanza?»

Lei prende un respiro profondo. «Non ho finito.» Butta fuori l'aria. «Quindi la pillola era sparita» continua, «ma me ne sono procurata un'altra. Poi sono andata al lavoro. Ci sono rimasta più del solito, volevo tenermi impegnata. Zöllner è tornato a casa prima di me. Ha guardato una serie, non l'ha messa in pausa nemmeno quando sono arrivata. Abbiamo parlato appena. Ciao, sei tornata tardi, sì, sono stanca. Nient'altro. La mattina dopo la mia pillola era di nuovo al suo posto. E con questo la faccenda era chiusa. Almeno, per me lo era.»

Dice l'ultima frase in tono categorico. È il tono che ha preso da suo padre, significa: «Non voglio sentire altro».

Camminiamo in silenzio. Il cane si occupa della conversazione al posto nostro. Salta in un campo, ha visto qualcosa. Rieke non lo richiama.

«Mangia tutto quello che cattura?» chiedo.

«No, me lo porta come trofeo. Come un gatto. Ma è raro che prenda qualcosa.»

Annuisco. Lei guarda nella mia direzione, però non guarda me.

«È buono, sai?» dice piano, e la sua voce si addolcisce. «Sono molto fortunata ad averlo. Non vedo l'ora di trasferirmi. Appena ci trasferiamo, smetto di prendere la pillola. E poi chiederò un part-time, anche quello è un cambiamento.»

Stavolta la sua voce non suona come quella del padre. Suona più piccola.

Vorrei abbracciarla, vorrei dirle: «Ti avevo avvertita».

Avvertita di cosa, esattamente, non lo so nemmeno io. Forse delle regole che conoscevamo tutti, lei, io e chiunque altro. Del fatto che il sole deve splendere durante la festa popolare e che il fornaio apre prima del macellaio. Che si rimane insieme, quando si è promesso di farlo, indipendentemente da cosa è accaduto o accadrà. E che non ci si immischia, quando non sono affari nostri.

Quest'ultima cosa l'avevo completamente dimenticata. Me ne ricordo adesso.

Guardo il cane. Di sicuro c'è qualcos'altro che potrei chiederle. «Mmm, di che razza è?» In realtà non voglio saperlo, annuisco e abbasso la testa. Scoppiamo a ridere.

Rieke si aggancia al mio braccio. «Mi è appena venuto in mente che da piccola hai sempre voluto un bassotto» dice.

Le poggio una mano sul braccio. «È vero. E tu volevi chiamarlo Pøl-ser, come "hot dog" in danese. Ci sembrava così divertente.»

«Lo è ancora.»

«Non lo è.»

«Una volta lo era.»

«Sì. Una volta lo era. Tanto.»

Ritorniamo verso casa a braccetto. Il cane cattura un topo. Ce lo mostra con orgoglio, noi gli facciamo i complimenti.

Quando arriviamo alla macchina, all'improvviso Rieke allenta la presa sul mio braccio. Zöllner è di nuovo lì. È già tra noi, anche se in realtà è ancora in soggiorno. Lo vediamo dalla finestra.

Rieke mi guarda e sembra quasi che voglia scusarsi. «Se devi andare, non c'è problema» dice.

Esito. «Sicura?»

Annuisce.

«Ok. Credo di dover andare.»

Ci abbracciamo. Poi Rieke mi tende la mano, ironica. «Arrivederci, Kra.» Io gliela stringo. Un attimo dopo metto in moto.

Dallo specchietto retrovisore la vedo rientrare in casa. Mi chiedo che dirà a Zöllner. Cosa gli racconterà della mia visita. Forse che avevo nostalgia di casa.

O forse non gli dirà niente. Perché lui non fa domande, e lei non deve parlare. Perché forse Zöllner non è poi così terribile come ho sempre pensato. Perché forse, nonostante tutto, per loro il rapporto che hanno funziona.

***

A distanza di qualche mese, Rieke mi scrive di nuovo. Mi ringrazia per essere andata a trovarla. E mi dice che poco dopo la mia visita ha fatto domanda per un nuovo lavoro in città. Ha già ottenuto il posto. Ora deve decidere se accettare.

All'inizio Zöllner era contrario. Non se ne faceva una ragione. Se lei andasse a lavorare in città, non si sveglierebbero più insieme. Sarebbe meno presente. E questo sarebbe un problema, soprattutto in futuro, con i bambini.

Rieke non dice come ha reagito alle parole di lui.

Però scrive che hanno parlato molto. Più del solito. E questo la rende felice. Dice che così ha scoperto qualcosa di nuovo in suo marito. Un lato diverso, molto dolce.

Eppure, Zöllner continua a essere contrario. Anche se, assicura Rieke, adesso un po' meno. Forse ha solo bisogno di più tempo. Forse dovrà riprovarci l'anno prossimo. Il cambiamento non è per tutti, vuole essere diplomatica.

Mi saluta augurandomi buon vento, potrebbe benissimo scrivere «buona vita». Clicco su RISPONDI, poi chiudo il laptop. Si farà risentire quando sarà pronta.

Il cambiamento non è per tutti. Anch'io sarei diplomatica, al posto suo.

AUTORINNEN UND AUTOREN

 **Barbara Thiel**, geboren 1997 in Bad Honnef, studierte in Hildesheim Kreatives Schreiben und Kulturjournalismus. Inzwischen ist sie an den Rhein zurückgekehrt und macht in Köln ihren Master in Theorien und Praktiken professionellen Schreibens. Beim *Kölner Förderpreis für junge Literatur* 2023 belegte sie den vierten Platz und gewann im selben Jahr den Wilhelm-Fabry-Förderpreis der Stadt Hilden. 2024 belegte sie den dritten Platz beim Stipendium zur Stadtschreiberin Hamburg. Sie lebt mit ihrem Partner und ihrer Hündin in Wachtberg und arbeitet derzeit an ihrem ersten Roman. Neben ihrer Masterarbeit schreibt sie außerdem gerne Kurzgeschichten und liest viel.

Francesca Pozzo (1996, Turin) ist eine unabhängige Journalistin und arbeitet mit Zeitungen und Zeitschriften aus dem Kulturbereich zusammen. Sie hat eine Kurzgeschichte für *Il primo amore* veröffentlicht und wurde ausgewählt, an der literarischen Residenz der Fondazione Caetani im *Giardino di ninfa* teilzunehmen. Sie schreibt gerade eine Dramaturgie und arbeitet an ihrem ersten Roman.

Barbara Thiel, nata nel 1997 a Bad Honnef, ha studiato a Hildesheim Kreatives Schreiben und Kulturjournalismus. Nel frattempo è tornata al Reno e sta facendo il suo master in Theorien und Praktiken professionellen Schreibens a Colonia. Nel 2023, al *Kölner Förderpreis für junge Literatur*, ha ottenuto il quarto posto e nello stesso anno ha vinto il Premio *Wilhelm Fabry* della città di Hilden. 2024 ha ottenuto il terzo posto nella borsa di studio per la scrittura della città di Amburgo. Vive a Wachtberg con il suo compagno e la sua cagnolina e sta attualmente lavorando al suo primo romanzo. Oltre alla tesi di laurea, le piace scrivere racconti e leggere molto.

Francesca Pozzo (1996, Torino) è una giornalista indipendente che collabora con giornali e riviste del settore culturale. Ha pubblicato un racconto per Il primo amore ed è stata selezionata per partecipare alla residenza letteraria della Fondazione Caetani, presso il Giardino di ninfa. Attualmente sta scrivendo una drammaturgia e lavorando al suo primo romanzo.

Toi Tautorus (*1999) kommt aus dem Ruhrgebiet und lebt in Köln. Nach dem Studium der Medienkulturwissenschaft und Philosophie in Köln und Rom, studiert Toi nun Mediale Künste an der Kunsthochschule für Medien. Toi Tautorus' Literatur und künstlerische Arbeiten erforschen die Dichotomie von Opfer- und Täter*innenschaft im Schreiben und Leben, imaginieren den Weltuntergang schon jetzt oder prophezeien queere Utopien in der Vergangenheit. Prosa von Toi Tautorus erschien in zahlreichen Zeitschriften. Derzeit arbeitet Toi an ihrem ersten Roman.

Martina Alberici lebt in Turin, wo sie an der Scuola Holden studiert. In der Kunst wird Sie *Sciroppo* genannt, ähnlich wie Ahornsirup. Zwei Jahre lang veröffentlichte Sie journalistische Artikel und persönliche Reflexionen in der Zeitschrift „La Famiglia Bardigiana". Sie experimentiert mit jeder Art von Kunst, die ihr in den Weg kommt: Zeichnungen, Fotosets, Kurzfilme, Scans, Make-up, Gedichte, Nähen und Geschichten.
Sie liebt Mandarinen, Trockensuppen und Bücher.

Toi Tautorus (*1999) viene dalla regione Ruhrgebiet e vive a Colonia. Dopo aver studiato cultura e filosofia dei media a Colonia e Roma Toi ora studia Media Arts presso l'Accademia di arti dei media.

La letteratura e le opere artistiche di Toi Taurus esplorano la dicotomia tra vittimismo e carnefice nella scrittura e nella vita, immaginano la fine del mondo adesso o profetizzano utopie queer nel passato. La prosa di Toi Taurus è apparsa su numerose riviste. Toi sta attualmente lavorando al suo primo romanzo.

Martina Alberici vive a Torino, dove frequenta il corso di laurea Academy presso Scuola Holden. In arte si fa chiamare *Sciroppo* come lo sciroppo d'acero. Per due anni ha pubblicato articoli di taglio giornalistico e riflessioni personali per la rivista "La Famiglia Bardigiana". Sperimenta ogni tipo di arte che le capita sotto tiro: disegni, set fotografici, cortometraggi, scansioni, trucco, poesie, cucito e racconti.

Ama i mandarini, le zuppe liofilizzate e i libri.

Valentin L. Brendler, geboren 2001, aufgewachsen in der Oberpfalz und Franken, schreibt vor allem Prosa, aber auch Lyrik. Er studiert an der Universität Hildesheim Literarisches Schreiben im Master, arbeitet als Journalist, liebt Rumänien und Bucureşti. Er veröffentlichte in einigen Anthologien und mehreren Zeitschriften. Derzeit arbeitet er an seinem ersten Roman.

Pietro Carraro wurde 2001 in der Nähe von Padua, Venetien, geboren. Er wuchs mit der Vorstellung fantastischer Welten in seinem kleinen Schlafzimmer inmitten einer großen Familie auf. Seit seiner Kindheit schreibt und erfindet er Geschichten und Märchen. Schon früh begeisterte er sich für Filme, Kino, Comics und Romane verschiedener Genres.

Valentin L. Brendler, classe 2001, cresciuto nell'Alto Palatinato e in Franconia, scrive prevalentemente prosa, ma anche poesia. Sta studiando per un master in scrittura letteraria presso l'Università di Hildesheim, lavora come giornalista, ama la Romania e Bucureşti. Ha pubblicato in diverse antologie e diverse riviste. Attualmente sta lavorando al suo primo romanzo.

Pietro Carraro nato nel 2001 vicino Padova, Veneto, è cresciuto immaginando mondi fantastici nella sua cameretta in mezzo a una famiglia numerosa. Fin da bambino ha sempre scritto e inventato storie e racconti di fantasia, e si è presto appassionato a film, cinema, fumetti e romanzi di vari generi.

Finito il suo percorso liceale, si è trasferito a Torino per studiare al triennio di Academy della Scuola Holden, per imparare a padroneggiare le parole e mettere in pratica le sue idee e passioni. Conseguita la laurea, continua a studiare narrativa e sperimentare altre aree che lo affascinano (come il game design, la traduzione, i viaggi, e così via). Lavora come autore per PlayNook, un'applicazione italiana che produce audio-game: storie interattive in formato audio. Nel tempo libero, quando riesce, continua a leggere e a scrivere per se stesso.

Ariana Emminghaus ist eine deutsch-iranische Autorin und Performerin und lebt in Berlin. Sie wurde 1995 in Saarbrücken geboren und studierte Schauspiel an der Akademie für Darstellende Kunst Baden-Württemberg in Ludwigsburg.

Dort entwickelte sie die einstündige Solo-Performance *ein allgemeiner gedanke (und ich hatte ihn) (jetzt nicht mehr)*, die u.a. zum UWE-Festival in München eingeladen wurde.

Anschließend studierte sie Literarisches Schreiben am Schweizerischen Literaturinstitut in Biel, davon 2 Semester an der Universität der Künste im Fach Szenisches Schreiben in Berlin.

2019 erhielt ihr ins Italienische übersetzte Text *Malformazioni* den ersten Preis in der Kategorie Dramatik beim internationalen Wettbewerb *Castello di Duino* in Triest.

Veröffentlichungen u.a. beim Literaturpreis Schwaben und in der Literaturzeitschrift JENNY. Sie ist *temnitzschreiberin* 2023.

Für das Theater am Markt in Eisenach verfasste sie das Klassenzimmerstück *Zu spät, zu spät,* das im Oktober 2023 Premiere hatte. Ariana ist Mitglied der *Geheimen Dramaturgischen Gesellschaft* und leitete in diesem Rahmen den Triennale Teens Talk mit, ein Nachgesprächsformat für Teenager bei der Ruhrtriennale 2024.

copyright Foto: Lie Everett Thieler

Gabriele Magro (1998) ist Schriftsteller, Journalist und Designer von Kulturveranstaltungen. Er hat an Festivals und Ausstellungen in den Bereichen Literatur und zeitgenössische Kunst für die Stiftung Arte CRT, das Goethe-Institut, OGR und die Stiftung Compagnia di San Paolo gearbeitet. Seine Erzählungen wurden in Open Sewers und Il Rifugio dell'Ircocervo veröffentlicht. Als Journalist beschäftigte er sich mit Stadtplanung, Minderheitenrechten, dem Balkan und Mitteleuropa für il Manifesto, il Post, Left, La Stampa und Valigia Blu.

Ariana Emminghaus è un'autorice e performer tedesco-iraniano con sede a Berlino. È nata a Saarbrücken nel 1995 e ha studiato inizialmente drammatica presso *Akademie für Darstellende Kunst* Baden-Württemberg a Ludwigsburg.

Lì ha sviluppato la performance solista di un'ora *ein allgemeiner gedanke (und ich hatte ihn) (jetzt nicht mehr)*, che è stata presentata al UWE-Festival a Monaco.

Dopo ha studiato scrittura letteraria presso l'Istituto svizzero di letteratura a Bienne, di cui 2 semestri presso l'Università delle Arti nella disciplina di scrittura scenica a Berlino.

Nel 2019 ha ricevuto il suo testo *Malformazioni* tradotto in italiano il primo premio nella categoria teatro al concorso internazionale *Castello di Duino* a Trieste.

Ha pubblicato, tra l'altro, al premio letterario Schwaben e nella rivista letteraria JENNY. Lei è la scrittrice di *Temnitz* 2023.

Per il Theater am Markt di Eisenach ha scritto la commedia in classe *Zu spät, zu spät*, che è stata presentata in anteprima nell'ottobre 2023. Ariana è membro della *Geheimen Dramaturgischen Gesellschaft* e ha diretto in questo contesto Triennale Teens Talk con, un format di discussione di follow-up per adolescenti alla *Ruhrtriennale* 2024.

copyright Foto: Lie Everett Thieler

Gabriele Magro (1998) è uno scrittore, giornalista e progettista culturale. Ha lavorato a festival e mostre negli ambiti della letteratura e dell'arte contemporanea per Fondazione Arte CRT, Goethe-Institut, OGR e Fondazione Compagnia di San Paolo. Suoi racconti di fiction sono stati pubblicati in volume su Open Sewers e Il Rifugio dell'Ircocervo. Come giornalista si è occupato di urbanistica, diritti delle minoranze, Balcani e Mitteleuropa per il Manifesto, il Post, Left, La Stampa e Valigia Blu.

©Kayla Meyer

Lina Thiede, geboren 1996, studierte Komparatistik, Musikwissenschaft und Theorien und Praktiken professionellen Schreibens in Saarbrücken, Bonn und Köln. Sie ist mehrfache Preisträgerin des Jungen Literaturforums Hessen-Thüringen. 2021 und 2022 gewann sie darüber hinaus den hr2-Literaturpreis, 2024 den *Berliner Preis für Science Fiction.* Lina Thiede war Stipendiatin des Hessischen Literaturrats in Wolfhagen, des Goethe-Instituts Tschechien im Kloster Broumov und writer in residence der Stadt Gelsenkirchen.

2020 erschien Lina Thiedes Debütroman *Homo Femininus* im Verlag The Dandy Is Dead, im Frühjahr 2025 erscheint ihr zweiter Roman *Manchmal weißt du, was geschehen wird* im Radiator Verlag. Außerdem veröffentlichte sie diverse Kurzgeschichten in Anthologien und Literaturzeitschriften. Lina Thiede lebt in Köln.

Flavia Di Mauro wurde 1994 in Neapel geboren. Ihre Erzählungen erschienen in den Zeitschriften Sotto il Vulcano und Pastrengo sowie in den Sammlungen Word for Word und Los Elementos y el Hado, die vom italienischen Kulturinstitut in Caracas veröffentlicht wurden. Sie war Co-Autorin des Podcasts „Vlora, la nave che sfondò il muro" für La Stampa. Sie lebt und schreibt in Turin.

Lina Thiede, nata nel 1996, ha studiato comparazione, musicologia e teoria e pratica della scrittura professionale a Saarbrücken, Bonn e Colonia. Ha vinto più volte il premio del Junge Literaturforum Hessen-Thüringen. Nel 2021 e 2022 ha vinto anche il premio hr2 per la letteratura, nel 2024 il premio *Berliner Preis für Science Fiction*. Lina Thiede è stata borsista del Consiglio della letteratura dell'Assia a Wolfhagen, del Goethe-Institut Repubblica Ceca nel monastero di Broumov e writer in residence nella città di Gelsenkirchen.

Il romanzo d'esordio di Lina Thiede è stato pubblicato nel 2020 *Homo Femininus* pubblicato dalla casa editrice The Dandy Is Dead, il suo secondo romanzo *Manchmal weißt du, was geschehen wird* nella casa editrice Radiator. Ha pubblicato inoltre vari racconti in antologie e riviste letterarie. Lina Thiede vive a Colonia.

Flavia Di Mauro è nata a Napoli nel 1994. I suoi racconti sono apparsi sulle riviste Sotto il Vulcano e Pastrengo e nelle raccolte Word for Word e Los Elementos y el Hado pubblicata dall'istituto italiano di cultura a Caracas. È stata coautrice per La Stampa del podcast "Vlora, la nave che sfondò il muro". Vive e scrive a Torino.

© Sophie Meuresch

Amelie Befeldt, ist Regisseurin für Dokumentarfilm und Autorin. 2022 erschien ihre Erzählung Crush im re:sonar Verlag. Ihre Texte wurden in verschiedenen Literaturzeitschriften veröffentlicht, darunter Echo&Narziss, Der Schnipsel und GYM – Literatur ist Kraftsport. Derzeit arbeitet sie an ihrem ersten Roman.

Francesca Maruccia lebt und arbeitet als Schriftstellerin in der Provinz Lecce. Als freiberufliche Journalistin und Redakteurin bearbeitet sie Belletristik, Sachbücher und andere Bücher für führende italienische Verlage (darunter Rizzoli, Giunti, Sperling und Kupfer, Feltrinelli). In ihrer Arbeit mit den Worten beschäftigt sie sich außerdem mit touristisch-kulturellem Storytelling, Texterstellung, Pressearbeit und Kommunikation, Kreativem Schreiben.

Sie wurde für mehrere Literaturresidenzen in ganz Italien (Umbrien, Sizilien, Insel Elba) ausgewählt und leitet Schreibworkshops für öffentliche und private Einrichtungen. Sie ist Autorin von Theaterstücken und Erzählungen. Ihre Erzählungen wurden im Internet und in Anthologien veröffentlicht, darunter: *Lettere, fenicotteri e formaggini* (in „Milano, città di passaggio o di nuove radici?", Giacovelli-Verlag 2022); *Cercando Torakika*, Gewinner der Ausschreibung „Hamlet Interreg Italia-Albania-Montenegro" (enthalten im Band "Cinque borghi millenari di Puglia in dieci racconti brevi", Puglia Promozione 2021, zweisprachige Ausgabe Italienisch/Englisch); *Il vicino* (in "Scrivere di mafia", Navarra-Verlag 2020).

Amelie Befeldt è regista di documentari e autrice, la sua storia Crush è stata pubblicata nel 2022 da re:sonar. I suoi testi sono stati pubblicati in diverse riviste letterarie, tra cui Echo&Narziss, Der Schnipsel e GYM – Literatur ist KraftsportAttualmente sta lavorando al suo primo romanzo.

Francesca Maruccia vive e lavora con la scrittura in provincia di Lecce. Giornalista pubblicista e redattrice, cura la revisione di volumi di narrativa, saggistica e varia per i principali editori italiani (fra cui Rizzoli, Giunti, Sperling & Kupfer, Feltrinelli). Nel suo lavoro con le parole si occupa inoltre di storytelling turistico-culturale, copywriting, ufficio stampa e comunicazione, scrittura creativa.

È stata selezionata per diverse residenze letterarie in tutta Italia (Umbria, Sicilia, Isola d'Elba) e tiene laboratori di scrittura per enti pubblici e privati. È autrice di spettacoli teatrali e testi narrativi. Suoi racconti sono stati pubblicati sul web e in volume, fra questi: *Lettere, fenicotteri e formaggini* (in "Milano, città di passaggio o di nuove radici?", Giacovelli editore 2022); *Cercando Torakika*, vincitore del bando Hamlet Interreg Italia-Albania-Montenegro (inserito nel volume "Cinque borghi millenari di Puglia in dieci racconti brevi", Puglia Promozione 2021, edizione bilingue italiano/ inglese); *Il vicino* (in "Scrivere di mafia", Navarra editore 2020).

DIE HEIMANN-STIFTUNG

Im Jahr 2015 haben die Eheleute Archim und Gerda Heimann die «Heimann-Stiftung für Völkerverständigung» mit Sitz in Wiesloch gegründet.

Die Stiftung fördert die Völkerverständigung zwischen Deutschland und Italien.

Im Mittelpunkt der Stiftung stehen junge Menschen und deren kulturelle Förderung zu verantwortungsbereiten und weltoffenen Persönlichkeiten.

Wir leben in einer Zeit großer gesellschaftlicher Veränderungen, die das Zusammenleben der Menschen unterschiedlicher Kulturen berühren. Es wird immer wichtiger zu lernen, andere Völker nicht nur nach deren äußeren Merkmalen und dem Lebensstil zu beurteilen, sondern auch ihre Kultur, ihre Haltung, ihr Verhalten zu verstehen und anzuerkennen. Wenn sich die Nationen verstehen, können Konflikte vermieden und Versöhnung und Frieden geschaffen werden.

Um diese Zukunft zu gestalten ist es vor allen Dingen wichtig, dass die Jugend mit einer internationalen und interkulturellen Lebenserfahrung aufwächst.

LA FONDAZIONE HEIMANN

Nel 2015, Archim e Gerda Heimann hanno fondato la "Fondazione Heimann per la comprensione internazionale" con sede a Wiesloch.

La fondazione promuove la comprensione internazionale tra Germania e Italia.

La fondazione si concentra sui giovani e sul loro sviluppo culturale in individui responsabili e aperti.

Viviamo in un'epoca di grandi cambiamenti sociali che riguardano la convivenza tra persone di culture diverse. È sempre più importante imparare a giudicare gli altri popoli non solo in base alle loro caratteristiche esteriori e al loro stile di vita, ma anche a comprendere e riconoscere la loro cultura, il loro atteggiamento e il loro comportamento. Se le nazioni si comprendono a vicenda, è possibile evitare i conflitti e creare riconciliazione e pace.

Per dare forma a questo futuro, è soprattutto importante che i giovani crescano con un'esperienza di vita internazionale e interculturale.